GOLDMANN

Buch

Stanley, der Held dieser Geschichte, ist eigentlich gar keiner: dicklich, nicht besonders mutig, ziemlich tolpatschig, alles in allem ein freundlicher Schlappschwanz. Als Stanley jedoch eines Nachts einer Hure zu Hilfe eilt und sie ihn aus lauter Dankbarkeit in den Hals beißt, ändert sich sein Leben schlagartig: Die Dame gehört nämlich zur Gattung der Werwölfe, und auch Stanley wird nun nach Sonnenuntergang zum Wolf, zu einem drahtigen, muskulösen Mann, dem die Frauen gern tief in die Augen sehen. Absurd, charmant, erotisch, satirisch und umwerfend komisch sind seine Streifzüge durch die amerikanische Gesellschaft. Immer läuft er Gefahr, entweder von seinem Vater, einem leidenschaftlichen Großwildjäger, oder der Polizei erlegt zu werden. Auch eine Ausbildung in der Organisation der Werwölfe schlägt fehl, weil Stanley seinen blödsinnigen Widerwillen gegen das Töten nicht los wird. Er will nur in Ruhe gelassen werden und sein aufregendes Doppelleben als Werwolf und Versicherungsdirektor fortsetzen, zumal sich auch seine Angebetete gerade unsterblich in ihn verliebt hat.

Autor

Roger L. DiSilvestro lebt in Washington D.C. und arbeitet dort für die US-Naturschutzbehörde. Darüber hinaus hat er sich als für den Umweltschutz streitender Journalist einen Namen gemacht. Mit *Werwölfe küssen gut* feierte DiSilvestro in den USA ein aufsehenerregend erfolgreiches Roman-Debüt. Sein zweiter Roman ist in Vorbereitung.

Roger L. Di Silvestro

Werwölfe küssen gut

Aus dem Amerikanischen
von Helga Herborth

GOLDMANN VERLAG

Der Goldmann Verlag
ist ein Unternehmen der Verlagsgruppe Bertelsmann

Made in Germany · 11/91 · 1. Auflage
Genehmigte Taschenbuchausgabe

Druck: Elsnerdruck, Berlin
Verlagsnummer: 9937
AK · Herstellung: Heidrun Nawrot
ISBN 3-442-09937-4

KAPITEL 1

Stanley Merriwether hatte nie ein Werwolf sein wollen. Ein Vampir, ja, das vielleicht schon eher. Stanley war überzeugt, daß nur wenige Männer nicht gern ein Vampir wären. Vampire waren schließlich beeindruckende Gestalten. Sie trugen stets schwarze Anzüge und gestärkte weiße Hemden. Sie waren groß und schlank, sprachen mit einer besonderen Note in der Stimme, und ihre Schuhe waren immer auf Hochglanz poliert. Und wenn Vampire über ihre Opfer herfielen, dann mit solch kultiviertem Elan, mit solch hypnotischer Kraft im Blick, daß diese sich ihnen nur allzu bereitwillig hingaben. Außerdem waren Vampire niemals arm. Einen armen Vampir konnte man sich ebenso wenig vorstellen wie einen in Bermuda-Shorts und T-Shirt. Vampire hatten einfach alles, was sich ein Mensch wünschen konnte. Nur ihre Hautfarbe wirkte ziemlich ungesund.

Aber Werwölfe – ausgeschlossen. Werwölfe konnten sich nicht beherrschen, hatten keine Manieren, wußten nicht, wie man in vornehmen Restaurants Wein bestellt. Selbst an ganz normalen Tagen waren sie vom Vollmond besessen, was man ihnen aber vielleicht nicht verübeln durfte. Denn wenn die Strahlen des Vollmonds sie trafen, wurde ihr Zustand katastrophal. Von Panik befallen rollten sie die Augen und verfielen in lautes Geheul. »Es geschieht, es geschieht schon wieder«, schrien sie dann und schlugen sich gegen den Schädel, als hätten sie einen Migräneanfall. »Ich kann nichts dagegen tun! Gar nichts.«

Und dann die Hände. Während der Werwolf voller Entsetzen zusah, wuchsen ihm Haare auf den Händen. Als nächstes verlor er dann sein Gesicht – sein Mund schob sich nach vorn und wurde zur Schnauze. Aus dem Menschen war nun ein Tier geworden. Und wenn dieses Tier in die Nacht heulte, war an ein vernünftiges Gespräch nicht mehr zu denken.

Nein, ein Werwolf hatte Stanley Merriwether nie sein wollen.

Aber wer hat schon die Wahl in solchen Angelegenheiten?

Es begann an einem frühen Freitagabend im Eßzimmer von Stanleys Wohnung in Marin Hills, einem Viertel der Stadt, in dem nur Reiche und ihre Kinder lebten. Stanley verzehrte vor dem Fernseher sein aufgewärmtes Fertiggericht, während von der Stereo-Anlage im Wohnzimmer beharrlich die Mr.Sandmann-Platte herübertönte. Stanley war deprimiert. Am Morgen hatte er sich vorgenommen abzunehmen und während der nächsten beiden Wochen auf sein Lunch zu verzichten. Gleich heute hatte er damit anfangen wollen. Er hatte sich ausgemalt, wie er in vierzehn Tagen aussähe, schlank und fit und straff – kurz: umwerfend. Und dann, kaum eine Stunde später, zur Mittagszeit, hatte er sein Büro im obersten Stock des Merriwether Versicherungskonzerns verlassen, war die

Market Street hinuntergegangen und an einem seiner Lieblingsrestaurants vorbeigekommen. Er dachte daran, wie hübsch es wäre, für ein Weilchen hineinzugehen und in dem Buch zu lesen, das er bei sich hatte. Und wenn er nur einen Salat ...

Leider hatte er die überwältigende Macht der Schokoladeneclairs in diesem Restaurant nicht bedacht. Schokolade wurde sein Untergang und die Vanillecremefüllung sein Waterloo. Wenn ein Eclair gut war, waren zwei noch besser und drei himmlische Glorie. Aber heute mittag verzichtete Stanley auf alle Glorie und aß vier.

Während er nun brütend über seinem TV-Dinner saß, bohrte Stanley forschend einen Finger in seinen weichen Bauch. Immerhin bekomme ich keine Glatze, dachte er. Jedenfalls nicht so, daß man es sieht, wenn ich meine Haare richtig zurückkämme.

Aber das heiterte ihn nicht im geringsten auf. Er sah auf den leeren Plastikteller – er hatte jeden Krümel weggeputzt – und wünschte sich, er hätte an diesem Freitagabend etwas vor.

Er stellte sich ein Mädchen vor. Groß, aber nicht zu groß, und langbeinig. Sie wäre gerade in der Küche. Er konnte sie geradezu mit den Tellern klappern hören, während er hier im Eßzimmer saß. Bei jeder Bewegung schimmerte ihr dunkelblaues Kleid wie Seide, das feine Gewebe klebte auf den Rundungen ihres perfekten Körpers. Um den Hals trug sie eine Goldkette mit einem Diamantanhänger, der gelb und blau funkelte, als sie in der Eßzimmertür erschien.

Und während Stanley am Tisch saß, konnte er förmlich fühlen, wie sie näher kam. Er spürte ihre

Schritte und wußte, daß sie jetzt gleich den Raum betreten würde, und dann...

... er saß da und wartete noch einen Moment und dann...

... als es eindeutig möglich wurde, daß sie doch nicht hereinkäme, stand er auf, warf das Plastiktablett in den Abfalleimer, drehte die Stereo-Anlage ab und beschloß, ins Kino zu gehen.

Das Kino lag am Lower Market, fast am anderen Ende der Stadt. Der Film handelte von einem schwarzen Detektiv, der Bandenmorde aufklärte, Drogendealer niederschoß und ständig von Frauen umschwärmt war, die ihm bei jeder Gelegenheit in die Arme sanken. Kein schlechtes Leben, dachte Stanley. Ein paar kleine Schießereien, ein paar nette Mädchen, ein bißchen Spaß. Nicht schlecht.

Nach dem Kino ging er die Market Street hinunter bis zu der Gegend, wo Leihhäuser die Straße säumten, und dachte über den schwarzen Detektiv nach. Diese Schwarzen, sagte er zu sich, haben irgendwie Stil. Elegante Bewegungen, wie wilde Tiere, wie Dschungelkatzen.

Und während Stanley dahinschlenderte, steckte er seine dicklichen Hände in die Hosentaschen, preßte sie gegen die Wölbung seines weichen Bauches und dachte über seine eigenen Bewegungen nach. Mein Gang hat etwas Federndes, dachte er sich. Irgendwie habe auch ich diese animalische Grazie an mir. Er verlangsamte seinen Schritt, blickte im Vorbeigehen in die Schaufenster der Leihhäuser und beobachtete sein Spiegelbild. Ob mich die Leute manchmal für einen Schwarzen halten, überlegte er.

Er sah sich an seinem Schreibtisch in der Versicherungsgesellschaft sitzen. Eine große, umwerfende Frau kam herein. Sie trug ein schimmerndes dunkelblaues Kleid, und an ihrer goldenen Halskette funkelte ein Diamant. Stanleys Sekretärin stellte sie vor und verließ den Raum. Stanley betrachtete die Frau über den Tisch hinweg mit abschätzendem, dunklem, ja animalischem Blick. Und sie saß ihm gegenüber und dachte: »Ob er ein Schwarzer ist?«

Ein Bus fegte vorbei, bremste röhrend ab, und Stanley war plötzlich wieder auf der Market Street. Er zuckte mit den Achseln und setzte seinen Weg fort. Hartes Viertel, dachte er, zog die Schultern hoch und empfand sich selbst als sehr harten Burschen, ganz cool, Stahl im Blick.

Er wandte sich nach rechts und bog in die Pearl Alley ein, eine heruntergekommene Straße, die ein unwiderlegbarer Beweis für die genetische Verwandtschaft des Menschen mit den niederen Lebewesen war. Aber genau danach stand Stanley heute abend der Sinn. Nach etwas wirklich hartem, einer Gegend, die schwarze Detektive allein durchstreiften, wo Abfall auf der Straße nichts Ungewöhnliches war, wo ein paar zerbrochene Fensterscheiben in einem Wohnblock ihre Geschichte erzählten, und wo er vielleicht zuschauen konnte, wie ein Auto geknackt wurde.

Alles in allem war die Nacht vollkommen. Stanley sah eine umgeworfene Mülltonne, was der Szene Authentizität verlieh, und er hörte ein Radio in die Nacht plärren. Jeden Moment, dachte er, kann man hier überfallen werden.

Unglücklicherweise begannen Stanleys Füße müde zu werden, und das ließ seine Fassade zerbröckeln. Er blickte hinunter auf seine schmerzenden Füße und entdeckte, daß er braune Schnürschuhe trug. Aus irgend einem Grund gab ihm das das Gefühl, sein Leben sei in Gefahr. Mein Gott, sagte er zu sich, ich sollte nicht hier herumlaufen. Selbst die Bullen wagen sich nur zu zweit hierher.

Er schaute in die Richtung, aus der er gekommen war und fragte sich, was er tun sollte. Inzwischen war es dunkel, der Mond war noch nicht aufgegangen, und er stand hier – in einem Viertel mit zerbrochenen Fensterscheiben in den Häusern. Alles kann hier passieren, dachte er, und in genau dem Moment passierte etwas.

Es war ein Schrei, ein guter, kräftiger Schrei, so schrill, daß Stanley das Herz stockte. Er schnappte nach Luft, und dann noch ein Schrei und Stanley wurde klar, daß er aus einer Seitenstraße in der Nähe gekommen war. Einen Moment lang war Stille, und dann kam mit trommelfellsprengender Lautstärke der dritte Schrei.

Stanleys Angst löste ein Gewirr von Gedanken und Halbgedanken in ihm aus. Vor seinem geistigen Auge sah er den schwarzen Detektiv mit Höchstgeschwindigkeit der bedrängten Maid zu Hilfe eilen. Er sah die schußbereit gezückte Pistole des Detektivs, und plötzlich rannte auch Stanley furchtlos in Richtung Seitenstraße. Und als er spürte, daß er keine Angst hatte, ängstigte ihn das zu Tode. Sein Gehirn befahl seinen Beinen »Halt«, aber ...

... zu spät. Er stand schon in dem Gäßchen,

spähte in die Dunkelheit, und Augen hatten sich bereits auf ihn gerichtet. Ein Mann – klein, gedrungen, mit dunklem Bürstenhaarschnitt – hielt eine Frau am Arm fest, und sie versuchte, sich loszureißen. Mehrere Male schaute sie zum Himmel und rief: »Nein, nicht heute abend. Ich sage dir doch, daß ich heute nicht arbeiten kann. Laß mich los. Bitte. In ein paar Tagen geh ich wieder arbeiten. Bitte.« Sie trug einen kurzen engen Rock mit einer Art Federboa am Saum und hochhackige Stiefel. Stanley erkannte, was sie war, und das gab ihm auch einen Hinweis auf den Beruf des Mannes. In Sekundenbruchteilen nahm er alles in sich auf, noch ehe der Zuhälter ihm die Worte zurief: »Was suchensen hier? Haunse bloß ab, Mann!«

Die Frau versuchte plötzlich, ihren Arm freizubekommen, aber der Zuhälter hatte sie fest im Griff und verpaßte ihr eine heftige Ohrfeige. Etwas durchströmte Stanley von den Eingeweiden bis zum Kopf. Und was es auch war, das da wogte – später sollte er sagen, daß er es das nächste Mal ignorieren würde. Aber jetzt trat er in Aktion. Er stürzte sich auf den Zuhälter, der die Frau gerade anschrie: »Seit drei Wochen arbeiteste für mich, und schon bildeste dir ein, du könntest mir erzählen, wie ich mein Geschäft zu führen hab. Du gehst heut' auf die Arbeit. Und damit basta!«. Die Frau schüttelte den Kopf und schaute zum Himmel. Plötzlich bemerkte der Zuhälter die Silhouette des sich auf ihn stürzenden Stanley und holte zu einem soliden Schlag aus.

Was auch genau das war, was er austeilte, sowie Stanley in Reichweite war. Stanleys Bewegung wurde schlagartig gestoppt, er taumelte einige Schritte rückwärts und landete hart auf dem Hinterteil. »Lassen Sie sie los«, murmelte er, und jegliche Detektivfantasie entwich jäh aus seinem Kopf.

Der Zuhälter reagierte mit einem Griff nach Stanleys Kragen, an dem er ihn hochzog und auf die Füße stellte. Dann ließ er seine Fäuste arbeiten.

Bald schwebte Stanley dem Vergessen entgegen. Er spürte kaum die schrecklichen Schläge ins Gesicht, und es war ihm auch nicht bewußt, daß das weiße Gebilde, das er über sich leuchten sah, als ihn ein scharfer Aufwärtshaken am Kinn traf, der Vollmond war.

Wieder ging Stanley zu Boden, er hörte ein gutturales Knurren, gefolgt von einem Todesschrei. Stanley wälzte sich ein wenig auf dem Boden, und nachdem er noch mehr Geknurr und Geschrei gehört hatte, öffnete er die Augen, um zu sehen, was los war.

Ihm fiel die Kinnlade herunter. Der Zuhälter lag platt auf dem Boden, und auf seiner Brust stand der größte Hund, den Stanley je gesehen hatte. Eigentlich sah das Tier eher nach einem Wolf aus, einem Wolf in einem schlechtsitzenden, engen Rock mit einer Federboa am Saum. Der Zuhälter war mausetot, sein Kopf in den Nacken verdreht und dunkles Blut floß über den Asphalt. Jetzt lockerte der Wolf seinen Biß und öffnete sein Maul zu einem langen, jaulenden Heulen. Stanley erschrak bis ins Innerste. Um die Wahrheit zu sagen: Er zitterte am ganzen Leibe. Plötzlich schoß der Wolf auf Stanley zu, biß ihn einmal fest in die Schulter, sprang zur Seite, schnappte sich einen rechteckigen schwarzen

Gegenstand, der ein paar Meter von Stanley entfernt auf dem Boden lag, und raste auf die Straße.

Eine Hand auf die verletzte Schulter gepreßt, sah Stanley ihm voller Entsetzen nach, dann sank er gegen die Backsteinmauer des Gebäudes hinter sich. Schweiß rann ihm übers Gesicht, und eine Flut unmöglicher Gedanken bevölkerten sein Hirn. Was, dachte er, wird die Polizei sagen, wenn ich diese Geschichte erzähle.

Mühsam richtete er sich auf. Wenn ich hier heil herauskomme, dachte er, brauche ich der Polizei überhaupt nichts zu erzählen. Tote Zuhälter sind wahrscheinlich an der Tagesordnung in diesem Teil der Stadt.

Also schwankte er das Gäßchen hinunter, schwankte die Straße entlang, schwankte den weiten Weg zurück. Sein Kopf wurde klarer, und er fühlte sich stärker, und der stechende Schmerz in seiner Schulter sorgte dafür, daß er bald hellwach war. Er schaffte es bis zu seinem Auto und fuhr nach Hause, so schnell und so direkt, wie die Verkehrsregeln es erlaubten.

In der Sicherheit seines eigenen Wohnzimmers ließ er sich in einen weichen Sessel sinken und versuchte, seine Nerven zu beruhigen. Ein stiller, kleiner Gedanke meldete sich in seinem Kopf. Er sah den Wolf vor sich, wie er in dem Gäßchen einen kleinen schwarzen Gegenstand packte. Hastig griff Stanley an die Gesäßtasche seiner Hose. »Hab ich's mir doch gedacht«, sagte er laut. »Der Werwolf hat mir die Brieftasche gestohlen.«

KAPITEL 2

Als Stanley am nächsten Morgen aufwachte, kam ihm alles, was sich in dem Gäßchen ereignet hatte, unwirklich vor, nur flüchtig wahrgenommen und dann schnell wieder vergessen, wie eine Predigt in der Kirche. Stanleys Blick fiel auf seine Schulter. Die Bißstelle war noch deutlich zu sehen, aber schon fast abgeheilt. Ihm wurde ein wenig übel, und er verspürte eine leichte Angst.

Nur leichte? fragte er sich.

Na gut, große Angst.

Mein Gott, sagte er sich dann, und gestern um diese Zeit – er blickte auf seine Radiouhr –, genau um 10.10 Uhr gestern morgen, hatte ich nichts anderes im Kopf, als Sylvia und die Frage, wie ich sie dazu bringen kann, mit mir auszugehen. Was für eine läppische Frage, ob Sylvia mit mir ausgeht oder nicht.

Dann stellte er sich Sylvia vor, seine Sekretärin, wie sie am Schreibtisch saß, in ihrem Büro direkt vor dem seinen. Er sah ihr schimmerndes goldenes Haar, über der Stirn zu einem Pony geschnitten und an den Seiten glatt bis auf die Schultern fallend. Er fand, sie sah aus wie eine nordische Göttin. Er konnte sich mühelos vorstellen, wie sie, spärlich mit einem Tierfell bekleidet, ein blitzendes Schwert in der Hand, mit gespreizten Beinen auf einem zerklüfteten nordländischen Felsen stand und die Frostgötter abwehrte, die hinter ihr her waren und doch nicht wagten, sie zu berühren – wegen dieses Schwerts, das sie hatte, und dieser wilden, wasserblauen Augen. Die Frau des Thor mit Haaren aus echtem Gold konnte nicht schöner gewesen sein, dachte Stanley, nicht schöner als Sylvia mit ihrem Schmollmund, diesen hohen Wangenknochen und diesen Beinen! Jeden Morgen wartete er mit atemloser Vorfreude darauf, daß diese schlanken Beine unter ihrem Rock zum Vorschein kamen, und gleichzeitig schämte er sich ein wenig, daß er so sehr eine Frau begehrte, die keine Ahnung von seinen Sehnsüchten hatte.

Und während er an Sylvia dachte, wurde ihm bewußt, daß sie durchaus keine läppische Angelegenheit war. Es sei denn, man wollte behaupten, daß Genoveva für Lancelot ohne jeden Belang war, oder Helena für diese Griechen mit ihren Geschenken. Gestern um diese Zeit, sagte er zu sich, hatte ich eine Menge Probleme. Werwölfe hin, Werwölfe her, man muß schließlich Prioritäten setzen. Und was in der Welt konnte wichtiger sein, als in Sylvias Augen jemand zu sein. Wie der große Redner und Staatsmann Marlon Brando fast gesagt hätte: »Ich möchte ein Jemand sein.« Nun, was Stanley betraf, so wollte er vorzugsweise Sylvias Jemand sein.

Er sprang aus dem Bett, und während er durch das Zimmer zum Kleiderschrank stapfte, zitterte sein Fleisch wie Wackelpudding. Er betrachtete sich in dem großen Spiegel. Rosig und rund, so rosa und rund. Bauch, Gesicht, Arme, Hände, Finger, Beine, Zehen, o Gott, sogar die Zehen – alles war rosig und rund. Ist es da ein Wunder, daß Hildegard, so nannte er Sylvia insgeheim, nicht mit mir ausgehen will?

Ich könnte sie natürlich einfach fragen, ging es ihm durch den Kopf. Er bedachte diese Möglichkeit eine Weile und beschloß dann, die nächsten zehn oder fünfzehn Jahre nichts zu überstürzen und abzuwarten, wie die Dinge sich entwickelten.

Inzwischen, dachte er, muß ich irgendwie abnehmen, auch auf die Gefahr hin, daß ich weniger essen darf.

Er öffnete die Kleiderschranktür und dankte Gott, daß die Zivilisation der Menschheit die Sitte des Kleidertragens beschert hatte. Ganz bestimmt war der erste Herrenausstatter ein dicker Neandertaler gewesen.

Während er sein dunkelgrünes Hemd zuknöpfte, schmerzte seine Schulter. Der Wolfsbiß. Wieder wurde ihm übel.

Er sank auf die Bettkante und gönnte sich ein befreiendes Wimmern, dann zog er sich an. Als er in die bräunlichen Hosen geschlüpft war, die er immer zu seinem dunkelgrünen Hemd trug, klopfte es an der Tür, und kurz darauf schrillte die Klingel.

Er seufzte und ging zur Haustür, die er öffnete, ohne vorher durch das Guckloch zu schauen.

Und da stand sie. Die Frau von gestern abend. Stanley starrte sie an und machte dann einen riesigen Satz rückwärts. Er hatte die Hand an den Lippen, als er landete. »Sie!« murmelte er.

»Ja ich, Süßer. Ich wollte Ihnen das hier zurückbringen und mich dafür bedanken, daß Sie gestern abend versucht haben, mir zu helfen.«

Sie kam zur Tür herein und hielt Stanley einen schwarzen Gegenstand entgegen. Es war seine Brieftasche.

Er nahm das aber gar nicht wahr, denn seine Augen waren auf ihr Gesicht geheftet, auf ihre tanzenden dunklen Augen und ihr strahlendes Lächeln. Er wich vor ihr zurück, und sie kam immer näher. Sei stark, sei stark, sagte er sich und ging in tiefer Ohnmacht zu Boden.

Als er wieder zu sich kam, lag er auf der Couch und sein Kopf im Schoß des Mädchens. »Sie dürfen nicht alles gleich so tragisch nehmen«, sagte sie. »Sie sind zu leicht erregbar.«

Er schloß die Augen und stöhnte.

»Ihre Brieftasche liegt da auf dem Tisch. Ich mußte sie an mich nehmen. Ich brauchte ja Ihre Adresse, damit ich Ihnen alles erklären kann. Verstehen Sie?«

Er lag unbeweglich da, mit geschlossenen Augen, und dann, nach einer langen Zeit, nickte er sehr, sehr schwach.

»Dieser Dreckskerl wollte mich gestern abend auf die Straße schicken, mich zwingen zu arbeiten. Aber das konnte ich doch nicht machen. Das sehen Sie doch ein? Es war Vollmond. Aber er ließ nicht locker. Und dann kamen Sie dazu und versuchten mir zu helfen, und das war so rührend. Mein Lebtag ist mir noch kein Mann zu Hilfe gekommen.«

Und tatsächlich seufzte sie.

Und Stanley öffnete jetzt die Augen. »Sie waren beeindruckt?«

»Aber klar doch!«

Plötzlich hatte Stanley weniger Angst. Es war

schließlich hellichter Tag und jeder Kinogänger wußte, daß sich Leute nur nachts in Tiere verwandeln. Und außerdem – hätte sie vorgehabt ihn umzubringen, dann hätte sie es schon am Abend zuvor getan. Außerdem war sie eine Frau.

Er sah zu ihr auf; ihre Wangenknochen waren hoch, ihre Nase war lang und gerade, ihre Brüste... Stanley fühlte, wie sein Blut zu blubbern begann. »Ich hatte das Gefühl, daß ich Ihnen eine Erklärung schuldig bin. Als ich Sie gestern abend gebissen habe, war das meine Art, mich zu bedanken.«

Stanley runzelte die Stirn. »Hätten Sie keinen anderen Modus dafür finden können.?«

»Sie zu beißen, war das beste, was ich für Sie tun konnte. Sie werden schon sehen!« Ihr Gesicht verzog sich in ein strahlendes Lächeln. »Heute nacht ist Vollmond. Verstehen Sie?«

»Oh Gott!«

»Keine Angst. Es wird Ihnen gefallen, ganz bestimmt.«

»Gefallen soll es mir? Ich kann es noch nicht glauben!«

Sie sah ihn lachend von der Seite an. »Warten Sie's ab. Ja, mein Herr. Das wird die beste Samstagnacht, die Sie in ihrem bescheidenen kleinen Leben je erlebt haben.«

Als er die Lust und den Übermut in ihren Augen sah, schweiften seine Gedanken ab, und er fragte sich, wie er so geil sein konnte, noch dazu, während er mit jemand über etwas so Entscheidendes redete, wie die nächtliche Verwandlung in einen Wolf.

Aber dann fielen ihm all die Niederlagen wieder

ein, die er in seinem Leben hatte einstecken müssen. Ich muß unbedingt Tanzunterricht nehmen, dachte er und sagte: »Ich habe also wirklich Eindruck auf Sie gemacht?«

Sie nickte und sah ihm tief in die Augen.

»Aber ich bin doch bloß ein dicker, kleiner Kerl mit einem runden Gesicht und beginnender Glatze. Das kann man nicht sehen, weil ich meine Haare immer so kämme, daß ...«

»Kämmen Sie sie, wie Sie wollen, Süßer. Fest steht, daß Sie viel besser aussehen als die meisten Kerle, mit denen ich zu tun habe. Und außerdem wollten Sie mir helfen. Noch nie hat jemand versucht, mir zu helfen. Jedenfalls kein Mann. Männer machen nichts anderes als Vorschriften: ›Tu dies und tu das.‹ Und danach hassen sie einen.«

Während sie sprach, beobachtete er sie genau. Ihm gefiel die Art, wie sich ihre Lippen bewegten, wie ihre Augen und ihr Haar im Sonnenlicht glänzten, das durch die Fenster fiel. Ihm gefiel, wie ihr Körper atmete und ihm gefiel, wie sein Kopf in ihrem Schoß lag. Er wünschte, sie würde aufstehen, damit er sie von oben bis unten betrachten konnte.

»Ich bin froh, daß Sie mich mögen«, sagte er. Was macht es schon, dachte er, daß sie ein Werwolf ... tja, aber lächerlich war das Ganze doch, einfach lächerlich.

»Na, geht's Ihnen jetzt besser? Ich habe Ihre Brieftasche auf den Tisch gelegt und ...«

Er lachte. »Meine Brieftasche. Die ist meine geringste Sorge.«

»Sie brauchen sich überhaupt keine Sorgen machen. Heute nacht werden Sie so glücklich sein.«

Er runzelte die Stirn.

»Was ist los?« fragte sie.

Wie kann sie so etwas fragen, überlegte er, sagte jedoch: »Ich dachte gerade, daß ich im Augenblick schon sehr glücklich bin.«

Sie schenkte ihm ein Lächeln, das Stanleys Herz flattern ließ. »Sie sind glücklich ... einfach so, mit Ihrem Kopf in meinem Schoß ...«

Er nickte mit verlegenem Grinsen.

Sie sah ihn zärtlich an, dann beugte sie sich über ihn und küßte ihn auf die Lippen. Stunden vergingen, bis alles vorüber war, und zu dem Zeitpunkt war Stanley in der Tat sehr glücklich.

Am späten Nachmittag war sie gegangen. Stanley wußte nur, daß sie Ursula hieß und ihr Repertoire mehr Stellungen umfaßte, als ein Fußballspiel Regeln hatte. Er war auch tief bewegt von der Intensität der Gefühle, die ihn übermannt hatten, als er mit ihr auf seinem Bett herumturnte. Und als er später darüber nachdachte, stellte er fest, daß die recht beträchtliche Summe, die sie ihm abgeknöpft hatte, seiner Seligkeit nicht den geringsten Abbruch tat.

Als sie fort war, machte sich auch Stanley bald auf den Weg und ging zur öffentlichen Bibliothek, um dort alle Bücher zu lesen, in denen das Wort Werwolf vorkam. Die unheimlichen Illustrationen gefielen ihm. Manche zeigten, wie Menschen sich in Wölfe verwandelten, auf anderen sah man, wie sie zu den affenähnlichen Gestalten wurden, die die Filmindustrie so schätzte.

Soweit Stanley aus den Büchern ersehen konnte, würde er sich nun in einen Wolf verwandeln, sobald der Vollmond am Himmel erschien. Der Fachliteratur zufolge konnte er aber auch nach Belieben zum Wolf werden. Dazu mußte er sich nur auf eine Straßenkreuzung stellen, urinieren und dabei eine bestimmte Formel aufsagen.

Und das, murmelte er und dachte dabei an Ursula, das soll mich glücklich machen? Das ist ihre Vorstellung von Dank? Mich zu verwandeln in einen ... er las in dem aufgeschlagenen Buch vor sich ... »niederträchtigen Komplizen des Teufels, der nur von dem alles verzehrenden Trieb besessen ist, Böses zu tun«.

Andere Männer, die sich mit Straßenmädchen einlassen, holen sich Tripper, dachte er resigniert, aber ich werde zum Werwolf.

Er sah auf seine Uhr. Er hatte noch drei Stunden Zeit bis der Mond aufging. Wie Ursula vorausgesagt hatte, war die Wunde auf seiner Schulter fast verheilt. Ein Beweis dafür, daß die Geschichten stimmten, die sie ihm über das Leben als Werwolf erzählt hatte. Na, dachte er, vielleicht hat sie ja recht, vielleicht wird es mir wirklich gefallen.

Stanley beschloß, seinen Vater zu besuchen. Er sah ihn plötzlich vor sich – den dicken weißen Schnurrbart, der über die Mundwinkel herabhing, die herrischen blauen Augen, die in Illustrierten meist »wild« genannt wurden, in jenen Kommentaren zu Fotos, auf denen Victor Merriwether mit dem Gewehr in der Hand posierte, entweder über einem frisch erlegten Elefanten oder einem Rhinozeros, das Sekunden zuvor noch wild geschnauft hatte. Stanley sah den resoluten Gesichtsausdruck seines Vaters, der die Geschäftspartner des Versicherungskonzerns so einschüchterte, daß der Name Victor Merriwether zum Synonym für kompromißlose Durchsetzungsfähigkeit geworden war. Stanley sah die verwitterten Gesichtszüge vor sich, die Reisen unter tropischer Sonne und arktische Winde gegerbt hatten. Das war jener Victor Merriwether, der gelegentlich seinem einzigen Sohn Stanley einen Blick zuwarf, langsam den Kopf schüttelte und leise erklärte: »Du, mein Sohn, wirst nie etwas Aufregendes erleben. Nicht einmal in deinen wildesten Träumen.«

Was für eine Überraschung ich für dich habe, Dad, dachte Stanley. Aber dann dachte er an die Raubvogelaugen seines Vaters, und ihn überkamen nagende Zweifel.

KAPITEL 3

Am frühen Abend desselben Tages saß Stanleys Vater am Schreibtisch seines Arbeitszimmers und blätterte in einem Stapel Prozeßakten, in denen es um das plötzliche Verschwinden von Stanleys Mutter ging. Vor genau einem Jahr war sie auf der Überfahrt von Hawaii zum Festland verschwunden. Victor Merriwether saß im Lichtkegel einer Stehlampe, die neben seinem Schreibtisch stand. Der Tisch war fast leer, nur eine beigefarbene Schreibtischgarnitur und ein eingerahmtes Foto von Doreen Merriwether, Stanleys Mutter, standen darauf.

Millard Springfield, der ältliche erste Butler der Familie Merriwether, führte Stanley ins Arbeitszimmer und zog sich dann kommentarlos zurück. Victor sah auf, fuhr sich mit einer großen Hand durch die weiße Haarmähne und zwirbelte dann nachdenklich seinen Schnurrbart. Seine Augen waren leicht zusammengekniffen – für Stanley ein sicheres Anzeichen dafür, daß Victor Merriwether gleich zu einer wichtigen Erklärung anheben würde.

»Hab' gute Nachrichten von meinem Anwalt. Erinnerst du dich, wie du behauptet hast, ich hätte nicht die geringsten Aussichten auf Erfolg, wenn ich die Schiffsgesellschaft verklage, die deine Mutter irgendwo zwischen Hawaii und hier verloren hat. Nun, den ersten Prozeß haben wir gerade gewonnen.« Victor machte eine Pause und betrachtete seinen Sohn prüfend. Victor Merriwethers Gesicht war von jener zerklüfteten Sorte, die Zeitungsreporter gewöhnlich untertreibend als »markant« beschreiben.

»Nicht nur ich habe gesagt, daß du den Prozeß verlieren würdest, Dad. Dein Anwalt genauso.«

»Deshalb habe ich ihn ja auch gefeuert. Erfolg, mein Junge, hängt allein davon ab, daß man weiß, wen man zu feuern hat.« Victor Merriwether sprach schnell und streng. Er machte keine Pause für Kommata oder andere Satzzeichen.

»Ich will versuchen, das zu beherzigen«, sagte Stanley.

Victor starrte auf das Foto von Doreen. »Ich vermisse diese Frau, mein Sohn. Wahrscheinlich glaubst du mir nicht, aber es ist so. Als mir klar wurde, daß sie wirklich von mir gegangen ist, da wurde mir auch klar wie viel sie mir bedeutet hat. Ich war hart zu ihrem Sohn und hart zu ihr, aber sie hat sich nie beschwert, diese Frau, nicht mit der kleinsten Silbe. Und ich sag dir, mein Sohn, sie hatte Rückgrat, diese Frau, und ich vermisse sie, ja, das tu ich wirklich. Anstelle von Gott hatte ich sie, bei ihr wußte ich wenigstens daß sie existiert, na, die meiste Zeit jedenfalls. Ich habe an sie geglaubt, verstehst du das?« Mit seinen wilden blauen Augen, die viele Frauenzeitschriften als stechend, wild, männlich und heldenhaft bezeichnet hatten, blickte Victor zu Stanley auf.

»Ja, das verstehe ich, Dad.«

Victor seufzte. »Wunderbare Frau deine Mutter. Zu schade um sie.«

»Du weißt nicht genau, ob sie tot ist. Nicht mit letzter Sicherheit.«

Victor zog die Augenbrauen hoch. »Was? Mein Sohn, du mußt lernen, dich den Realitäten zu stellen. Sie ist von einem Passagierschiff verschwunden, mitten auf dem Pazifik. Und da denke ich doch, daß sie tot ist.«

»Das denkst du, aber wissen kannst du es nicht.«

Victor schüttelte den Kopf. »Was immer dir hilft weiterzuleben. Na, egal, ich freu mich, dich zu sehen.«

»Danke, Dad. Es gibt da etwas, worüber ich mit dir sprechen möchte.«

»Ach ja? Na, worum geht's?«

»Du wirst es nicht glauben.«

»Ich bezweifle, daß du mir irgendwas sagen kannst, was ich nicht glauben würde. Es sei denn, du hättest vor, mir die extreme Langeweile deines Lebens zu beschreiben.« Victor lachte in sich hinein. »Aber schieß los, mein Sohn«, sagte er laut.

Stanley rieb sich die Nase. »Ich bin ein Werwolf, Dad«, sagte er schließlich.

Victor lächelte und sah seinen Sohn prüfend an. »Zu guter Letzt bist du also doch noch übergeschnappt. Ich hab deiner Mutter ja immer gesagt, daß das eines Tages passieren würde.«

»Du hast ihr kaum jemals irgendwas gesagt, Dad, weil du immer am anderen Ende der Welt warst, um irgendwelche Tiere abzuknallen. Außerdem bin ich nicht übergeschnappt. Es ist die Wahrheit.«

»Ein Freund von mir ist Psychiater. Hat 'nen guten Ruf. Zu dem solltest du gehen.«

»Okay, Dad, ich gehe zu ihm. Aber das ändert nichts an der Tatsache, daß ... «

» ... du ein Werwolf bist«, beendete Victor den Satz. »Nun, wunderbar, mein Sohn, das hört sich erfreulich an. Der Apfel fällt doch nicht so weit vom Stamm. Mal was anderes, was Ungewöhnliches. Ein Werwolf sagst du? Na, großartig. Sieht fast so aus, als wär bei dir doch noch nicht alle Hoffnung verloren.« Er zwinkerte seinem Sohn zu. »Kehlen herausreißen. Blut schmecken. So Zeug. Hört sich gut an, Stanley. Ich steh hundertprozentig hinter dir. Aber geh trotzdem zu diesem Quacksalber. Ich hab dich immer für mittelmäßig gehalten! Den typischen Durchschnittsmenschen, der im Vorort wohnt, mit Hund und eingezäuntem Garten, und einen Haufen Bälger mit mittelmäßigem IQ großzieht, einen dieser wandelnden Toten. Und du bist mein einziger Nachkomme! Aber ein Mann muß mit Mißerfolgen leben können, stimmts? Und du bist mein Mißerfolg. Ich bin stolz auf dich, mein Sohn. Dieser Unsinn mit dem Werwolf bringt das Bild ein bißchen ins Wanken. Geh lieber zum Quacksalber, bevor du irgendwelche Kinder belästigst, ja? Und versuch ein bißchen abzunehmen. Du siehst wabbelig aus.«

Stanley betrachtete seinen Vater wie aus zehn Meilen Entfernung. Zum ersten Mal war er froh, ein Werwolf zu sein, froh über die Gelegenheit, seinem Vater zu zeigen, daß sein Bild von ihm nicht nur ein bißchen wankte, sondern kurz davor war, in tausend Stücke zu zerbrechen. Endlich, dachte er, endlich habe ich mal was, was Dad die Schuhe auszieht. Und Stanley sagte: »Ich wollte nur sicher sein, daß du nichts dagegen hast.«

»Wogegen?«

»Daß ich ein Werwolf bin.«

»Mein Sohn, du weißt, daß ich Kontinente erforsche, Industriezweige aufbaue, wichtige Verträge abschließe und die wildesten Tiere der Erde von meinen Reisen zurückbringe und meine Wände mit ihnen schmücke. Ja, das bin ich. Und du? Du bist ein Werwolf. Nun gut, jeder tut, was er kann. Ha, ha, ha!« Victor begann laut zu lachen. Dann hielt er inne und sah Stanley scharf an. »Aber geh zu diesem Seelenklempner. Ich ruf dich morgen vom Büro aus an und geb dir seinen Namen und seine Adresse. Bleibst du übrigens zum Abendessen? Wenn ja, sage ich Maggie Bescheid, damit das Dienstmädchen noch ein Gedeck auflegt.«

Das brachte Stanley auf eine Idee. Dinner. Mitternacht. Vollmond. Er sagte: »Klar, Dad, ich bleibe zum Dinner.«

KAPITEL 4

Am Montagmorgen wachte Stanley in seinem eigenen Bett auf und ächzte vor Muskelkater und Schmerzen. Aber das war schon ein Fortschritt gegenüber dem Sonntagmorgen, als er zwar auch mit Muskelkater und Schmerzen aufgewacht war, aber nicht in seinem Bett, sondern in einer Höhle über dem Meer. Das Essen mit Dad am Samstagabend war anders verlaufen als geplant.

Tatsächlich war bis zu einem bestimmten Punkt alles so gelaufen, wie Stanley sich gewünscht hatte. Man hatte den Dienstmädchen gesagt, daß er zum Dinner bliebe, und er und sein Vater hatten sich zu einem späten Abendessen ins Eßzimmer zurückgezogen. Das Essen war gut wie immer, der Wein exzellent und Stanley guter Dinge. Bald würde er seinem Vater zeigen, daß Stanley Merriwether jemand war, mit dem man rechnen mußte und keinesfalls jemand, der, wie sein Vater so oft und gern behauptete, zur Unscheinbarkeit bestimmt war. Sein Vater würde schon sehen, daß er ein ganz anderer, ein einmaliger Mensch war und anders als alles, was Victor Merriwether auf all seinen Weltreisen je erlebt hatte oder erleben würde.

Sie sprachen über einen großen Geschäftsabschluß, vor dem Stanleys Versicherungsgesellschaft stand. Stanley versuchte, den Bürgermeister zu überzeugen, daß alle städtischen Angestellten bei der Merriwether Insurance Gesellschaft versichert sein sollten. Für Mitte des Monats hatte er einen Termin mit dem Bürgermeister ausgemacht. Victor gefiel der Geschäftssinn seines Sohnes. Der Nachtisch wurde serviert.

Und dann, als Stanley gerade die Süßspeise löffelte, strahlte das Licht des Vollmonds durch das Fenster hinter seinem Stuhl. Sein Löffel schwebte gerade in der Mitte zwischen Teller und seinem Mund, als er es zum ersten Mal spürte, dieses Prickeln. Und als er über seine Schulter zurückblickte, wußte er, daß das, was er spürte, das Mondlicht war, obwohl er bis zu diesem Moment natürlich noch nie Mondlicht gefühlt hatte.

Er drehte sich schnell wieder um und sah seinen Vater an, der dasaß und ihn anstarrte. »Sohn«, sagte Victor Merriwether, »deine Nase ist ganz schwarz.« Stanley lächelte als Antwort und entblößte dabei einen Mund voll blitzender Reißzähne.

Und dann erwischte es ihn am ganzen Körper. Sein Rücken krümmte sich, und sein Kopf schlug mit einem harten Bums auf den Tisch auf. Daraufhin kippte sein Dessertteller um und bekleckerte das seidene Tischtuch. Jetzt wird Dad für die nächsten drei Wochen an mir herummeckern, dachte Stanley.

Und das war sein letzter Gedanke vor einem alle Knochen erschütternden Sturz zu Boden. Dort liegend blickte Stanley auf seine Hände, und beobachtete wie durch einen Dunstschleier, wie sie von Sekunde zu Sekunde haariger wurden und seine Fingernägel sich zu Klauen verformten. Er rollte sich auf den Rücken, lag neben seinem umgestürzten Stuhl und starrte zur Decke. Sein Vater stand auf dem Tisch und sah zu ihm hinunter, und sein Gesicht glühte vor unterdrückter Aufregung.

Plötzlich schien der Schmerz nachzulassen und Stanley sah, wie sein Vater vom Tisch sprang und so schnell durch den Raum stürzte, daß sein weißes Haar wie eine Fahne hinter ihm herflatterte. Dann war er durch die Eßzimmertür verschwunden. Stanley sprang hoch und auf alle Viere. Er hatte es dem alten Herrn gezeigt, endlich hatte er es ihm gezeigt – er und sein neuer Körper.

Sein neuer Körper fühlte sich noch fremd an, aber Stanley kam sich plötzlich geschmeidig und kraftvoll vor. Seine Kleider schlabberten um seinen Raubtierkörper und er befreite sich von ihnen. Sein ganzer Körper war jetzt mit dichtem, glänzenden Fell bedeckt.

Sein Atem ging leicht und tief, und seine Muskeln waren fest und stark. Er probierte die Luft mit einem einzigen flachen Atemzug, und tausend neue Gerüche bestürmten ihn. Er konnte das Essen im Raum riechen, die Blumen auf dem Tisch, die Eukalyptusbäume draußen vor dem Fenster, die Abgase der vorbeifahrenden Autos, die Frische der Nachtluft und die leichte Brise vom Ozean her. Und dann hörte er etwas in der Ferne, das näherkam. Schritte, rasche Schritte. Die seines Vaters. Sie schienen näher zu kommen und immer näher, ohne jemals anzukommen. Stanley wurde plötzlich klar, daß er die Schritte schon gehört hatte, als sein Vater noch zwei Stockwerke über ihm und im anderen Teil des Hauses war. Und er dachte, es ist doch eine feine Sache, dieses Wolfsdasein, eine wunderbare Art, die Welt zu erleben.

Dann flog die Eßzimmertür auf und da kauerte Victor Merriwether – Dad, mit einer Maschinenpistole im Anschlag.

Stanley reagierte sofort. Er konnte hören, wie der Hahn gespannt wurde, und er roch das Waffenöl im Magazin. Aber er hatte nicht gewußt, daß er mit solch erstaunlicher Geschwindigkeit und Beweglichkeit herumwirbeln und in einem einzigen hohen Satz durch das geschlossene Eßzimmerfenster hinaus ins helle Mondlicht springen konnte. Natürlich hatte er auch keine Ahnung gehabt von der erstaunlichen Geschwindigkeit, mit der Victor Merriwether eine Salve nach der anderen abfeuern konnte. Das Rattern der Maschinenpistole klang wie ein Raum voller, mit Höchstgeschwindigkeit tippender Sekretärinnen, und das Vorbeisausen der Kugeln tat Stanleys empfindlichen Ohren weh. Schlimmer noch, er fühlte, daß die Kugeln trafen, ihn durchbohrten. Aber sie verursachten keine Schmerzen, und die Wunden schienen fast auf der Stelle zu heilen.

In einiger Entfernung vom Haus blieb Stanley stehen, um seine zertrümmerte Pfote zu betrachten, und während er zuschaute, richtete sich der gebrochene Knochen wieder gerade, und Haut und Muskeln heilten. Als er dann zum Mond aufsah, sah er Victor Merriwether. Der stand im zertrümmerten Fenster des Eßzimmers und feuerte Salve um Salve ab.

Der Anprall der Kugeln warf Stanley beinahe um, aber er machte einen Satz und rannte los. Er hörte seinen Vater fluchen, und mehrere Hunde fingen an zu bellen, aber Stanley nahm sich nicht die Zeit zurückzublicken. Er lief an den Villen des Viertels vorbei, zu den felsigen Klippen hinunter. Die Bucht und den weißen Strand, den man von dort aus überschauen konnte, hielten die wohlhabenden Bewohner des Viertels für ausschließlich ihr Eigentum.

Dort machte er eine Pause. Seine geschärften Sinne sagten ihm, daß die Luft lau und rein war, daß der Hauch einer Brise durch die Blätter raschelte und – daß ihm etwas folgte. Er wandte den Kopf gerade noch rechtzeitig, um einen hundertundfünfundzwanzig Pfund schweren Deutschen Schäferhund auf sich zuspringen zu sehen. In seinem Wolfsverstand fand Stanley, daß die Bewohner dieses Viertels ihre Hunde lieber nicht frei herumlaufen lassen sollten.

Die beiden rollten über den Boden, in einem Knäuel aus Fell und Knurrlauten. Stanley war starr vor Entsetzen. Er hatte immer Schlägereien mit anderen Männern gescheut, und war so im Kampf gegen eine andere Spezies eindeutig im Nachteil. Dementsprechend war er weniger überrascht als vielmehr starr vor Schreck, als der Hund ihn bei der Gurgel packte und zu Boden drückte.

Noch mehr aus der Fassung brachten ihn die Reißzähne des Tieres, die sich in seine Kehle gruben. Aber auch diesmal schienen die Wunden zu heilen, sowie der Hund seinen Biß lockerte. »Teufel noch mal«, murmelte Stanley, aber es kam als Knurren heraus.

Dies schien den Hund in noch größere Rage zu

bringen, und er fiel aufs neue über Stanley her, der zu wimmern begann. Dann ertönte eine kindliche Stimme, und der Hund ließ von ihm ab. Von weit, weit entfernt hörte Stanley ein kleines Mädchen. »Bei Fuß, Shep«, rief sie, »komm sofort her. Sei ein braver Hund, Shep!«

Der alte Sheppy starrte einige sehr lange Sekunden auf sein Opfer hinunter. Stanley war sich völlig im Klaren darüber, daß der Hund ihn fertigmachen wollte; aber es war ebenso klar, daß die Bestie sich gezwungen fühlte, dem Ruf seiner Herrin zu folgen. Gott sei gedankt, dachte Stanley, daß die Hunde der Deutschen so diszipliniert sind wie ihre Herren.

Er sollte recht behalten: Mit einem tief aus der Kehle kommenden Knurren drehte sich der Schäferhund um und trottete fort, während aus der Ferne immer noch »Bei Fuß, Sheppy« ertönte.

Mit einem tiefen Seufzer rappelte sich Stanley langsam auf. Der Mond stand jetzt hoch am Himmel, und Stanley nahm sich Zeit, seinen Körper zu betrachten. Sein Pelz war lang, dick und silbrig, mit schwarzen Spitzen. Ich seh verdammt gut aus, dachte Stanley, und ihm fiel auf, wie schlank und biegsam seine Taille war und wie breit und muskulös dagegen seine Hüften unter dem dicken Pelz. Und erst der üppige Schwanz. Voller Freude wedelte Stanley ihn hin und her.

Er sah sich um. Er konnte ziemlich gut sehen in der Dunkelheit, und eine Million Düfte, die der Wind mit sich trug, stiegen ihm in die Nase. Ursula hat recht, dachte er. Es ist wundervoll. Ganz wundervoll.

Plötzlich spürte er ein Kneifen in der Magengegend, ein eigenartig nagendes Gefühl, wie Hunger, aber viel stärker als Hunger. Seine Augen wurden schmal, seine Muskeln spannten sich, und er fragte sich, was dieses tiefe Verlangen zu bedeuten hatte. Aber er dachte nicht lange darüber nach, denn vom Strand wehte ein Geruch zu ihm herauf, und das Verlangen verließ ihn, wurde verdrängt von einer anderen Begierde, die ihm sehr vertraut war.

Er beschloß, zum Strand hinunterzuschlendern. Von Schlendern jedoch konnte kaum die Rede sein. Der Pfad, der die Klippen hinunterführte, war dunkel, felsig und steil. Starke Windböen bliesen ihm entgegen, was die Angelegenheit nicht erleichterte. In meiner menschlichen Gestalt könnte ich es nie, dachte Stanley. Und von den Menschen, die das schaffen könnten, würde sich kaum jemand die Mühe machen. Trotzdem gab es weit unten am Strand jemanden, der sie sich gemacht hatte – zwei Jemande, um genau zu sein. Und Stanley wußte, warum sie hier waren. Der Wind sagte ihm den Grund.

Als er den Fuß der Klippen erreicht hatte, setzte er sich auf die Hinterpfoten und blickte über den weißen Strand. Im Licht des Vollmonds funkelte die Gischt der heranrollenden Wellen weiß und silbrig, die Wellentäler dahinter lagen in tiefem Schwarz. Einige hundert Meter von Stanleys Platz entfernt saßen auch die beiden Jemande neben der Glut eines verlöschenden Feuers. Stanley dachte, die glauben bestimmt, sie wären hier ganz allein.

Er trottete in ihre Richtung aus der Dunkelheit auf den Lichtschein der Glut zu. Das Mädchen sprang auf und schrie so laut, daß Stanley einen Satz rückwärts machte. »Erschreck mich doch nicht so!« rief er, aber es kam als ein Winseln heraus.

Der junge Mann, der ihm den Rücken zugewandt hatte, rollte sich herum. »Mein Gott, das ist doch nur ein Hund«, sagte er, und in seiner Stimme schwang ein Hauch von Ärger.

Das Mädchen, so schlank, so blond, so langhaarig, so spärlich bekleidet in ihrem winzigen Zweiteiler, starrte Stanley an. »Aber er ist riesig. Sieht eher aus wie ein Wolf oder sowas.«

»Ein Wolf? Hier? Sei nicht albern!« Der junge Mann, ebenfalls in Badesachen, schlang seine Arme um sie und zog sie wieder auf die Decke. »Komm her, Baby, entspann dich.«

»Schaff den Hund weg, Jack. Ich will's nicht vor diesem Hund machen.«

»Ach, was schert dich der Hund. Komm her. Vergiß ihn. Er wird gleich verschwinden. Und er tut ja niemandem was.« Der junge Mann, Jack, sah zu Stanley. »Verdammt schöner Hund, wenn du mich fragst.«

Netter Junge, dachte Stanley.

»Sorg dafür, daß er abhaut«, rief das Mädchen.

Hör nicht auf sie, dachte Stanley, atmete tief ein und füllte seine Nasenflügel mit dem Geruch, den er schon aus weiter Ferne wahrgenommen hatte, dem Moschusduft einer erregten Frau. Stanley beschloß, in Aktion zu treten.

Er ging geradeaus auf das Mädchen zu, das vor ihm zurückwich und die Arme vor der Brust kreuzte. Stanley winselte sie an. Er hoffte, es klänge freundlich genug, denn er wollte ihr die Angst nehmen. Aber das Mädchen sprang hoch.

»Hab doch keine Angst vor ihm«, sagte Jack, streckte seine Hand aus und tätschelte Stanleys Rücken. »Du bist nicht gemeint«, knurrte Stanley vor sich hin, wedelte aber für alle Fälle mit dem Schwanz. »Siehst du, er ist ganz harmlos«, sagte Jack. »Und jetzt komm wieder her.«

»Ich weiß nicht«, antwortete das Mädchen und hörte sich keineswegs überzeugt an. Stanley stieß das kläglichste Winseln aus, das ihm gelingen wollte und ging dann langsam auf sie zu. Mit zitternden Fingern streckte sie ihm eine Hand entgegen, er winselte noch einmal und leckte ihre Finger. Dann berührte sie seine Schnauze. Verdammt mutiges Mädchen, dachte Stanley. Ich würde mich hüten, einem dahergelaufenen Hund an die Schnauze zu fassen. Er leckte ihr wieder die Finger.

»Er mag mich«, sagte das Mädchen mit einem breiten Lächeln voll rührender Einfalt. Sie tätschelte Stanley, nahm dann seinen Kopf zwischen ihre Hände und sagte »er hat wunderschöne Augen.« Stanley empfand das als das Zeichen, auf das er gewartet hatte. Und er tat das, was Hunde seit altersher tun, mit Vorliebe bei Fremden: Er steckte seine Schnauze direkt zwischen ihre Beine.

»Du hast recht«, sagte Jack. »Er mag dich.«

»Sein Atem ist ganz heiß«, kicherte das Mädchen, und Stanley schupste sie leicht mit der Schnauze.

»Jetzt ist aber Schluß, du schlimmer Hund«, sagte das Mädchen und gab Stanley einen Klaps auf die Schnauze. Enttäuscht wich er zurück. Jack stand von der Decke neben dem verlöschenden Feuer auf und nahm das Mädchen in die Arme. Stanley rührte sich nicht von der Stelle, setzte sich auf die Hinterpfoten und bereitete sich darauf vor, ihnen zuzusehen.

Jack hielt das Mädchen eng an sich gepreßt, sie schienen miteinander zu verschmelzen. Stanley seufzte. Dann ließ Jack seine Hände über den Körper des Mädchens gleiten, umfaßte ihre Hüften und drückte sie fest gegen die seinen.

Die angespannten Muskeln des Mädchens zeigten, daß auch sie sich an ihn preßte, und bald wanderten Jacks Hände zu dem Verschluß ihres Bikinioberteils. Er öffnete ihn; sie trat einen Schritt zurück und ließ es zu Boden gleiten. Dann hielten sie sich wieder umschlungen, ließen sich auf die Decke sinken, und Stanley überkam das überwältigende Verlangen zu jaulen.

Er konnte sich jedoch ausrechnen, was das bei den beiden anrichten würde und unterdrückte seinen Impuls. Aber er sah mit Interesse zu, wie sich die zwei des Rests ihrer Kleidung entledigten und auf der Decke herumrollten. Es wirkte wie ein Ringkampf im Fernsehen, bei dem die Gegner über die Seile fallen, in die Luft springen und immer wieder übereinander herfallen. Allerdings waren die Ringkämpfe im Fernsehen meistens um einiges anmutiger. Der einzige Grund, überlegte Stanley, warum die meisten Leute so ähnlich wie die beiden hier miteinander herummachen, muß darin liegen, daß sie sich dabei nicht sehen können.

Aber Stanley genoß die Vorstellung der beiden ungeheuer, und als Jack in das Mädchen eindrang und sich ihr Körper dem seinen entgegenhob, hätte

Stanley beinahe einen lauten Heuler ausgestoßen. Zum ersten Mal in seinem Leben wurde ihm klar, daß er eine natürliche Begabung zum Voyeur besaß. Ursula, du verrückte Frau, dachte er glücklich, auch wenn er nicht umhin konnte, sich zu fragen, ob er nicht vielleicht gerade zum niederträchtigen Komplizen des Teufels wurde. Schließlich, sagte er sich, ist Sex der ganz persönliche Gefühlsausdruck zweier Menschen und sollte in der Privatheit eines Schlafzimmers oder in entsprechenden Filmen genossen werden.

Die zwei gewährten ihm noch zwei Zugaben zu ihrer Vorstellung, auch diese verfolgte Stanley mit aufmerksamem Interesse, und dann geschah etwas. Zuerst spürte er es in seinem Schwanz. Der fühlte sich plötzlich wie betäubt an. Als Stanley sich umdrehte, stellte er fest, daß sein Schwanz langsam kürzer wurde. Und dann wurde Stanley klar, daß die Sonne aufging. Oh mein Gott, dachte er.

Das junge Paar lag in tiefem Schlaf, und Stanley schlich sich auf leisen Pfoten davon. Während er den Strand entlangrannte, wurden die Haare auf seinen Pfoten von Sekunde zu Sekunde dünner. Dann entdeckte er die Höhle oben in den Klippen und stürzte darauf zu. Aber schon während er das erste Stück des steilen Pfades hochkletterte, fühlte er, wie seine Muskeln schwach und schlaff wurden und sein Bauch sich rundete. Und wie er sich danach sehnte, wieder ein Wolf zu sein.

KAPITEL 5

Während Stanley Merriwether nun am Montagmorgen im Bett lag und das helle Sonnenlicht durch die Vorhänge drang, genoß er die sanfte, weiche Kühle der Bettwäsche auf seiner Haut. Der gestrige Tag, den er in einer Höhle über dem Strand zugebracht hatte, hatte ihm nichts Weicheres zu bieten gehabt, als nackte, nur mit einer dünnen Schicht Sand bedeckte Felsbrocken.

Er erinnerte sich, wie das Brausen des Meeres den ganzen Sonntag lang durch die Höhle dröhnte, während er nackt und verstört in einer Ecke kauerte. Würde man ihn hier aufstöbern und als verrückten Perversen festnehmen? Was mochte aus seinem Auto geworden sein, das er zuletzt vor dem Haus seines Vaters hatte stehen sehen, und was aus seinen Kleidern, die ihm bei seiner Verwandlung vom Körper gerutscht waren? Und er fragte sich auch, ob er noch mehr Paare wie das von vergangener Nacht finden würde und von ihnen neue Formen einer uralten Tätigkeit lernen könnte.

Als es Abend wurde, hatte ihn noch niemand gefunden, und Stanley war froh, daß der Strand so schwer zugänglich war und die Höhle, in der er sich versteckt hielt, etwas abseits von dem ohnehin kaum betretenen Pfad lag, der durch die Klippen hinunter zum Meer führte. Mit freudiger Erwartung verfolgte er, wie das Licht vor dem Eingang der Höhle allmählich schwächer wurde, und ihn fröstelte, als die erste kühle Brise vom Meer hinaufblies. Diese Nacht würde kühler werden.

Schließlich wagte er sich zum Eingang der Höhle vor und sah zum Himmel auf. Die ersten Sterne glitzerten, als die Nacht kam, und dann ging der Mond auf.

Es erwischte ihn hart und blitzartig. Er ging zu Boden, als hätte ihm jemand einen Schlag auf den Solar plexus versetzt. Unwillkürlich entwich Stanley ein »Ooh«, und er lag eine Weile wie betäubt. Aber dann wuchs ihm Fell, seine Muskeln zuckten, die Knochen knirschten, und schon hatte er seine andere Gestalt angenommen, sprang auf alle viere und war endlich wieder die geschmeidige Kreatur der Nacht.

Er sagte sich, ich muß mich sofort auf den Weg nach Hause machen.

Er kletterte den Pfad bis zur Spitze der Klippen hinauf und wanderte im Schatten, den die Eukalyptusbäume warfen.

Sein Schritt war leicht, und sein Körper schien unermüdlich. Er genoß das Spiel und die Bewegungen seiner kraftvollen Muskeln. Das Leben der Menschen ist nichts dagegen, sagte er sich.

Im Schutze der Bäume trottete er weiter bis zu den Straßen und Alleen des Villenviertels, ständig auf der Hut vor Menschen, Deutschen Schäferhunden und anderen bedrohlichen Dingen. Dann, gerade als er am Garten der Simonsons vorbeiging, sah er langsam etwas auf sich zukommen. Jäh hielt er inne. Dort lag im Schein der Straßenlaterne das alte, vertraute Simonsonsche Haus, in dem Stanley als Kind immer zu Becky Simonsons Geburtstagsparties gegangen war. Aber jetzt ragte das Gebäude bedrohlich vor ihm auf, und auch das Wissen, daß es dort Swimmingpool und Tennisplätze gab, konnte Stanleys düstere Vorahnungen nicht besänftigen.

Er kniff die Augen zusammen, um besser erkennen zu können, was aus dem Schatten des Hauses auf ihn zukam. Dann fielen ihm seine neuen Kräfte ein, und er ließ sie für sich arbeiten. Ein einziger Atemzug sagte ihm, was er wissen wollte, und dieses Wissen machte ihm Angst.

Auf der Suche nach einem schnellen Fluchtweg blickte er verzweifelt die Straße auf und ab, und dann – war es zu spät. Sie kam näher, blieb unter der Straßenlaterne stehen und starrte ihn an. Aber sie legte nur eine kurze Pause ein und schon wieder rückte sie näher, blieb zwei Schritt vor ihm stehen, den Schwanz hoch in die Luft gereckt. Stanley ließ sich auf die Hinterpfoten nieder und beschloß, abzuwarten. Sie war eine Colliedame mit dicker weißer Mähne, langer, schmaler Schnauze, dunklen Augen und gespitzten Ohren. Und ihr Geruch verriet ihm, daß sie heiß war.

»Oh Shit«, sagte er mit einem Knurren.

Sie antwortete mit einem Winseln und kam noch einen Schritt näher.

»Hör zu«, sagte er. »Ich hab's eilig. Hier liegt ein schreckliches Mißverständnis vor.« Das zumindest hatte er sagen wollen, die Colliedame hörte jedoch nur ein Heulen.

Sie kam jetzt ganz nah heran, ließ sich auf die

Vorderpfoten hinunter, reckte das Hinterteil in die Höhe, auf die Art, wie sich Tiere überall auf der Welt zum Spiel einladen. Dann vollführte sie einige übermütige Luftsprünge. Carlo Ponti kriegt Sophia Loren, dachte Stanley, und ich krieg Lassie.

Als er ihrer Einladung nicht folgte, blieb sie stehen, drehte sich um, rannte zu ihm zurück und begann, ihre Schnauze an der seinen zu reiben. Er wich zurück, und sie bellte. »Du hetzt uns noch die ganze Nachbarschaft auf den Hals«, murrte er und blickte zum Haus der Simonsons hoch. Das Anwesen seines Vaters lag direkt hinter dem der Simonsons und war nur durch eine schmale Baumreihe getrennt – zu nah, um tröstlich zu sein, dachte Stanley.

»Arf, arf«, rief die Colliedame.

Er seufzte; sie wiederholte ihre Aufforderung zum Tanz und bellte, als er nicht reagierte. Die Bellerei machte Stanley nervös. Zuerst Gebell, dann kommen Leute und dann und dann ...

Plötzlich kam ihm eine Idee. Als sie dicht vor ihm kauerte, sprang er sie an und gemeinsam tobten sie herum. Zum Teufel, dachte er, wenn ihr das das Maul stopft – mir soll's recht sein, und sowie sie müde wird, verschwinde ich. Er behielt aber immer den östlichen Horizont im Blick – für den Fall, daß er zu lange herumtollte und die Sonne aufging.

Stunden schienen vergangen zu sein, und sie sprang und scharwenzelte immer noch herum. Schließlich baute sie sich vor ihn auf und reckte ihm, den Schwanz ordentlich zu einer Seite gelegt, ihr Hinterteil entgegen. Nun, vom hündischen

Standpunkt aus, das mußte er zugeben, sah sie wirklich nicht schlecht aus.

Sie kläffte, und ihr Gebell hallte im ganzen Viertel wider. Stanley warf einen ängstlichen Blick auf die Häuser. Er und die Colliedame hatten sich in die Büsche des Simonsonschen Vorgartens geschlagen, aber er fühlte sich hier nicht viel sicherer als auf der Straße. Was für ein Leben, dachte er, erst fallen mich Deutsche Schäferhunde an, und dann entpuppt sich Lassie als Nymphomanin.

»Arf, ARF!«

»Sei still«, knurrte er sie an, und es war wirklich ein Knurren. Sie war sofort still, und an ihrem Gesichtsausdruck sah er, wie sehr ihr dominante Männer gefielen.

In diesem Augenblick näherte sich ein dominanter Mann. Stanley konnte das Kratzen seiner Krallen auf dem Asphalt schon von weitem hören. Die Colliedame spitzte die Ohren, spähte in die Dunkelheit und schien der Ankunft eines weiteren Hundes mit gespannter Vorfreude entgegenzusehen.

Für Stanleys Begriff kam er viel zu schnell näher. Es war Shep, der Deutsche Schäferhund und er knurrte Stanley auf der Stelle an. Die Colliedame bellte ermutigend, und in Stanleys Ohren klang das wie eine Aufforderung zum Kampf um sie. Als der Schäferhund sich zu voller Größe aufrichtete, zog Stanley sofort den Schwanz ein. Shep schien auf Zehenspitzen zu stehen, so riesig wirkte er. Sein Nackenfell war gesträubt und wirkte wie eine Mähne. Diskretion, sagte sich Stanley, ist nicht die schlechteste Überlebensstrategie, und er wich vor

Sheps wildem Blick zurück. Die Colliedame wirkte enttäuscht. Sie winselte und bellte flehentlich. »Ich bin einfach kein Kämpfer«, winselte Stanley zurück und ließ Shep, der schon viel zu nah gekommen war, nicht aus den Augen.

Das schien die Leidenschaft der Dame zu dämpfen. Nach einem letzten frustrierten Gebell in Stanleys Richtung tänzelte sie auf Shep zu. Shep knurrte immer noch, aber als ihm die Colliedame das Gesicht leckte, wedelte er mit dem Schwanz.

So ist's brav, guter Hund, dachte Stanley. Sie gehört dir ganz allein. Laß mich nur ohne größeres Theater und ohne die Nachbarschaft aufzuwecken vor Sonnenaufgang nach Hause kommen.

Collie erinnerte Shep offensichtlich mit Erfolg daran, daß es auf der Welt nicht nur Gewalt gab, und Stanley trat vorsichtig den Rückzug an. Shep machte keine Anstalten, ihm zu folgen, und Stanley nutzte die Gelegenheit, schnell in der Dunkelheit zu verschwinden. Er rannte durch das Villenviertel und nahm dann die lange gewundene Straße entlang der Bucht. Sie führte ihn durch eine isoliert liegende Unteroffizierssiedlung und zum Hafen in der Nähe von Stanleys Haus. All dies war unproblematisch – abgesehen von einer Sache.

Als er nämlich durch die Siedlung lief, roch Stanley etwas, das ihm ein enormes Ziehen im Magen verursachte; es war stärker als Hunger, und dieses Mal wußte Stanley, was es war.

Wie von Sinnen tigerte er unter den Bäumen entlang, die die Straße säumten. Schließlich fand er das Haus, nach dem seine Nase gesucht hatte. Er lief darum herum zum Hinterhof, und hier wurde der

Geruch noch stärker. Dieser magische Geruch, der Geruch von Blut – hier hatte er ihn.

Nun wußte er, wonach ihn verlangte – nach frischem Blut, Blut, das in den Adern noch lebender Beute floß, heißem Blut, das seine Därme füllen und den schrecklichen Schmerz in seinem Innern lindern würde. Das war es, was er dringender als alles andere brauchte, und beim Gedanken daran wurde ihm übel. »Igitt«, sagte er mit einem Knurren.

Er stand vor einem weißen Staketenzaun. Dahinter schliefen Hühner vor ihrem Stall in einer Ecke des Hofs. Irgendein Sergeant züchtet Hühner als Hobby, dachte Stanley, und heute abend mußte eines dran glauben. Ich kann das Blut riechen, von dort drüben, von dem Hackklotz her.

Mit einem einzigen, mühelosen Satz sprang er über den Zaun und landete elegant auf der anderen Seite. Er hatte richtig vermutet: Vor dem Hackklotz lag eine Axt, daneben waren Federn und Blutflecke.

Er wandte sich dem Hühnerstall zu.

Die Tiere waren bei seinem Sprung über den Zaun nicht einmal hochgeschreckt, so geschmeidig und leise hatte er sich bewegt. Er beglückwünschte sich selbst dazu, während er mit der gleichen Lautlosigkeit auf die Hühner zuschlich, mit einer einzigen, zielsicheren, tödlichen Bewegung eins der Tiere schnappte und es mit einem Biß tötete. Schon war er wieder über den Zaun verschwunden – seine Beute fest zwischen den Zähnen.

Sowie die Todeszuckungen des Federviehs aufgehört hatten, verschlang er es hastig. Sein Hunger war ein wenig besänftigt, aber keineswegs gestillt. Nicht ganz das, was mir vorschwebte, dachte er. Als hätte ich mich mit ein paar Krumen zufrieden geben müssen, statt den ganzen Kuchen zu essen. Aber der Himmel wurde langsam heller, und Stanley hatte keine Zeit mehr, über solche Dinge nachzugrübeln. Er rannte weiter, so schnell er konnte, und stand bald darauf vor seinem Haus, das immerhin einige Meilen von der Soldatensiedlung entfernt lag. Und ich bin noch nicht einmal außer Atem, sagte er zu sich und dachte daran, wie ihn in seiner menschlichen Gestalt schon ein rascher Gang um zwei Häuserblocks völlig erschöpfte. Er seufzte und hatte keine Lust, seinen Wolfskörper zu verlassen und wieder Stanley Merriwether zu werden, der dickliche Mann, zu dem Sylvia niemals ja sagen würde.

Aber ich bin froh, daß mein Auto wieder da ist, dachte er, als er auf das Straßenstück vor seinem Haus blickte. Das muß er herübergeschickt haben.

Es war ein roter Thunderbird 1956 und für Stanley ähnlich wichtig wie seine sich lichtenden Haare. Den Wagen zu fahren, gehörte zu den größten Freuden seines Lebens. Er lief zum Auto, um nachzusehen, ob es keinen Schaden genommen hatte. Es schien unversehrt. Stanley stützte sich mit den Vorderpfoten auf den Türgriff und sah ins Wageninnere. Seine Kleider lagen ordentlich zusammengefaltet auf dem Fahrersitz, eine Notiz war daran geheftet. Aber Stanley konnte die Tür nicht öffnen, weil er weder Schlüssel noch Hände hatte.

Also schlich er zum Haus, kletterte die Vordertreppe hoch, wühlte mit der Schnauze in dem großen Blumenkübel, der auf der Veranda stand, und fand dort den Schlüssel zur Haustür.

Er hielt Ausschau nach möglichen unerwünschten Zuschauern, dann blickte er nach Osten, zum Horizont über der Bucht. Die Sonne ging gerade auf, und sowie ihn die ersten Strahlen trafen, schüttelten ihn Krämpfe, die ihn zu Boden warfen. Aber Sekunden später war er wieder auf den Beinen – ein fetter, wabbeliger, nackter Mensch, der mit erstaunlicher Geschwindigkeit den Schlüssel ins Schlüsselloch steckte und im Haus verschwand.

KAPITEL 6

Auf Stanleys Wecker waren erst drei Stunden vergangen, seit er sein Haus betreten und sich ins Bett verkrochen hatte. Es war Zeit fürs Büro. Eigentlich müßte ich erschöpft sein, dachte er, aber mir gehts gut. Mehr als gut. Ich fühl mich ausgeruht, und noch verblüffender: Ich habe keinen Hunger.

Er sprang aus dem Bett, zog sich schnell an und ging hinaus zu seinem Wagen, ohne sich in der Küche sein erstes Hefestückchen des Tages zu holen. Er wollte den Zettel lesen, den ihm sein Vater ins Auto gelegt hatte.

Mit dem Ersatzschlüssel, den er im Wohnzimmerschrank aufbewahrte, schloß Stanley die Tür auf und griff nach dem Stück Papier, auf dem er die gestochen klare Handschrift seines Vaters erkannte. »Mein Sohn«, stand dort. »Ich habe Millard beauftragt, Dir Dein Auto zu bringen. Wir beide, Du und ich, kennen Deine momentane Lage. Sie ist völlig unfaßbar und verdammt aufregend. Aber Du weißt, mein Sohn, daß das nicht lange so weitergehen kann. Denn erstens ist der Werwolf der Todfeind des Menschen (wie Du siehst, habe ich mich informiert), und zweitens kann ich unmöglich zulassen, daß mein Sohn so herumläuft, wie Du gestern abend. Denk an den Skandal!

Aber bis zum nächsten Vollmond, mein Sohn,

werde ich davon absehen, Dich zu jagen. Du hast also einen vollen Monat Zeit, Dich auszukurieren. Danach werde ich Dich, nur zu Deinem eigenen Besten, erschießen, sobald ich Dich erwische. (Gezeichnet) Dad.«

Stanley hatte plötzlich Kopfschmerzen.

Nachdem er seine Kleider ins Haus getragen und auf sein Bett geworfen hatte, ging er zurück zum Auto, stieg ein und machte sich auf den Weg in die Firma. Auskurieren, dachte er unterwegs. In einem Monat soll ich mich heilen lassen. Wie soll ich das schaffen? Wer kuriert Werwölfe?

Während er die Straße entlangfuhr, grübelte er darüber nach und beschloß, zu tun, was jeder tut, der ein soziales Problem hat. Er würde zu einem Psychiater gehen, wie sein Vater vorgeschlagen hatte.

Als er im Versicherungsgebäude ankam, nahm er den Fahrstuhl hinauf zu seinem Büro und blieb vor Sylvias Schreibtisch stehen. Mit ihren gleichgültigen blauen Augen sah sie hoch, und nachdem ihre Augen eine Weile auf seinem Gesicht geruht hatten, sah Stanley ein neues Licht in ihnen aufflackern, ganz ähnlich dem Funkeln des Diamanten, der an einer feinen Goldkette auf ihrem Busen ruhte. »Guten Morgen, Mr. Merriwether«, sagte sie und lächelte.

»Guten Morgen, Sylvia«, antwortete Stanley, atemlos wie immer, wenn er mit ihr sprach. »Sylvia, nach dem Lunch habe ich einiges in der Stadt zu erledigen. Wenn Anrufe kommen, sagen Sie, Sie wüßten nicht, wann ich zurück bin.«

Sie nickte. »Okay, Mr. Merriwether.« Ihre Augen hingen immer noch an seinem Gesicht.

»Stimmt irgendwas nicht, Sylvia?« fragte er. »Sie sehen mich an, als wäre ich ein Fremder.«

Sie lächelte schüchtern und sah verschämt zur Seite. »Ich weiß nicht, Mr. Merriwether ... «

»Stanley! Wie oft hab ich Sie schon gebeten, mich Stanley zu nennen.«

»Stanley«, sagte sie mit ihrer sanften Stimme, die für ihn immer tiefe Zärtlichkeit versprach. »Ich weiß nicht, woran es liegt, aber Sie sehen irgendwie anders aus. Ich weiß nicht wie, aber ganz verändert.«

Dem Klang ihrer Stimme entnahm Stanley, daß sie das gut fand. Das freute ihn, und er wäre am liebsten im Kreis gehüpft. »Wie anders?«

»Ich weiß es einfach nicht«, sagte sie und schüttelte den Kopf und schaute ihn gebannt an.

»Finden Sie, ich sehe krank aus?« Er hielt den Atem an und wartete gespannt auf ihre Antwort.

Sie lachte in sich hinein. »Überhaupt nicht. Es ist eine sehr vorteilhafte Veränderung. Haben Sie eine neue Frisur?«

»Dieselbe wie immer.«

Sie schüttelte langsam den Kopf. »Sie sehen wirklich gut aus heute, Stanley«, sagte sie dann.

Ich sollte sie auf der Stelle bitten, mit mir auszugehen, dachte er. Aber überzeugt davon, daß sie viel zu attraktiv war, um ja zu sagen, murmelte er nur: »Danke Sylvia. Nun, wir unterhalten uns später«, und ging auf sein Büro zu.

Als er mit Schwung die Tür zu seinem Zimmer aufriß, warf er Sylvia noch einmal einen Blick zu und sah, wie sie schnell den Kopf abwandte. Sie hat mir also nachgeschaut, dachte er. Und plötzlich wußte er, wie Reinhold Messmer sich nach seinem ersten Achttausender gefühlt hatte. Sowie er die Tür zu seinem Büro hinter sich geschlossen hatte, ging er hinüber in das angrenzende Bad und betrachtete sich im Spiegel. Er sah auf den ersten Blick, daß Sylvia recht hatte. Er sah anders aus. Seine Augen schienen tiefer zu liegen, blickten ihm ruhig und sicher entgegen. Seine Brauen wirkten dichter, und als er näher an den Spiegel heranging und sie genau betrachtete, stellte er fest, daß sie wirklich buschiger waren. Und als er sein Hemd öffnete, um seine Brust zu betrachten, fiel ihm auf, daß sein rosiges Fleisch einen etwas dunkleren Ton angenommen hatte und das Haar auf seiner Brust üppiger wuchs als je zuvor.

Er prüfte sein Spiegelbild. Ist das möglich? fragte er sich.

Er verließ das Badezimmer, ging zu seinem Schreibtisch, setzte sich und schaute aus dem hohen Fenster über die Stadt. Er schlug sich mit der Faust in die flache Hand und dachte: Will ich wirklich das alles aufgeben? Dann sah er die Elefantenbüchse seines Vaters vor sich und beschloß: ja!

Um die Mittagszeit verließ Stanley sein Büro und machte sich auf den Weg zu einem Psychiater, mit dem er telefonisch einen Termin vereinbart hatte. Er hatte im Branchenbuch nachgesehen, und die Praxis dieses Arztes lag seinem Büro am nächsten.

Als er an Sylvias Schreibtisch vorbeiging, kam er nicht umhin zu bemerken, wie ihre Augen an ihm hingen, und wie warm und echt ihr Lächeln wirkte. Sein Herz schlug heftig beim Anblick ihrer runden Brüste, die sich unter dem flauschigen hellblauen Pullover abzeichneten; zwischen ihnen hob und senkte sich der Diamantanhänger bei jedem Atemzug. Dann war Stanley zur Tür hinaus, fuhr mit dem Fahrstuhl nach unten, ging durch die Eingangshalle hinaus auf die Straße und machte sich auf den Weg zum Arzt.

Stanley war froh, ein Merriwether zu sein. Nur mit einem solchen Namen war es möglich, so kurzfristig einen Termin bei einem Psychiater zu bekommen. Und zweifellos war der Name Merriwether auch dafür verantwortlich, daß man ihn, sowie er die Praxis betreten hatte, auch schon ins Sprechzimmer geleitete.

Stanley nahm in einem bequemen, gut gepolsterten Sessel Platz und sah zu dem Mikrofon hoch, das von der Decke herunterhing.

»Wird das Gespräch aufgenommen?« fragte er.

Der Psychiater, ein junger Mann und Berufsanfänger, richtete seine starren Augen auf Stanley. »Ich benutze das Tonband nur selten. Und wenn, dann sage ich es dem Patienten fast immer.«

»Fast immer?«

Der Doktor nickte. »Ja, fast immer.«

»Fast immer.« Stanley schwieg eine Weile, dann rückte er mit der Sprache heraus. »Ich habe ein Problem. Ich ehmmm ... also, in gewisser Weise habe ich ein Problem. Aber eigentlich finde ich, daß es gar kein Problem ist.« Er dachte an die erfreuliche Veränderung seines Körpers und den Ausdruck in Sylvias Blick.

»Wer findet denn, daß es ein Problem ist?«

»Mein Vater.«

»Ihr Vater. Ich verstehe.« Der Doktor schloß halb die Augen. »Nun, natürlich empfindet er es als Problem. Schließlich sind Sie in Ihre Mutter verliebt, und die ist ja seine Frau.«

Stanley starrte den Psychiater eine Weile stumm an. Dann sagte er: »Darum geht es nicht, Doktor. Das Problem ist, daß mein Vater mich umbringen will.«

»Natürlich will er das, wenn er weiß, daß Sie in Ihre Mutter verliebt sind.« »Doktor, ich bin nicht in meine Mutter verliebt.«

Der Arzt legte den Kopf in den Nacken und ließ seinen Blick über Stanleys Gesicht wandern. »Na also. Da wären wir doch schon ein schönes Stück weitergekommen. Sie geben also zu, daß Sie Ihre Mutter nicht lieben. Und warum nicht. Wäre es Ihnen unangenehm, diese Frage zu beantworten?«

Stanley starrte eine Weile schweigend auf den Fußboden. Der unbewegt auf ihn gerichtete Blick des Mannes gab Stanley langsam das Gefühl, wirklich verrückt zu sein. »Lassen Sie mich noch einmal von vorn anfangen, Doktor. Wie soll ich es Ihnen erklären ... Ich weiß nicht recht, wie ich mich ausdrücken soll. Ich bin ein Werwolf.« Er lehnte sich zurück, studierte das Gesicht des Psychiaters und wartete auf eine Reaktion.

Es kam keine. Der Doktor nickte nur und murmelte: »Ich verstehe.«

Stanley lächelte. »Es ist wahr. Bei Vollmond verwandle ich mich in einen Wolf.«

Der Arzt nickte wieder. »Wie viele Menschen wissen davon?« fragte er dann.

»Vier. Dad, Sie, ich und Ursula.«

»Ursula?«

»Eine Prostituierte. Ich bin ihr neulich abends begegnet und sie ... « Stanleys Stimme verebbte.

»Ja, Mr. Merriwether. Sie sind ihr begegnet und ... «

Stanley verzog den Mund. »Doktor«, sagte er, »das einzige was mich interessiert, ist: Kann ich geheilt werden?«

»Nun ja, ich würde doch sagen, ja. Aber zuerst müssen Sie Ihrem Problem ins Gesicht sehen. Ich meine Ihrem wahren Problem, Mr. Merriwether.« Der Psychiater musterte Stanley von oben bis unten. »Wie Sie sagen, waren Sie also neulich nachts bei einer Prostituierten, und diese weiß um Ihren ... Zustand. Nun, wenn Sie mir erlauben, einige Vermutungen anzustellen, dann wollten Sie mir eigentlich sagen, daß Ihre Manneskraft Sie im Stich ließ und ... «

»Mein Gott, Doktor«, seufzte Stanley. »Es geht hier nicht um Manneskraft. Es geht um Werwölfe. Bleiben wir doch realistisch!«

Nun war es der Arzt, der seufzte. »Wie Sie wollen. Versuchen wir also vorläufig, der Sache von einer anderen Seite her beizukommen, solange Sie nicht bereit sind, ein wenig offener mit Ihrem Problem umzugehen.« Er sah Stanley in die Augen. »Gefällt Ihnen die Vorstellung, ein Werwolf zu sein?«

Stanley spürte den prüfenden Blick des Arztes und den Unglauben, mit dem diese Frage gestellt wurde. Und er spürte auch, wie sich auf seinem Rücken kleine Schweißtropfen bildeten. »Es geht nicht um Vorstellungen, Doktor, sondern um Tatsachen. Ich bin ein Werwolf.«

Der Psychiater lächelte. Stanley fand sein Lächeln ein wenig herablassend. Der denkt, ich bin übergeschnappt, vermutete Stanley.

»Nun gut, Mr. Merriwether«, sagte der Arzt. »Gehen wir einmal davon aus, daß Sie wirklich ein Werwolf sind. Entscheidend ist doch, ob es Ihnen gefällt.«

»Ob es mir gefällt?« Er dachte einen Moment an Sylvia, an seinen sich verändernden Körper und sogar an die Gerüche der Nachtluft. Aber er sagte: »Was spielt das für eine Rolle, ob es mir gefällt? Ich kann doch nicht mein Leben leben und mich bei jedem Vollmond in einen Wolf verwandeln.«

Der Arzt sah in ungläubig an. »Aber warum denn nicht? Wer sagt, daß Sie das nicht können?«

»Es geht einfach nicht an, Herr Doktor. Ich bin schließlich Geschäftsmann.«

»Seien Sie Sie selbst, Mr. Merriwether«, sagte der Doktor streng.

»Das ist ja verrückt«, sagte Stanley.

»Warum soll es verrückt sein, wenn Sie glücklich sind, mit Ihrem Werwolfdasein?«

Stanley runzelte die Stirn. »Mein Vater wird mich umbringen.«

»Nun, vielleicht können wir zu einer gütigen Regelung mit ihm kommen.«

Stanley verdrehte die Augen. »Ich habe das Gefühl, Sie verstehen mich nicht. Ich will geheilt werden. Können Sie mich heilen? Kann irgend jemand mich heilen?«

Der Arzt seufzte. »Wenn Sie bereit sind, wirklich mitzuarbeiten, dann können wir Sie wahrscheinlich von Ihrem Wahn befreien.«

»Das ist kein Wahn. Sie verstehen einfach nicht.« Kein Wunder, dachte Stanley, sogar für mich hört sich das Ganze allmählich ein wenig verrückt an. Aber wieso hat dann Dad auf mich geschossen? Und was ist mit Ursula? Wenn ich verrückt bin, ist alles vielleicht nicht wirklich passiert. Aber ich weiß ja, daß es passiert ist.

Stanley fühlte die nächste Kopfschmerzattacke kommen.

»Wie lange würde eine Heilung dauern, Herr Doktor?«

»Monate. Vielleicht Jahre.«

»Monate? Jahre?«

»Nun, sagen wir ungefähr einundeinhalbes Jahr. So eine Werwolfsache ist bei weitem nicht so schwierig zu beheben, wie beispielsweise jemanden von der Liebe zu seiner Mutter zu heilen.«

»Ich habe aber nur bis zum nächsten Vollmond Zeit«, sagte Stanley, seine Stimme klang jetzt leicht schrill.

»Na, na, Mr. Merriwether, ganz ruhig«, sagte der Doktor.

»Tun Sie doch bloß nicht so gönnerhaft!« schrie Stanley plötzlich.

»Gut, gut. Beruhigen Sie sich doch, sonst kommen wir zu keinem guten Anfang.«

Stanley seufzte. Der hält mich für verrückt, dachte er. So komme ich nicht weiter. Der glaubt nicht an Werwölfe. Aber wer glaubt schon an so etwas? An wen kann ich mich wenden? Wird Dad mich einfach über den Haufen schießen?

»Doktor«, sagte Stanley. »Ich muß gehen.«

»Nehmen Sie für alle Fälle meine Karte mit. Wenn Sie mit jemandem sprechen wollen, rufen Sie mich an. Oder schauen Sie in ein oder zwei Wochen wieder herein, damit wir sehen, wie es Ihnen geht.«

»Mir geht es gut, Doktor. Aber ich habe nicht jahrelang Zeit, mich von irgendwelchen Wahnvorstellungen heilen zu lassen. Ich hab ein paar Wochen, mich von der Wirklichkeit zu kurieren.«

»Gut ausgedrückt, Mr. Merriwether. Aber warten Sie. Vielleicht können wir einen Kompromiß schließen. Ich könnte Sie schnell davon abbringen, überall herumzuerzählen, daß Sie ein Werwolf sind. Es wäre unser beider kleines Geheimnis. Und danach könnten wir uns dann Ihrem Wahn widmen.«

»Mich davon abbringen, es herumzuerzählen?«

»Ja«, rief der Arzt, und sein Gesicht hellte sich für einen Moment auf. »Das würde nicht länger als ein paar Monate dauern.«

Stanley stand auf und starrte auf den Arzt hinab. »Doktor, ich glaube, ich sollte Ihnen jetzt die Wahrheit sagen.« Er wies auf die Wand gegenüber der Fensterfront. »Sehen Sie das Diplom dort?« sagte er und zeigte auf ein eingerahmtes Pergament.

Ein Anflug von Panik huschte über das Gesicht des Psychiaters, aber er hatte sich schnell wieder unter Kontrolle. »Ja«, sagte er und sah Stanley fragend an.

»Es sieht aus wie Ihr gutes, altes Diplom, nicht

wahr? Aber es ist nicht Ihr Diplom, sondern ein gefälschtes, das meine Leute dort aufgehängt haben. Und was dort unten auf dem Diplom aussieht wie ein großes Wachssiegel, ist in Wirklichkeit die Linse einer versteckten Kamera. Im Raum nebenan haben wir unser mobiles Fernsehstudio aufgebaut.«

Dem Doktor fiel die Kinnlade herunter. »Wollen Sie damit sagen ... daß Sie ... daß Sie von der Versteckten Kamera sind?«

Stanley lächelte warmherzig. »Ja.«

»Und Sie haben ... unser ganzes Gespräch gefilmt?«

Stanley legte den Kopf zur Seite. »Ja, das haben wir. Und jetzt muß ich gehen. Vor dem Kaufhaus Macy's veranstalten wir einen Bürgersteigverkauf. Wir werden den Passanten den Bürgersteig zum Kauf anbieten. Auf Wiedersehen, Herr Doktor. Nett Sie kennengelernt zu haben.«

Der Doktor hatte unverwandt auf das Diplom gestarrt. Er lächelte ununterbrochen. »Ich wäre nie darauf gekommen. Niemals, wirklich. Zu uns Psychiatern kommen nämlich ständig solche Leute. Die glauben, sie wären Jesus. Und nun sowas! Ich wäre nie darauf gekommen«, sagte der Doktor und schaute sein Diplom an.

Stanley nahm die Gelegenheit wahr, zu verschwinden.

Als er die Straße entlang eilte, wurde ihm klar, daß ihm kein Psychiater die Werwolfgeschichte glauben würde. Diese Männer hatten eine wissenschaftliche Ausbildung, was verstanden sie schon von der Wirklichkeit? Aber was soll ich tun? Ich brauche jemanden, der an übernatürliche Kräfte glaubt, allen zusammengeklaubten Gegenargumenten der Vernunft und Wissenschaft zum Trotz. Jemanden, der völlig unberührt ist von modernem Denken und modernen Erziehungsmethoden. Aber wer? Wer könnte so verrückt sein, und doch klardenkend genug, ihm zu helfen?

Und dann sah er an der nächsten Straßenecke ein Gebäude und hatte gefunden, wonach er suchte.

Es war eine Kirche.

Kapitel 7

Stanley stieg die lange Steintreppe hinauf und betrat die Kirche. Er durchschritt die Stille unter der hohen Kuppel und blieb einen Moment zwischen den Bankreihen stehen, um sich an das dämmrige Licht zu gewöhnen. Er rieb sich die Augen, und als er sich umsah, entdeckte er den Kirchendiener vor dem Altar. Der Mann hatte den Deckel von dem Gefäß mit dem Meßwein genommen, tauchte einen goldenen Kelch hinein und trank ihn mit großen Schlucken leer. Offensichtlich hatte er Stanley nicht hereinkommen hören. Also ging Stanley ein paar Schritte vor und hustete laut.

Der Mann zuckte zusammen, ließ den Kelch fallen und starrte Stanley an. »Ein Gemeindemitglied«, stotterte er atemlos.

»Nein, nur ein Besucher.«

»Sie sind kein Mitglied unserer Kirchengemeinde?«

»Nein.«

Der Kirchendiener ließ vor Erleichterung die Schultern sinken. »Vielleicht gibt es doch einen Gott«, murmelte er.

Der Kirchendiener war ein jüngerer Mann, wohl Anfang dreißig. Er trug einen blauen Arbeitsanzug und einen kurzgeschnittenen schwarzen Bart. Sein

Besen lehnte am Altar. Er bückte sich, hob den Kelch auf, holte ein Taschentuch aus der Hosentasche, wischte ihn aus, tupfte den verschütteten Wein vom Boden auf, legte den Deckel wieder auf das Gefäß und stellte den Kelch auf den Altar. »Kann ich Ihnen helfen?« wandte er sich dann wieder Stanley zu.

»Ich möchte mit einem Pfarrer sprechen oder Priester oder wie immer die Herren hier heißen. Ich habe ein Problem ... «

»Hmm«, brummte der Kirchendiener und runzelte die Stirn. »Da haben Sie wenig Glück heute. Die sind alle Bingo spielen gegangen. Außer Jolly. Pater Jolly ist der Chef-Erzengel hier. Ist aber schon ziemlich alt. Glaub kaum, daß der weiterhelfen kann.«

»Egal. Ich möchte mit ihm sprechen.«

Der Kirchendiener zuckte die Achseln. »Ganz wie Sie wollen. Kommen Sie mit.«

Stanley folgte ihm durch eine Tür hinter dem Altar und kam in ein Hinterzimmer. Dort saß ein alter weißhaariger und in schwarze Gewänder gehüllter Mann, las in der Bibel und machte sich Notizen. Als Stanley eintrat, sah er von seinen Papieren auf.

»Dieser Herr sagt, er hat ein Problem«, verkündete der Kirchendiener.

»Ja«, sagte Stanley. »Ich möchte gern mit einem Priester sprechen, wenn es geht.«

»Gewiß. Kommen Sie nur herein, junger Mann«, sagte Pater Jolly. »Ich arbeite gerade an einer Predigt, und eine kleine Pause ist mir nur recht.«

Der Kirchendiener zog sich zurück. Stanley und

Pater Jolly stellten sich vor und gaben sich die Hand. »Nun«, sagte Jolly. »Was kann ich für Sie tun, mein Sohn?«

»Ich weiß nicht genau, Vater«, sagte Stanley. »Lassen Sie mich Ihnen zuerst eine Frage stellen. Glauben Sie an das Okkulte?«

Jolly sah ihn scharf an, seine Augen wurden so klein und hart, daß Stanley das Gefühl bekam, er hätte den Priester in irgendeiner Weise beleidigt. »Nein, an dergleichen glaube ich nicht«, sagte Pater Jolly. »Beim besten Willen nicht. Es gibt nur die Macht Gottes. Alles andere ist Häresie.«

»Ich verstehe«, sagte Stanley. »Dann kann ich wohl auch nicht davon ausgehen, daß Sie an Werwölfe glauben?«

Vater Jolly lachte. »Natürlich nicht. Wie lächerlich!«

»Und warum glauben Sie nicht an sowas?«

»Weil es ein Sakrileg wäre. Wenn wir mit diesem Zeug wieder anfangen würden, na, ich bitte Sie, als nächstes würden wieder Hexen auf unseren Straßen brennen.«

»Hmm«, sagte Stanley feierlich, »das wäre vielleicht gar keine schlechte Idee.«

»Junger Mann, kommen Sie zur Sache! Ich bin ein vielbeschäftigter Mann.«

Stanley seufzte. »Sie glauben also unter gar keinen Umständen an Werwölfe?«

»Gott im Himmel, Mr. Merriwether! Wir leben in modernen Zeiten. Heute kann man doch nicht mehr an diesen übernatürlichen Unsinn glauben.«

»Wirklich? Kann man nicht?«

»Natürlich nicht.«

»Woran glauben Sie denn?« »An die Bibel.«

Stanley runzelte die Stirn. »Das Rote Meer teilt sich, die Toten werden wieder lebendig und Wasser verwandelt sich zu Wein?«

»Das war vor zwei- oder dreitausend Jahren, Mr. Merriwether. Damals war so etwas üblich. Heute haben wir das nicht mehr nötig.« Er lächelte. »Vor zweitausend Jahren, ja. Aber doch nicht heute. Und Menschen verwandeln sich nicht in Wölfe.«

»Aber ich bin ein Werwolf, Vater Jolly.«

»Dann gehen Sie zu einem Psychiater, junger Mann. Übernatürliches hat heutzutage in der Religion nichts mehr zu suchen.«

Stanley nickte. Pater Jolly wandte sich wieder seiner Bibel zu und machte Notizen.

»Bei einem Psychiater bin ich schon gewesen. Der hat mir auch nicht geglaubt.«

Jolly schnaubte. »Natürlich nicht. Aber die hören Ihnen zu. Dazu sind sie da.«

Stanley bedachte das eine Weile und fragte sich, was er tun solle. Einfach wegzugehen schien ihm das beste, also sagte er: »Ich danke Ihnen, Vater. Das Gespräch mit Ihnen war sehr erhellend.«

»Nun, ich hoffe, ich konnte Ihnen helfen«, sagte Jolly, und seine Stimme klang jetzt besänftigt und milde.

Stanley verabschiedete sich und ging. Als er die Tür öffnete, stand der Kirchendiener vor ihm. Er hat also am Schlüsselloch gelauscht, folgerte Stanley. Er schloß selbst die Tür und der Kirchendiener sagte: »Sie halten sich also für einen Werwolf?«

»Ich halte mich nicht dafür«, sagte Stanley. »Ich bin es. Am Wochenende habe ich mich zweimal in einen Wolf verwandelt.«

»Die letzten Nächte war Vollmond«, sagte der Kirchendiener. »Es könnte also stimmen.«

»Ich kann es beweisen. Ich kann es wieder tun. Genaugenommen werde ich mich schon heute nacht wieder in einen Wolf verwandeln.«

Der Kirchendiener stützte sich auf seinen Besen. »Beweisen Sie es lieber nicht«, sagte er. »Ich will keine Beweise. Ich sehe das so ...« Er deutete mit dem Daumen über seine Schulter. »Sehen Sie sich den Christus am Kreuz an.«

Stanley warf dem Kruzifix an der Wand einen Blick zu.

»Manche Leute behaupten, er wäre Gottes Sohn«, sagte der Kirchendiener. »Na, ich weiß nicht. Ich weiß ja noch nicht einmal, ob es einen Gott gibt. Und ich weiß auch nicht, ob es Werwölfe gibt und ob Sie einer von denen sind. Aber eins weiß ich, und das will ich Ihnen sagen: Wenn Sie über Werwölfe reden wollen, dann gehen Sie zu keinem Priester. Priester sind fromme Männer und glauben nicht an Wunder. Wenn Sie über Werwölfe reden wollen, dann suchen Sie sich für dieses Gespräch einen anderen Werwolf.«

Stanleys Augen leuchteten. Er schnalzte mit den Fingern. »Sie haben recht! Warum ist mir das nicht selbst eingefallen.«

Der Kirchendiener zuckte die Achseln. »Na hoffentlich finden Sie einen. Werwölfe wachsen ja nicht auf den Bäumen, wissen Sie.«

»Ich weiß«, sagte Stanley. Aber, dachte er, in der Pearl Alley, da treiben sie sich rum.

Kapitel 8

Es war zwar ein sonniger Montagnachmittag, aber die Pearl Alley sah trotzdem grau und düster aus. Die Häuser zerfielen, Fenster waren mit Brettern vernagelt, uralte Feuerleitern rosteten an den roten Backsteinmauern der Wohnblocks vor sich hin. Sogar die Jugendlichen, die auf den Stufen vor den Häusern saßen, die grabsteingroßen Radios neben sich zu voller Lautstärke aufgedreht, sahen in ihren Lederjacken und Jeans unheilverkündend aus.

Lange Zeit fuhr Stanley die Straßen auf und ab, bugsierte seinen roten Thunderbird von Querstraße zu Querstraße, aber von Ursula keine Spur. Er fuhr sogar die geschäftige Alley Row entlang, das Straßenstück, wo die Pearl Alley ihre Tanzschuhe trug, wo sogar am hellen Tag die Neonlichter leuchteten und glitzerten und für Live-Sex-Shows, nackte Tänzerinnen und die besten Drinks der Stadt warben. Pornobuchläden standen dicht an dicht, und Nutten und ihre Zuhälter trabten auf und ab und hielten Ausschau nach Kundschaft unter all den Suchern und Neugierigen, die hier den Konventionen von Freunden, Familie und Geschäft für eine Weile entflohen und dafür sorgten, daß in Alley Row die Geschäfte florierten.

Stanley war sich von Anfang an darüber klargewesen, daß er Ursula kaum finden würde, wenn er einfach die Straßen auf und ab fuhr. Jetzt war er sich dessen sicher. Und dann fiel ihm ein, daß er sie sowieso nirgends entdecken würde, bevor es nicht dunkel war und für ihren Beruf das Geschäft richtig anfing. Aber heute war Vollmond... völlig hoffnungslos also, dachte er.

»Zum Teufel«, sagte er zu sich. »Ich versuche es einfach weiter.«

Er gab nicht auf. Und erst abends sagte er sich schließlich: »Zum Teufel. Ich werd sie nie finden.« Er ballte die Faust, schlug fest aufs Steuerrad und rief: »Verdammt, ich werde sie niemals finden.«

Und genau in diesem Moment schweifte sein Blick zu einem Hauseingang, und er sah sie. Nur für den Bruchteil einer Sekunde, aber er erkannte sie sofort. Sie trug ein rotes Satinkleid, eng wie eine zweite Haut, und sie trat in einen dunklen Hauseingang und war im nächsten Moment verschwunden.

Stanley trat heftig auf die Bremsen, und ein Auto fuhr ihm hinten auf. »Hurensohn«, zischte er zwischen zusammengebissenen Zähnen, und eine Welle des Entsetzens durchfuhr ihn. Er sah, wie seine hintere Stoßstange zu Schrott wurde und das Heck seines Thunderbirds sich in Altmetall verwandelte.

Er sprang aus dem Wagen und lief nach hinten. Ein großer viertüriger Chevy hatte sich über seinen kleinen Sportwagen geschoben, und eine riesige Frau in einem zeltartigen Kleid wälzte sich heraus. Als sie das geschafft hatte, kam sie eilig auf ihn zu. Er betrachtete sie mit düsterem Blick und schaute dann sein Auto an.

»Ich hab' solche Kopfschmerzen«, rief sie ihm entgegen und verzog die runden Fettwülste, die die Details ihrer Gesichtszüge gnädig überspielten. Sie hob eine dickliche Hand und preßte sie gegen die Locken, die sie gebleicht und mit Dauerwelle auf ihrer Stirn fixiert hatte. »Ich kann nicht verstehen, wie das passieren konnte.« Stanley betrachtete sie und fand, sie sah eher melodramatisch als bestürzt aus.

»Sie können das nicht verstehen«, rief er und zwang seine Lautstärke herunter. »Dies ist ein 1956er Thunderbird. Ein Klassiker. Und Sie haben ihn zu Schrott gefahren!« Sie verzog ihr Gesicht. Gleich wird sie heulen, dachte Stanley und fühlte, wie sein Zorn verrauchte. »Aber es ist alles so romantisch«, sagte sie.

»Romantisch?« Stanley betrachtete das Blechgemetzel und warf einen Blick auf die baufälligen Gebäude um ihn herum.

»Ja«, sagte sie. »Sie sind ein Mann, und ich bin eine Frau, und nun haben wir uns getroffen. Seien Sie nicht wütend auf mich. In den Büchern wird der Mann nie wütend.«

»In Büchern?« Stanley dämmerte, wovon sie sprach. Er sah sie vor sich, wie sie zu Hause in ihrem Wohnzimmer saß, im Fernseher kitschige Serien anschaute und Heftchenromane las – allein im blauen Licht ihres Fernsehers. Allein sein – das war etwas, das Stanley genau kannte. Und als er ihr von Süßigkeiten gezeichnetes Gesicht sah, spürte er eine gewisse, wohlvertraute Melancholie.

»Sie wissen doch, in den Büchern, wo Männer Frauen begegnen.« Ihr Blick wurde weich, und sie betrachtete ihn mit so sehnsüchtigem Blick, wie ein Gefangener den Himmel ansehen mag. Stanley schauderte. Aber er wußte, wie ihr zumute war. Die Hoffnung, daß dieser Abend, dieser Tag, diese Autokarambolage ihr Leben verändern würde, sie plötzlich jemandem etwas bedeuten und für eine Weile nicht mehr allein sein würde.

Sie ist verrückt, dachte er, völlig übergeschnappt. Aber während er das dachte, wurde ihm klar, daß auch verrückte Menschen einsam sind.

»Wie geht's denn weiter in den Büchern?« fragte er.

»Der Mann lädt die Frau zum Dinner ein. Um sie zu trösten.«

Stanley warf einen Blick auf die Straße und die umliegenden Häuser. Anwohner genossen das Schauspiel, zwei beleibten Leuten beim Diskutieren über Blechschaden zuzusehen. Er nickte. »Dann erlauben Sie mir, daß ich Sie zum Dinner einlade. Wir lassen unsere Wagen abschleppen, gehen essen, und ich bringe Sie später im Taxi nach Hause.«

Ihr Gesicht hellte sich auf, und Stanley stellte überrascht fest, wieviel Wärme ihn durchströmte, weil er jemanden glücklich gemacht hatte. Es erhob ihn über eine solche Trivialität wie sein ruiniertes Auto. Er seufzte.

»Etwas muß ich Ihnen noch gestehen«, sagte sie dann.

»Ja? Was denn?«

»Ich bin micht versichert.«

Wenig später saßen sie in einem Restaurant, und

Babs Johnson verputzte eindreiviertel Pfund Schweinerippe und zwei gebackene Kartoffeln, ihre und die für Stanley bestellte. Wie aus großer Entfernung sah Stanley zu, wie sie widerspenstige Fleischstückchen mit dem Finger auf die Gabel zwang und dann in den Mund schaufelte, und wie ihre Wangen sich ausbuchteten wie die eines gestreiften Eichhörnchens, das das Maul voll Getreidekörner hat. Sie sah Stanley aus traurigen braunen Augen an und sagte: »Ich danke Ihnen so sehr für alles, Mr. Merriwether. Sie wissen gar nicht, wie viel besser ich mich schon fühle.«

»Gern geschehen, Miss Johnson«, sagte er. Und das meine ich ganz ehrlich, Miss Johnson, sagte er zu sich. Denn Sie sehen wirklich schon ganz getröstet aus. Vielleicht habe ich ein kleines Eckchen ihrer Einsamkeit für eine kleine Weile ausgefüllt, und das gibt uns beiden etwas, woran wir uns an öden, leeren Tagen zurückerinnern können. Dann dachte er an die kommenden Nächte, in denen er ein Wolf sein würde, und er wäre fast aufgesprungen. »Ursula!« rief er aus.

»Ist das Ihre Frau?« fragte Miss Johnson. Dann sah sie mit plötzlich verständnisvollem Blick über ihre Schulter in das nur spärlich erleuchtete Restaurant. »Ist sie hier? In diesem Augenblick? Aber ich wußte ja gar nicht, daß Sie verheiratet sind. Wie aufre- ich meine wie entsetzlich!«

Stanley ignorierte sie und schaute auf ihren Teller. Der war noch halb voll. Ich kann nicht warten, bis sie fertig ist, sagte er sich und sah nervös auf seine Uhr. Keine Zeit. Keine Zeit. Dann kam ihm eine Idee.

»Ich bin nicht verheiratet, Miss Johnson«, sagte er. »Aber darf ich nicht Babs sagen?«

»Natürlich, Stan.« Sie lächelte ihn an und nahm einen Schluck aus ihrem langstieligen Weinglas.

»Weißt du, Babs«, fuhr Stanley fort. »Heute abend ist Vollmond. Und ich ... hhhmmnunja, ich muß sehen, wie er aufgeht. Ich muß jetzt gehen.«

»Warum mußt du zuschauen, wenn er aufgeht?« fragte sie, Verdruß und Neugier zugleich im Gesicht.

»Ich hmmmm ... ich bin Astronom.«

»Ach wirklich?« Sie sah ihn entzückt an.

»Ja. Ich bin Astronom. Nur ein Amateur natürlich.«

»Welch eine Überraschung! Dann kannst du mir ja mein Horoskop errechnen. Ich bin Zwilling.«

»Horoskop? Zwilling?«

»Na, du weißt schon, meinen Aszendenten und all das.«

Er lächelte. »Das ist Astrologie.«

»Machen denn Astronomen keine Astrologie?«

Stanley dachte nach und kam zu dem Schluß, daß die kürzeste Entfernung zwischen einer Frage und einer Antwort manchmal eine Lüge ist. Also sagte er: »Doch. Und ich stell dir gern irgendwann einmal dein Horoskop. Aber jetzt sollten wir uns lieber auf den Weg machen.«

»Den Mond angucken!« Ihre Augen wurden weich und ihr ganzes Gesicht schien zu glühen.

»Ja, genau«, sagte er.

Nachdem die Essensreste in einer Tüte, und diese dann in ihrer Handtasche verstaut waren, und die Rechnung bezahlt, traten Babs und Stanley auf die

Straße. Inzwischen war es dunkel geworden, und Stanley sah nervös zum Himmel auf.

»Was fühlst du, wenn du den Nachthimmel anschaust?« fragte sie.

»Angst und Sorgen.«

»Angst, Sorgen?« Sie sah ihn furchtsam an, und schon wieder empfand Stanley Mitleid. Sie war so leicht aus der Fassung zu bringen. »Ich wollte sagen«, korrigierte Stanley sich: »Die Nacht ist klar wie der Morgen.«

Sie kicherte. »Ach so. Einen Moment lang hast du mir direkt Angst eingejagt.« Sie sah zu ihm auf. »Obwohl ich nicht wüßte, wovor ich Angst haben sollte, wenn du bei mir bist.«

Stanley wurde ganz warm ums Herz bei dieser Feststellung. Er betrachtete prüfend ihr Gesicht. Im Grunde, dachte er, ist unter ihrem aufgequollenen Äußeren eine ganz hübsche Frau versteckt. Ihre Augen sind sanft, ihre Lippen – sie könnten sinnlich sein, wären sie nicht zwischen so viel Fett begraben. Und sie ist ein so freundlicher Mensch. Zu dumm, dachte er, daß in dieser Welt nur der äußere Schein zählt.

»Wenn ich mir den Nachthimmel anschaue«, sagte sie gerade, »dann denke ich daran, daß all diese Sterne schon seit Ewigkeiten dort oben stehen, und daß schon Kleopatra und Julius Cäsar sie damals betrachtet haben. Dann stell ich mir vor, wenn ich einen Freund hätte, und der wäre tausend Meilen von mir entfernt, dann würde er in derselben Minute dieselben Sterne ansehen wie ich, und auf die Weise würden wir etwas gemeinsam tun.« Sie machte eine Pause. »Da ist ein Taxi«, und sie zeigte mit dem Finger auf den vorbeirauschenden Verkehr.

Stanley gab dem Fahrer ein Zeichen, das Taxi hielt am Bordstein, und Stanley und Babs stiegen ein.

»Ich bringe dich nach Hause«, sagte Stanley. »Wo wohnst du?«

Sie runzelte die Stirn. »Ist das nicht ein bißchen abrupt?«

Stanley begriff. »Ich will dich bloß zu Hause absetzen, weil dein Auto nicht fährt. Ich muß dann gleich weiter.«

Ihre Schultern sackten deutlich tiefer. »Aber was ist mit dem Mond und den Sternen und ... und ...?«

»Nun, hmmm, naja, du kannst sie ja auch anschauen, dann tun wir auch etwas gemeinsam und sind noch nicht einmal tausend Meilen voneinander entfernt.«

Babs schaute zu Boden. »Okay. Ich hab' schon verstanden.« Sie beugte sich nach vorn und gab dem Fahrer ihre Adresse.

Als sie sich wieder zurücklehnte, hüllte sie sich in Schweigen; ihr Kopf war tief zwischen den Bergen ihrer Schultern vergraben. Stanley betrachtete besorgt den Himmel.

Das Taxi fuhr ihrer Wohnung entgegen, als Babs leise sagte: »Es tut mir leid. Ich weiß, ich war schrecklich aufdringlich. Der Unfall war meine Schuld. Ich bin zu dicht aufgefahren. Du hättest mich gar nicht zum Essen einladen müssen. Es ist nur ... du verstehst das wahrscheinlich nicht, aber ich bin eben sehr einsam. Und du wirktest wie ein netter Mann. Du hast mich noch nicht einmal angeschrien, als ich dein Auto demoliert habe.« Sie sah aus dem Fenster und sagte nichts mehr.

Stanley sah zu, wie die Verkehrsampel vor ihnen auf Rot schaltete, andere Autos an ihnen vorbeirauschten und wünschte, er könnte es ihr erklären. »Es liegt nicht an dir«, sagte er schließlich. »Ganz bestimmt nicht. Und ich bin auch nicht ein so netter Kerl wie du meinst. Ich bin ein kleiner dicker Mann mit einem reichen Vater, der mir mein ganzes Leben lang erzählt hat, daß aus mir nie so ein Mann wird, wie er einer ist. Und er hat recht. Ich bin auch einsam, und es tut mir sehr leid, daß ich dir jetzt gute Nacht sagen muß.«

Sie betrachtete ihn aus den Augenwinkeln. »Du könntest doch noch für einen Drink mit hinaufkommen.«

Er schüttelte den Kopf. »Ich kann nicht. Und wenn ich dir sagen würde, warum, dann würdest du mir nicht glauben.« Wieder sah er zum Himmel auf.

Als sie Babs' Haus erreichten, wußte Stanley, daß der Mond demnächst aufgehen würde, also schickte er das Taxi weg. Ich brauche schließlich keine Zeugen, dachte er.

»Du bleibst doch noch ein bißchen?« sagte Babs, als sie das Taxi fortfahren sah.

Stanley begriff, daß jetzt schnelles Handeln unumgänglich war, also sagte er: »Nein. Ich meine ja. Also ja, ich denke schon. Ja sicher, ich bleibe noch ein bißchen, aber zuerst ... Wein. Ich lauf schnell und hol uns Wein.«

»Ich hab Bourbon oben«, sagte sie.

»Gut, gut«, sagte er. »Dann brauchen wir also nichts weiter außer Wein, richtig? Ich bring dich schnell zur Tür, und dann hol ich uns Wein. Ein paar Straßen weiter habe ich einen Getränkeladen gesehen.«

Sie gingen zu der Veranda vor Babs' Wohnung, Stanley schaute sich alle Augenblicke um. Und dann, als Babs gerade nach ihrem Schlüssel kramte und sagte: »Ich hoffe, du kommst auch wirklich zurück«, fühlte Stanley die Strahlen des Mondes.

Er sah auf seine Hände. Sie waren schon behaart. Es schien, als ginge die Verwandlung von Mal zu Mal schneller. Er sah Babs verzweifelt zu, wie sie umständlich die Tür aufschloß, und mit rauher Stimme sagte er: »Ja, ich komm zurück.« Er drehte sich hastig um, und dann durchzuckte der Schmerz seinen ganzen Körper. Er taumelte und fiel auf die Knie.

Als er sich zu Babs umschaute, hatte sie eine Hand vor dem Mund. Er fühlte, wie ihm die Kleider vom Körper glitten. Wieder blickte er auf seine Hände, aber sie waren inzwischen Pfoten geworden, und er konnte plötzlich trotz Dunkelheit gut sehen, denn er hatte Wolfsaugen.

Dann hörte er ein lautes Geheul und spontan wollte er den Kopf in den Nacken werfen und mit einem Heulen antworten. Aber dann wurde ihm klar, daß die Geräusche von Babs kamen. Sie lag auf den Knien und schrie aus Leibeskräften. Er wirbelte herum und floh in die Nacht.

KAPITEL 9

Am Dienstagmorgen erwachte er in seinem eigenen Bett. Im ersten Augenblick erschienen ihm die Ereignisse der vergangenen Nacht wie ein Traum, an den er sich nur vage erinnerte. Aber als er ins Wohnzimmer ging, und die über den Teppich verstreuten Glassplitter sah und die zerbrochene Fensterscheibe hinter seinem ledernen Lesesessel, erinnerte er sich plötzlich an alles. Im letzten Moment, bevor die Morgendämmerung hereinbrach, war er noch in seiner Wolfsgestalt mit einem Satz durch das Fenster gesprungen und wieder Stanley Merriwether geworden, nachdem er als Wolf ins Bett gekrochen war.

»Das ist alles nicht wahr«, sagte er zu sich und ließ sich auf die Couch sinken. Er erinnerte sich an den Duft der Eukalyptusbäume, unter denen er entlanggetrabt war. Wieder hörte er das entfernte Anrollen des Meeres gegen den sandigen Strand, als hätte er noch Wolfsohren. Und wieder stiegen ihm die Million verborgene Düfte in die Nase, die ein Wolf wahrnehmen konnte, aber kein Mensch. Und die klare Meeresluft, die seine Wolfsnüstern füllte, konnte er fast schmecken.

Er erinnerte sich, wie er mühelos über die zerklüfteten Klippen gesprungen war. Sein Körper besaß die Geschmeidigkeit einer Wildkatze, und mit federndem Gang, die Muskeln hart und angespannt und stark, glitt er durch die Nacht. Stundenlang, so schien es ihm, war er ohne müde zu werden am Stadtrand herumgestrichen, oberhalb der Küste im Schutz der Bäume, die die Pfade zwischen Bucht und Stadt säumten.

Und plötzlich war er sich seiner ganzen Kraft, seiner neuen Stärke wirklich bewußt geworden. Gerade als er – schon auf dem Nachhauseweg – wieder unter den Bäumen des Villenviertels entlanglief, war ihm der Deutsche Schäferhund begegnet. Aber als sich Shep ihm diesmal näherte, hatte Stanley seine langen Reißzähne entblößt und tief aus seiner Kehle eine Warnung herausgeknurrt, die den Schäferhund zögern ließ. Dieses Zögern zeigte Stanley alles, was er wissen mußte, und als Shep auf ihn zusprang, hatte Stanley ihn mit geöffneten Kiefern empfangen und wie einen Welpen zu Boden geworfen.

Im Aufschlagen wirbelte Shep sofort herum, aber Stanley stand schon über ihm, und als seine Reißzähne die Gurgel des Schäferhunds fanden, winselte Shep zum Erbarmen.

Zum ersten Mal begriff Stanley, was es bedeutete, einen Artgenossen zu töten, denn in der Nacht war ihm der Schäferhund ohne Zweifel artverwandter als all die Leute mit Wabbelbäuchen, die sich in ihren geheizten Wohnzimmern versteckten. Elektrisiert von der Kraft, die plötzlich durch seine Venen flutete, wollte er den mächtigen Hundehals zwischen seinen kraftvollen Kiefern zermalmen. Aber dann meldete sich tief in seinem Innern eine Stimme. Er lockerte den Biß und ließ von Shep ab, der im Nu wieder auf den Beinen war und in der Nacht verschwand.

Stanley hatte seinen Kopf in den Nacken geworfen und immer wieder in die dunkle Nacht geheult und sich gefühlt, als würde er nie wieder in seinem Leben Angst haben. Während er Richtung Heimat trabte, spürte er wieder diesen bohrenden Hunger in seinen Eingeweiden.

Und nun saß Stanley auf der Couch, und ihn fröstelte bei dem Gedanken an die zerstörerische Kraft, die er in sich gefühlt hatte. Egal, was für dunkle Mächte das Universum regieren mochten, er dankte ihnen von Herzen dafür, daß heute nacht nicht schon wieder Vollmond war.

***

Das Gefühl unermeßlicher Kräfte hielt an, bis Stanley sein Büro betrat und die sechs Polizisten sah, die dort auf ihn warteten. In dem Moment verließ ihn alle Kraft, und er wußte plötzlich wieder, was Angst bedeutete – Männer mit Pistolen und sein Vater.

»Sind Sie Stanley Merriwether?« fragte einer der Polizisten.

»Ja, das bin ich«, sagte Stanley. Er stand vor Sylvias Schreibtisch und konnte es sich nicht verkneifen, sie anzusehen und herauszufinden, wie sie die Situation aufnahm. Aber sie warf ihm nur ein strahlendes Lächeln zu.

»Können wir uns in Ihrem Büro unterhalten, Mr. Merriwether?«, fragte der Polizist.

»Gewiß doch.« Stanley schaute Sylvia an, ihre

Blicke trafen sich, ihre Augen versanken ineinander, dann sagte er: »Stellen Sie keine Anrufe durch, Sylvia«, und geleitete die Polizisten in sein Büro.

Stanley durchquerte den Raum und setzte sich hinter seinen Schreibtisch. Den Tisch als Sicherheitsabstand zwischen sich und den Polizisten, beobachtete er, wie sich die Männer in einer Art V-Formation vor ihm aufstellten. Dann trat der größte Polyp einen Schritt vor, streckte seine Hand aus und hielt Stanley eine schwarze Lederbrieftasche entgegen. »Gehört die Ihnen?« fragte er.

Stanley lächelte; der Polyp sah ihn befremdet an. Stanley dachte gerade daran, daß dies das zweite Mal in einer Woche war, daß jemand ihm seine Brieftasche zurückbrachte. Und dabei mußte er natürlich an Ursula denken. Aber dann ging ihm Babs durch den Kopf, und er fragte sich, was diese Uniformen mit ihm vorhatten und nagte nervös an seiner Unterlippe.

»Gehört die Ihnen?« wiederholte der Polyp. Stanley nickte. »Ja, sie gehört mir.«

»Würden Sie bitte hineinschauen und sich vergewissern?«

Stanley steckte die Hand aus und nahm die Brieftasche. Mechanisch öffnete er sie und warf einen Blick hinein. »Ja, sie gehört mir«, sagte er schnell und legte sie auf seinen Schreibtisch.

»Dann muß Ihnen das hier auch gehören«, sagte der Polyp, und auf seinen Wink hin trat ein anderer Polizist vor und übergab ein Paket, das er zuvor unter dem Arm getragen hatte. Der große Polizist warf das Paket auf Stanley Schreibtisch.

Stanley starrte es an. Er wußte, was darin war,

aber er öffnete es trotzdem und erkannte den Anzug, den er am Tag zuvor getragen hatte. Er seufzte: »Ja, das sind meine Sachen.« Und jetzt kommen die Handschellen, dachte er.

»Die wurden auf der Veranda einer Wohnung gefunden, die einer gewissen Babs Johnson gehört. Kennen Sie diese Dame?«

Stanley wollte freundlich wirken und lächelte, als schlösse er gerade ein gutes Geschäft ab. »Nun, Herr Kommissar, ich habe sie gerade erst kennengelernt. Obwohl kennengelernt vielleicht nicht das richtige Wort ist. Sie ist mir gestern abend auf mein Auto aufgefahren und hat das Heck demoliert. Es ist alles gemeldet worden.«

Der Polizist nickte, und hinter ihm nickten die anderen fünf im Gleichklang. »Ich sehe, das wissen Sie bereits«, sagte Stanley.

»Ja«, sagte der große Polizist, und die anderen nickten wieder. »Miss Johnson ist also keine gute Bekannte von Ihnen?«

»Nein!«

»Sie scheinen jedenfalls großen Eindruck auf die Dame gemacht zu haben. Sie würden nicht glauben, was für Geschichten sie über Sie erzählt.« Der Polizist kicherte in sich hinein, und Stanley sah die anderen fünf voller Gruppengeist grinsten.

»Geschichten?«

»Ja. Sie behauptet, Sie hätten sich direkt vor ihren Augen in einen Wolf verwandelt.«

»In einen Wolf?« Stanley tat so, als lache er, und hätte sich beinahe verschluckt. Niemand, dachte er, niemand wird ihr sowas glauben. Arme Frau. Was hatte sie wohl durchmachen müssen?

»Genau das hat sie gesagt«, lachte der große Polizist. »Sie wären zum Wolf geworden, vor ihren Augen. Verrückt, wie?«

Stanley lachte jetzt überzeugender. Die Verbindung von Babs Johnson und Verrücktsein hatte etwas Tröstliches. »Ja, total verrückt«, sagte er eifrig.

»Aber wir wüßten trotzdem gern von Ihnen, wie Ihre Kleider auf Miss Johnsons Veranda gekommen sind«, sagte der Anführer, und die anderen nickten Einverständnis.

Stanley versank tief in seinem Stuhl. Seine Finger wanderten über das Löschblatt. »Wie sie dorthin gekommen sind? Nun, dafür gibt es natürlich eine Erklärung.«

»Reden Sie Klartext mit uns, Mr. Merriwether. Also: Die Dame fuhr Ihnen ins Auto. Sie sorgten dafür, daß beide Wagen abgeschleppt wurden, brachten Miss Johnson im Taxi nach Hause, schickten das Taxi fort – wir haben das bei dem Taxiunternehmen nachgeprüft – und gingen mit ihr ins Haus. Und dann, wer weiß, wird sie wegen irgend etwas wütend, wirft Sie hinaus und Ihre Sachen hinterher.«

»So war es«, sagte Stanley. »Gut kombiniert. Genau so war's.«

»Warum haben Sie Ihre Kleider nicht wieder angezogen?«

Stanley dachte eine Weile darüber nach. »Wo ist Miss Johnson jetzt?« fragte er schließlich, um das Schweigen zu brechen und Zeit zu gewinnen.

Der Polizist ließ seine Zunge über die Innenseite seiner Lippen gleiten. »Städtische Psychiatrie«, sagte er schließlich.

»In der städtischen psychiatrischen Anstalt?« Stanley sah das Gebäude vor sich, an dem er schon oft vorbeigefahren war, den hohen eisernen Zaun, der es umgab, die großen kahlen Rasenflächen, die schlurfenden Patienten – und ohne nachzudenken sagte er: »Das wird ihr den Tag verderben.«

Die Polizisten lachten und der Große sagte: »Das wird ihr mehr als nur einen Tag verderben, Kumpel. Aber jetzt mal ehrlich. Sie werden's ja gemerkt haben, daß sie spinnt.« Der Große ließ einen Finger neben seiner Stirn kreisen. »Sie steht unter Schock und stammelt unentwegt, Sie hätten sich auf ihrer Veranda in einen Wolf verwandelt. Sie ist fest davon überzeugt. Wir mußten sie einliefern, zu ihrem eigenen Besten. Jetzt bekommt sie Medikamente und ist hübsch und sicher in ihrem Bettchen festgebunden.«

»Medikamente? Festgebunden! O nein!« Stanley fuhr sich über die Stirn und ließ traurig den Kopf hängen. Er dachte daran, wie erst gestern kalte Psychiateraugen auch ihn für verrückt erklärt hatten. Die arme Frau, dachte er. Diese arme einsame Frau. Was hab ich getan? Und was kann ich jetzt tun?

»Machen Sie sich nicht so viel Sorgen«, sagte der Polizist. »Sie haben ihr ja schließlich nichts getan, nicht wahr? Sie war von vornherein verrückt, nicht wahr? Das stimmt doch, oder?«

Stanley schaute hoch, und die sechs Polizisten starrten auf ihn hinunter, wie Geier, die sich im nächsten Moment auf ihr Opfer stürzen. Stanley dämmerte langsam, daß man nicht so viel Personal aufgefahren hatte, nur um ihm seine Sachen zurückzubringen. Sie müssen sich gedacht haben, daß ich gewalttätig sein könnte. »Wollen Sie damit andeuten«, sagte Stanley plötzlich indigniert, »daß ich Miss Johnson was zuleide getan habe, und sie deshalb durchgedreht ist?«

Der große Polizist seufzte. »Wir deuten überhaupt nichts an, rein gar nichts. Uns liegen keine Beschwerden gegen Sie vor. Die Nachbarn haben nichts gesehen, außer dem Kleiderbündel und der schreienden Miss Johnson. Sie waren nirgendwo zu sehen, zumindest hat Sie niemand bemerkt. Und Miss Johnson hat keine Anzeige gegen Sie erstattet. Trotzdem, irgendwas ist hier faul. Ich meine, was hatten Ihre Kleider auf dieser Veranda zu suchen? Warum sind Sie nackt nach Hause gegangen? Und warum ist Miss Johnson durchgeknallt?« Der Polizist starrte Stanley lange an. Es war so still im Büro, daß Stanley buchstäblich hören konnte, wie sein Bart wuchs. Dann sagte der Polizist: »Nun, Mr. Merriwether. Hier sind ihre Sachen. Wir freuen uns, daß wir Ihnen helfen konnten. Sie wirken wie ein netter Mann, und es liegt ja auch keine Anzeige gegen Sie vor.« Er lächelte.

»Vielen Dank«, sagte Stanley abwesend, denn wieder mußte er an Miss Johnson denken, die nun in einem Krankenhausnachthemd steckte und an ein Bett gefesselt war – und alles nur, weil sie die Wahrheit kannte und ausgesprochen hatte und niemand ihr glauben wollte. Das hat sie nicht verdient, dachte Stanley.

»Nun, Mr. Merriwether. Ich möchte nur das eine noch sagen: Irgendwas ist hier faul.« Der große Polizist warf Stanley einen Blick zu, der die Rocky Mountains ins Wanken und Gibraltar ins Schwanken gebracht hätte, und fügte hinzu, »wir werden Sie im Auge behalten.« Er warf einen Blick über die Schulter. »Kommt, Jungs« sagte er, und die Männer verschwanden im Gänsemarsch durch die Tür.

Inzwischen sah Stanley Miss Johnson vor sich, wie sie in der psychiatrischen Anstalt mit ihren Fesseln kämpfte. Er sah sie geknebelt, um ihre Schreie zu unterdrücken, an die er sich nur zu gut erinnern konnte. Er sah ihre Augen trübe werden von den Medikamenten und stellte sich vor, wie sie Tag für Tag über Anstaltskorridore schlurfte, wie sie für immer eingesperrt langsam wahnsinnig wurde, weil sie die Wahrheit kannte. Die moderne Psychiatrie würde Babs solange behandeln, bis sie wirklich verrückt würde und zu zweifeln begänne an dem, was sie gesehen hatte. Und schließlich würde sie den Ärzten recht geben: ja, sie sei irre.

»Herr Kommissar«, rief Stanley plötzlich. »Sie können Miss Johnson nicht in dieser Anstalt lassen. Sie müssen sie herausholen. Sie ist vollkommen gesund. Ich habe mich auf ihrer Türschwelle in einen Wolf verwandelt. Ich bin ein Werwolf.«

Drei Polizisten blieben abrupt stehen. Der Große drehte sich um und starrte Stanley an, die beiden anderen stießen sich gegenseitig die Ellbogen in die Rippen, als wäre nun das gesagt worden, worauf sie die ganze Zeit gewartet hatten. Dann fiel ihnen auf, daß die anderen drei Polizisten ihren Marsch nach draußen unbeirrt fortsetzten. »Hey, kommt zurück«, rief ihnen einer der beiden nach. »Wir haben ihn.«

»Was heißt hier, wir haben ihn«, brummte Stanley. »Wen denn? Seit wann ist es ein Verbrechen, ein Werwolf zu sein?«

Der große Polizist kam auf ihn zu. Stanley dachte erst an seinen Vater und dann an seine Mutter, und er fragte sich, was seine abhanden gekommene Mutter wohl von all dem halten würde.

»Was war das?« fragte der große Polizist.

»Ich sagte, Sie können wohl kaum behaupten, daß Sie mich haben.«

»Was haben Sie davor gesagt?«

»Ach so, davor«, sagte Stanley lächelnd. »Davor sagte ich, daß ich ... ein. Ich sagte, ich bin ein ... Haben Sie nicht gehört, was ich gesagt habe?« Jetzt hat mich der Mut verlassen, dachte er.

»Ich glaub, ich hab verstanden.«

Stanley wollte sich am liebsten ins Bett verkriechen und schlafen. »IchhabgesagtichbineinWerwolf«, murmelte er schnell.

»Wie bitte?«

»Ich sagte, ich bin ein Werwolf. EIN WERWOLF«, donnerte er schließlich heraus. »Und, Sie können diese arme Frau nicht solange einsperren, bis sie den Verstand verliert, nur weil sie die Wahrheit gesagt hat. Sie dürfen ihr nicht einreden, sie hätte sich alles nur ausgedacht, weil das nicht stimmt. Ich hab mich in einen Wolf verwandelt, direkt vor ihren Augen, wie sie gesagt hat. Und wenn die Ärzte sie dazu bringen, an dem, was sie gesehen hat, zu zweifeln, dann wird sie sich fragen, ob sie es nun wirklich gesehen hat oder nicht, und im Nu ist sie tatsächlich verrückt, und dann, und dann ...« Und dann was, dachte Stanley, nach diesem Redeschwall nach Luft schnappend. Aber er sollte nie dazu kommen, seine Rede zu beenden, denn der große Polizist sagte: »Okay, Jungs, führt ihn ab.«

Als sie gingen – Stanley in der Mitte, eskortiert von drei Polizisten an jeder Seite – kamen sie an Sylvias Schreibtisch vorbei. Sylvia sah auf, blickte Stanley direkt in die Augen und erstrahlte im glühendsten Lächeln, das er je gesehen hatte. Augenblicklich vergaß er die Polizisten.

»Bis nachher, Sylvia«, sagte er und lächelte wie jeden Tag, wenn er zum Lunch ging.

»Ist irgendwas nicht in Ordnung, Mr. Merriwether?« fragte sie. Echte Besorgnis umwölkte ihre Stirn.

Stanley warf einen Blick auf die Uniformen zu seiner Rechten und zu seiner Linken. »Ach die? Das hat nichts zu bedeuten, überhaupt nichts.« Im Gänsemarsch gingen sie weiter. Sylvia stand auf, beugte sich über den Schreibtisch und schaute zu, wie sie hinausgingen. Als Stanley sich noch einmal zu ihr drehte, wurde ihm klar, wie vergänglich ein Menschenleben ist und wie unzuverlässig das Schicksal. Wie leicht konnten unvorhergesehene Ereignisse, wie Polizisten oder Werwölfe, Sylvia und ihn für immer voneinander trennen. Deshalb rief er ihr zu: »Wollen Sie heute abend mit mir Essen gehen, Sylvia?«

Er sah, wie sich ihr Gesicht aufhellte und sie sagte: »Klar.« Der Anblick war ein Schock für ihn, eine Überraschung, beinahe ein K.-o.-Schlag. Klar war ein wunderschönes Wort. Das einzig richtige. Und er sagte: »Ich hol Sie um acht zu Hause ab.« Sie nickte, und Stanleys Herz hüpfte. Was die Polizisten auch mit ihm anstellen mochten, es spielte keine Rolle mehr. Das Werwolfdasein hatte ihn verändert. Und diese Veränderungen waren in sich

Belohnungen, und Sylvia gehörte auch dazu. Als die Polizisten ihn in den Aufzug drängten und Sylvia aus seinem Blickfeld verschwand, rief Stanley laut über den Flur. »Ich werde dort sein.«

»Daran glauben Sie doch wohl selbst nicht!« schniefte der große Polizist, als sich die Fahrstuhltür schloß.

»Nein«, sagte Stanley, »eigentlich nicht. Aber andererseits – bis vor kurzem habe ich auch nicht an Werwölfe geglaubt.«

Kapitel 10

Bis zum vergangenen Tag hatte Stanley es immer vermieden, zu einem Psychiater zu gehen – aus Angst, der könnte schon beim ersten Gespräch Einblick in seine Persönlichkeit bekommen und feststellen, daß Stanley keine hatte. Nun, da er in Dr. Carlton Jarvis' Büro saß, nur durch den Schreibtisch getrennt vom Chef der städtischen psychiatrischen Anstalt, wurde ihm bewußt, wie recht er all die Jahre gehabt hatte.

Jarvis' Schreibtisch war ungefähr zwei Meilen lang und eine Meile breit. Über die ausgedehnte Fläche verstreut war eine Menge wissenschaftlicher Publikationen, ein Tonbandgerät, einige Kassetten, ein Foto von einer Ehefrau nebst Kindern. (»Nicht meine«, erklärte der Doktor, »aber sie machen das Büro gemütlicher. Ich bin ledig. Muß sein. Meine Arbeit, verstehen Sie? Kommt zuerst.«) Carlton Jarvis hatte dicke buschige schwarze Brauen, die über den Augen zusammengewachsen waren. Werwolfmaterial, dachte Stanley. In den Büchern, die er zum Thema gelesen hatte, stand, daß solche Augenbrauen ebenso wie Haare auf den Handflächen ein sicheres Zeichen dafür waren, daß der Betreffende ein Werwolf war.

Unter den Brauen lagen dunkle Augen, in denen goldgelbe Flammen leuchteten. Hier war ein

Mann, in dem Leben tobte. Stanley fühlte sich an seinen Vater erinnert, und das machte ihm Angst. Er fragte sich, ob Dad gerade zuhause sein Gewehr säuberte und Silberkugeln goß?

Unterhalb der hitzigen Augen saßen eine krumme Nase und üppige rote Lippen. Diese Lippen waren umgeben von einem schwarzen Bart, der den regelmäßigen Wuchs zu verweigern schien, denn hier und dort stand er in widerspenstigen Borsten in die Luft. Der Mann trug einen ausgebeulten Tweedanzug.

»Mr. Merriwether. Sie sind ein angesehenes Mitglied dieser Gesellschaft. Ihr Vater ist ein Weltreisender. Ein bedeutender Unternehmer, befreundet mit Königen und Staatsoberhäuptern. Wie kommt's, daß Sie hier sind? Hier in meinem Büro? Gegenstand einer Geschichte, die die Polizei erzählt?« Jarvis versuchte zu lächeln, aber es kam nur eine hämische Grimasse dabei heraus.

Stanley fuhr sich mit der Hand übers Gesicht. Ihm war unbehaglich. »Lassen Sie es mich so ausdrücken«, begann er in Erinnerung daran, was ihm am Tag zuvor der direkte Vorstoß eingebracht hatte. »Ich bin hier, weil ich ein verantwortungsvoller Bürger bin. Ich weiß, daß sich meine Geschichte verrückt anhört. Aber ich weiß auch, daß Miss Johnson zu Unrecht hier festgehalten wird. Sie hat die Wahrheit gesagt, so unwahrscheinlich diese Wahrheit auch klingen mag. Und ich kann nicht zulassen, daß diese arme Frau in einer psychiatrischen Anstalt dahinvegetiert, nur weil sie erzählt, was sie gesehen hat.«

Jarvis tippte sich mit einem Stift an sein Kinn.

»Sie meinen, daß Sie sich in einen Wolf verwandelt haben? Auf ihrer Veranda?«

»Natürlich!«

»Natürlich?«

»Natürlich. Ich habe mich in einen Wolf verwandelt. Auf ihrer Veranda. Es tut mir leid, ich bedaure es zutiefst, ich kann mich nicht genug dafür entschuldigen. Aber so ist es nun einmal. Ich hab's getan.«

Jarvis' Stuhl quietschte, als der Psychiater sein Gewicht verlagerte. »Leiden Sie wirklich unter dieser Wahnvorstellung, Mr. Merriwether? Oder sind Sie bloß ein wenig übereifrig in Ihrem Wunsch, Miss Johnson zu helfen?«

Stanley starrte ratlos zu Boden. Wie sollte er erklären, daß er sich wünschte, all dies wäre lediglich eine Frage von Übereifer? Wie sollte er erklären, daß er Angst davor hatte, wieder zum Wolf zu werden, Angst vor diesem schrecklichen Hunger in seinem Innern? Und wie sollte er verständlich machen, daß er wieder Wolf werden mußte und diesen Zustand gleichermaßen haßte und liebte – liebte, wegen der Macht und Kraft, die ihm das Wolfsleben verlieh und der Veränderungen an seinem menschlichen Körper. Und wegen Sylvias Reaktion auf diesen veränderten Stanley. »Lassen Sie mich Ihnen die ganze Geschichte erzählen«, sagte er schließlich.

Er berichtete von Ursula und dem Zuhälter, dem Seitengäßchen, dem Mord, wie er gebissen wurde und sich in einen Wolf verwandelte, wie sein Vater davon erfahren hatte und so weiter und so weiter, bis die ganze Geschichte heraus war.

»Ist das alles? Ist das die ganze Geschichte?« fragte Jarvis.

Stanley dachte eine Weile nach. Dann zuckte er die Achseln. »Ja, das ist alles.«

Jarvis lehnte sich in seinem Stuhl zurück, verschränkte die Hände hinter dem Kopf und starrte Stanley aus glimmenden Augen an. Stanley hatte plötzlich einen Kloß in der Kehle und spürte, wie er zu schwitzen begann. »Sie glauben mir nicht, nicht wahr? Und jetzt werden Sie mich hier einsperren – wie die arme Miss Johnson, deren einziges Verbrechen ist, daß sie miserabel fährt. Sie werden sie für immer einsperren, oder zumindest so lange, bis sie den Verstand verliert und aufhört, die Wahrheit zu sagen.«

Jarvis ließ seinen Stuhl nach vorn schnellen. Ohne den Blick von Stanley zu wenden, griff nach dem Telefonhörer und wählte eine hausinterne Nummer. Dann sagte er: »Amanda? Hier Dr. Jarvis. Entlassen Sie diese Johnson. Ja, ganz recht. Babs Johnson. Entlassen Sie sie. Auf meine Verantwortung. Ich werde das in den Unterlagen festhalten. Sie hat kein Problem. Jedenfalls keins, mit dem wir uns hier befassen müßten.«

Er legte auf und starrte Stanley an.

Stanley blickte nervös im Raum umher, dann heftete er seine Augen auf Carlton Jarvis. »Warum lassen Sie sie gehen?«

Jarvis zuckte die Achseln. »Ich glaube Ihnen.«

Stanley grinste. Er seufzte erleichtert. Aber kann das wahr sein, fragte er sich dann. Er glaubt mir. Er glaubt an ... Werwölfe?

»Sie glauben also an Werwölfe?« fragte er.

»Oh ja. Aber gewiß doch.« Jarvis beugte sich vor und zog eine Schreibtischschublade auf. »Und an Vampire«, sagte er, holte einen Holzpflock und einen Hammer aus der Schublade und donnerte sie auf den Tisch. Stanley zuckte zusammen.

Jarvis starrte mit durchdringendem Blick auf die Werkzeuge. »Ich habe Werwölfe gesehen und Vampire, Geister und Dämonen. Ich kenne sie alle.« Er warf Stanley einen bedeutungsvollen Blick zu. »Vampire zum Beispiel. Manche habe ich getötet, manche sind mir entkommen. Sie sind raffiniert. Letztes Jahr habe ich einen auf einem Kreuzfahrtdampfer vor Hawaii entdeckt und das mitten im Ozean. Da ist er mir entwischt. Ein raffinierter Bursche.«

Der Kloß in Stanleys Kehle wurde größer. »Aber Werwölfe sind doch nicht so schlimm, oder?«

Jarvis lächelte boshaft, und er tat es überzeugend. Stanley fröstelte plötzlich. »Doch, doch«, sagte Jarvis. »Auch die müssen getötet werden.«

Stanley schoß unwillkürlich von seinem Stuhl hoch. Jarvis faßte wieder in die Schublade, holte eine Handvoll Kugeln heraus und warf sie auf den Schreibtisch zu Hammer und Holzpfahl. Stanley warf einen Blick darauf. »Silber?« fragte er.

»Hmmm«, sagte Jarvis. »Genauer gesagt eine Legierung. Reines Silber würde schmelzen, wegen der Reibungshitze. Wenn die Kugel sich durch die Luft bewegt. Mit Höchstgeschwindigkeit.«

Er griff wieder in seine Schublade und Stanley glitt zur Tür. Als Jarvis' Hand wieder auf dem Schreibtisch auftauchte, hielt sie einen Revolver. Der Psychiater schaute in Stanleys Richtung, aber Stanley war nicht mehr da.

Stanley stürzte den Gang vor dem Sprechzimmer hinunter. Fast wäre er in eine Gruppe von Wärtern gerannt, die in geschlossener Front den Korridor entlangpreschten, um den nächsten Irren auf der Flucht einzufangen. Aber sowie Stanley sie auf sich zukommen sah, hörte er auf zu rennen. »Gut, daß ihr kommt, Jungs«, sagte er. »Der Doktor braucht euch. In seinem Büro. Schnell!«

Die Wärter schauten den Gang hinunter und rasten der Tür ihres Herrn entgegen. In diesem Moment erschien Jarvis auf dem Korridor und die Wärter bremsten schleudernd ab. »Faßt ihn«, schrie Jarvis und wedelte mit seiner Pistole in Richtung Stanley.

Die Wärter machten eine Kehrtwendung, aber Stanley war schneller. Er rannte schnurstracks an dem Schwesternschreibtisch vorbei und schoß um eine Ecke einen anderen Korridor hinunter. Über einer Tür am anderen Ende des Flures entdeckte er ein Ausgangsschild, aber zwischen dieser Tür und ihm standen die Polizisten, die ihn hergebracht hatten. Stanley wirbelte auf einem Absatz herum und sah in die Richtung, aus der er gekommen war. Der Doktor und die Wärter kamen schnell näher. Das Geräusch hastiger Schritte verriet ihm daß jetzt auch die Polizisten auf ihn zukamen.

Also tat er das Gescheiteste, was ihm einfiel. Er verschwand im nächsten Zimmer. Bei seinem Eintreten schrien zwei Patienten auf, aber Stanley rannte unbeirrt auf das Fenster zu.

Es war verriegelt, aber erfreulicherweise nicht vergittert. Stanley nahm sich vor, bei der nächsten sich bietenden Gelegenheit, an Gott zu glauben. In der Zwischenzeit bemühte er sich eifrig, das Fenster aufzubekommen. Die Stimme des Arztes war jetzt ganz dicht hinter ihm. Stanley schlug alle Vorsicht in den Wind und sprang durch das geschlossene Fenster. Glas zersplitterte um ihn herum, und er landete auf der Feuerleiter. Er kletterte die Sprossen hinab, so schnell er konnte.

Es waren nur drei Stockwerke bis zur Straße. Als Stanley festen Boden erreicht hatte, blickte er noch einmal nach oben und sah, wie Jarvis auf ihn zielte. Einer der Polizisten schnappte Jarvis' Hand und schrie: »Das dürfen Sie nicht! Sie sind nur Arzt.«

Das war das letzte, was Stanley von ihnen sah, denn seine Füße trugen ihn nun schnell das Gäßchen hinunter; er kam an eine Stelle, wo sich zwei Gassen kreuzten und einen Häuserblock in vier Teile teilten. »Ich hoffe, das geht durch als Kreuzung«, dachte Stanley und sah zum Himmel. Es war Abend und wurde schon dunkel.

Stanley stellte sich in den Schnittpunkt der beiden Gassen und tat, was er in seinen Werwolfbüchern gelesen hatte. »Als erstes kommt das Urinieren«, sagte er zu sich und kämpfte mit seinem Reißverschluß. Wieder hörte er Schritte, schaute über die Schulter und sah die Polizisten näherkommen. Aber seine Blase wollte nicht funktionieren. Er schüttelte seinen Penis. »Los, verdammter Kerl. Mach schon«. Dann murmelte er die lateinischen Worte: *»Lupus ad hominem, lupus ad hominem«*, säuselte er immer und immer wieder, aber nichts geschah. Er sah auf seinen staubtrockenen Wasserspeier. »Los jetzt, verdammt noch mal, mach voran!«

Die Polypen waren inzwischen so nahegekommen, daß er die Kugeln in ihrem Pistolen klappern hörte. »Halt! Bleiben Sie stehen«, schrie einer, und ein anderer sagte: »Darf ich einen Warnschuß abgeben, Chef?«

Genau in dem Moment brach der Damm, und Stanley bewässerte das Pflaster. »Heureka«, schrie er und murmelte hastig noch einmal die Formel: *»Lupus ad hominem«*. Ihm wurde klar, daß er den Spruch verkehrt herum aufgesagt hatte. Dann ging ihm der Urin aus.

Den Polizisten dagegen war die Energie nicht ausgegangen. Gleich werden sie das Feuer eröffnen, dachte Stanley, und entdeckte am entgegengesetzten Ende der Gasse Jarvis, der kniete und mit ausgestreckten Armen und dem Finger am Abzug, auf ihn angelegt hatte. »Oh Shit«, sagte Stanley. Er hatte nichts zu verlieren. Er versuchte *»Hominem ad lupum«*, und die Verwandlung kam schlagartig. Im ersten Moment hatte Stanley Schmerzen, aber die waren schnell vorüber. Er hörte einen Schuß aus Jarvis' Richtung, aber die Kugel sauste über ihm hinweg, genau auf der Höhe seines Herzens, wenn er noch ein Mensch gewesen wäre. Den Wolf aber ließ die Kugel unverletzt.

Stanley wirbelte auf den Hinterläufen herum und rannte auf die Polizisten zu. Sie standen dicht aneinandergedrängt und waren kreidebleich. Stanley sprang über sie hinweg und verschwand in der Nacht. Wie werden die das wohl in ihrem Bericht formulieren, dachte er sich.

Während Stanley rannte und rannte, war er stolz auf seine knappe, aber gelungene Flucht. Aber dann fielen ihm wichtigere Dinge ein. Die Frage zum Beispiel, wie er als Wolf seine Verabredung mit Sylvia einhalten sollte. Mein Gott, dachte er, jetzt bekomm ich endlich nach all dieser Zeit meine Chance, und dann seh' ich zum Abschießen aus.

KAPITEL 11

Ursula. Das war die Lösung. Er mußte zu ihr. Ganz plötzlich wurde es Stanley klar. Er galoppierte die Straßen entlang in Richtung City, und seine Nase wurde Opfer tausenderlei intensiver Gerüche.

Er rannte wie um sein Leben. Passanten blieben abrupt stehen und sahen ihm nach. Alte Männer zeigten mit ihren Gehstöcken auf ihn, alte Damen ließen ihre Einkaufstaschen fallen und gafften ihm mit offenem Mund hinterher, und kleine Jungen sagten: »Ich will mit dem Hundie spielen«, und Mütter erwiderten: »Was für ein Hundie? Halt den Mund« und unterhielten sich weiter mit ihren Freundinnen; ein junges Paar blieb stehen, und der männliche Teil sagte: »Guck mal, der Hund dort. So einen Hund möchte ich eines Tages haben«, und seine Freundin sagte: »Wo willst du ihn denn unterbringen?«, und er sagte: »Ich meine doch später, wenn wir ein Haus haben«, und sie sagte: »Ich möchte gern ein Haus auf dem Land haben, mit Ziegen und Hühnern.« Und der junge Mann sagte: »Vielleicht können wir uns sogar ein Pferd halten«, und während Stanley die Straße hinunterrannte und ein Taxifahrer seinetwegen um ein Haar einen Feuerhydranten umgefahren hätte, fühlten sich die beiden einander sehr nahe.

Stanley war blind für all dieses. All seine Wolfssinne waren jetzt erwacht; die Gerüche der Stadt, um ein tausendfaches intensiviert, füllten seine Nüstern. Während er rannte, spielten seine Muskeln mit müheloser und nicht erlahmender Kraft. Er trabte mit hoher Geschwindigkeit. Mit seinem geschärften Gehör vernahm er auch das entfernteste Geräusch, vom Gleiten von Reifen über Asphalt bis zum leisen Surren in der Luft, mit dem etwas über seinen Kopf und seine Schultern fiel und seine schnellen Sprünge abrupt beendete. »Teufel noch mal!« rief er, aber es kam als kehliges Knurren heraus. Im nächsten Moment fegte ihn etwas von den Füßen, und er fühlte sich fest eingewickelt in etwas, das er ganz allmählich als ein starkes Netz identifizierte.

»Hammerdichendlich, du Mistkerl!« rief jemand, und Stanley verrenkte sich in dem Netz und schaute über die Schulter nach oben. Ein riesiger Mann, ungefähr drei Stockwerke hoch und fünf Meter breit, schaute auf ihn herunter. Der Mann hatte einen buschigen roten Bart und kalte blaue Augen. Er trug eine blaue Mütze mit einem goldenen Abzeichen. Auf dem Abzeichen stand ›Städtisches Tierheim‹.

Oh Gott, dachte Stanley voller Schrecken, ein verdammter Hundefänger. Polizisten, Psychiater, dicke Damen und jetzt auch noch ein gottverdammter Hundefänger. Stanley versuchte sich zu bewegen, aber er saß fest in den Maschen des Netzes. »Kämpf du nur, du blöder Mistkerl von Hund«, sagte der Hundefänger und bleckte gelbe Zähne in einem erbarmungslosen Lächeln. Dann griff er nach dem Metallrahmen, an dem das Netz befestigt war und auf dem er gestanden hatte, hob ihn hoch und zwang Stanley fester in die Maschen.

An einen Kampf war nicht zu denken. Stanley war starr vor Schreck. Der Kerl hat Hände wie Schinken, dachte er, die sind größer als meine Schenkel.

Der Hundefänger hielt das Netz jetzt mit einer Hand in die Luft, und mit der anderen drehte er Stanley im Kreise. Stanley schätzte, daß er als Wolf gut zwei Zentner wog, aber der Hundefänger schien das nicht zu bemerken. Das gibt es einfach nicht, dachte Stanley. Der Kerl ist ein gottverdammtes Monster.

Die Drehbewegungen taten ihre Wirkung, und Stanley wurde so schwindlig, daß er aufhörte zu denken.

Stanley fühlte, wie er auf die Ladefläche eines Kastenwagens geworfen wurde.

Er machte ein paar unfreiwillige Purzelbäume, kam auf die Beine und sah sich um. Durch die Fensterschlitze des Kastenwagens drang kaum ein Lichtstrahl, aber Stanleys Wolfsaugen sahen auch in der Dunkelheit gut. Er war mit mehreren anderen Hunden eingesperrt. In der hintersten Ecke zog ein großer Mastiff knurrend die Lefzen hoch; Stanley zog den Schwanz ein und nahm neben einem Pekinesen Platz. Das ist der größte Schlamassel, in dem ich je gesteckt habe, dachte er sich. Ursula hab' ich nicht gefunden, und zu Sylvia werde ich es nicht mehr rechtzeitig schaffen. Stattdessen wird mich eine wohlmeinende menschliche Gesellschaft mit einem Haufen anderer Hunde in einen Zwinger sperren. Und dann wird alles noch schlimmer, denn morgen früh wird der Tierwärter in einem seiner Käfige einen nackten Stanley Merriwether vorfinden. Wie soll ich das erklären? Diesmal kommt das Irrenhaus, kein Zweifel. Und Sylvia kann ich mir aus dem Kopf schlagen!

Der Mastiff knurrte. Verpiss dich, dachte Stanley, aber dann fiel ihm ein, wer er war. Ich bin schließlich ein gottverdammter Werwolf. Ich brauche mir diesen Schwachsinn nicht bieten zu lassen. Ich hätte diesem Kerl den Arm abbeißen sollen! Mein Gott, Stanley, du warst überhaupt nicht auf Draht, dachte er trübselig.

Der Mastiff knurrte wieder. Okay, jetzt langt's, sagte sich Stanley und dachte an den deutschen Schäferhund, den er besiegt hatte. Stanley sprang auf und starrte den Mastiff an. Der Pekinese ging sofort aus dem Weg, und einige andere Hunde wichen zurück. Der Mastiff dagegen erhob sich, den Schwanz hoch in die Luft gereckt, und knurrte tief und drohend.

Du hast es so gewollt, mein Freund, dachte Stanley, und sprang mit einem Satz quer durch den Raum. Blitzartig hatte er den riesigen Hund an der Gurgel gepackt. Stanley war so überrascht von der Wucht seiner eigenen Attacke, daß er den winselnden Mastiff zwischen den Zähnen, gegen die Rückwand des Lasters knallte.

Aber er ließ nicht locker, er knurrte und biß fester und noch fester zu. Warmes Blut floß ihm ins Maul und er genoß die Süße und Wärme. Der Hunger schoß in seinem Innern wie eine Stichflamme hoch, und das Blut beruhigte ihn ein wenig, trotzdem kostete es ihn große Willenskraft, seinen Biß zu lockern und von dem Hund abzulassen. Mit dem Gefühl von Gram, Angst und der Begierde nach mehr wich er zurück. Das war noch nicht genug, er wußte es. Und er wußte, was er eigentlich wollte, was der in ihm brennende Werwolf brauchte. Aber so benimmt sich kein leitender Angestellter einer Versicherungsgesellschaft!

Der Mastiff lag japsend da, schaute Stanley an, rührte aber keinen Muskel – als könnte er durch die leiseste Bewegung eine neue Attacke heraufbeschwören.

Dann wurde die Tür des Kastenwagens aufgerissen. »Was ist denn hier los!« dröhnte die Stimme des Hundefängers. Stanley warf einen schnellen Blick zur Tür. Er fühlte sich plötzlich stark und unbesiegbar. Diesmal würde dieser Riese ihn nicht aufhalten.

Stanley setzte zum Sprung an und preschte mit voller Wucht auf den Hundefänger zu. Aber der rothaarige Riese wich und wankte nicht. Mit beiden Fäusten holte er zu einem gewaltigen Schlag aus.

Stanley spürte das jedoch kaum. Stattdessen nahm er von neuem Anlauf, und diesmal donnerte er mit beiden Vorderpfoten gegen den Brustkorb des Mannes. Wie eine gefällte Eiche ging der Hundefänger zu Boden.

Schon war Stanley auf und davon, er flog förmlich durch die Luft und ließ Hundefänger und Kastenwagen weit hinter sich.

Er hatte einige Probleme mit dem Verkehr in den Stadtvierteln bis zur Pearl Alley. Aber abgesehen von einem Auto, das einen Bus rammte, weil Stanley bei Rot über eine Kreuzung schoß, erreichte er die Pearl Alley ohne größere Zwischenfälle.

Alley Row erstrahlte im Neonlicht. Die bunten Lichter spielten über Stanleys Gesicht. Die Nacktbars hatten Stoßzeit, und die Türsteher erklärten den Passanten, daß nur in ihrem Etablissement wahrhaft Gewagtes geboten werde.

Stanley wanderte weiter und prüfte die Luft auf der Suche nach dem Geruch einer bestimmten Person. Touristen schlenderten an ihm vorbei, ohne ihm einen Blick zu schenken. Sie waren gefesselt von Glitter der Live-Sex-Shows, den grellen Leuchtreklamen und der in Satin und Paillettenmieder gezwängten Nutten, die auf Kundschaft warteten.

Schließlich kam Stanley in den düsteren Teil der Pearl Alley, wo hungrige Babies nach Müttern schrien, die im Zimmer nebenan mit Männern beschäftigt waren. Stanley betrat eins der Gebäude, ging hoch und kletterte durch eine Luke aufs Dach. Dort setzte er sich auf die Teerpappe, warf den Kopf in den Nacken, schaute zu den matt funkelnden Sternen und heulte in die Nacht, heulte immer wieder. Vielleicht, dachte er, vielleicht hört mich Ursula.

Er wartete. Dann heulte er noch einmal, ging zum Rand des Daches und schaute hinunter auf die Straße. Auf einer Verkehrsinsel entdeckte er eine Uhr im Neonlicht. Er hatte noch eine Stunde Zeit, wieder Mensch zu werden und zu Sylvia zu gehen. Danach wäre alles verloren.

Wieder legte er den Kopf in den Nacken und setzte zu einem neuen markerschütternden Geheul an, als er auf dem Pflaster vertraute Schritte hörte. Er sah über die Dachkante, und da stand sie, in einem schwarzen Kleid mit Perlknöpfen, weißem Kragen und weißen Manschetten und sah aus, wie entweder anständige Mädchen und Volksschullehrerinnen aussehen, oder eben Prostituierte, die Ausschau halten nach ganz spezieller Kundschaft.

Er heulte zu ihr hinunter, und sie schaute hoch. Dann betrat sie das Gebäude, und Stanley rannte zu der Luke , durch die er aufs Dach gestiegen war.

Bald erschien Ursulas Kopf in der Luke, und dann stand sie vor ihm. Er setzte sich und betrachtete sie, ihre wogenden Brüste, ihre vollen Lippen, die festen Muskeln ihrer schlanken Waden. Ungewollt entrang sich ein winselndes Heulen seinem Wolfsmaul. Ursula schien zu verstehen. »Bist du deswegen hergekommen? Das ist doch kein Grund, sich so in Schale zu werfen!«

Stanley wurde verlegen, und seine Leidenschaft verebbte. »Ursula, ich brauche deine Hilfe«, sagte er, aber es kam wieder als Winseln heraus.

»Tja, so wird das wohl nichts«, sagte sie. »Wart' einen Moment.« Sie griff nach hinten, öffnete den Reißverschluß und ließ ihr Kleid zu Boden gleiten. Mit nichts als hochhackigen Schuhen stand sie vor ihm, und Stanley, der beobachtete, wie sich ihre Brüste bei jedem Atemzug hoben und senkten, hätte beinahe wieder losgeheult.

Senkundenbruchteile später stand sie als Wolf vor ihm, mit mandelförmigen grauen Augen und dichtem Pelz. Sie kam näher. »Was ist los?« sagte sie. »Hätt' nie gedacht, daß du auf so exzentrische Sachen stehst.«

»Ich steck in Schwierigkeiten, Ursula. Heute abend mußte ich mich in einen Wolf verwandeln, und jetzt habe ich eine Verabredung, die ich unbedingt einhalten will. Aber ich weiß nicht, wie ich mich wieder zurückverwandeln kann. Du mußt mir helfen.«

»Muß ich das?« Sie sah ihn kokett an. »Du bist ein ausgesprochen gutaussehender Wolf, weißt du das? Mit diesen Silberspitzen in deinem schwarzen Haar siehst du so gut aus, daß ich Lust hätte, die ganze Nacht bei dir zu bleiben.«

Stanley schaute in ihre schräggeschnittenen Augen und fühlte eine schwere Wärme in seinem Inneren, die ihm sehr gefiel. »Du machst mich ganz schwindlig im Kopf«, sagte er.

»Wenn ich will, wird's dir noch wo ganz anderes schwindlig.«

Stanley hätte gern herausgefunden, was sie damit meinte, aber er dachte an Sylvia. »Nicht heute abend. Ich muß gehen. Wirklich. Sag mir bitte: Kann ich mich zurückverwandeln, ohne auf die Sonne warten zu müssen?«

Sie lachte. »Natürlich!«

»Muß ich auf einer Kreuzung stehen und urinieren oder irgendwas in der Richtung?«

»Habe ich mich etwa gerade auf eine Kreuzung gestellt? Ich kann mir gar nicht vorstellen, daß irgend jemand noch dieses mittelalterliche Zeugs praktiziert. Das bringt uns Werwölfe ja in Verruf.« Sie seufzte. »Wenn du die richtige Formel weißt, kannst du dich überall verwandeln. Und ist es nicht großartig, sich zu verwandeln?«

Stanley nickte. »Ja, göttlich. Wenn ich Wolf bin, fühl ich mich so stark, so unbesiegbar.«

»Und es wird auch deinen menschlichen Körper verändern.«

»Ich weiß«, sagte Stanley. »Das habe ich schon gemerkt. Meine Muskeln sind gewachsen, mein Fett wird weniger, ich habe sogar Bauchmuskeln bekommen. Und ich fühl mich so, so ... «

»So mächtig – als könntest du es mit der ganzen Welt aufnehmen.« Erregung ließ ihre Stimme vibrieren.

»Ja, genau so.«

»Und das wird von Mal zu Mal intensiver werden. Ich hab dir ja gesagt, es wird dir gefallen!«

»Aber kann ich mich zurückverwandeln. Jetzt gleich?« fragte er drängend.

»Natürlich. Sag einfach: *Inde nocte a lupo ad viro ago.* Das ist alles.« Und kaum hatten ihre Lippen diese Worte ausgesprochen, schon stand sie wieder als nackte Frau, auf einem Dach hoch oben mitten in der Stadt. *»Inde nocte a lupo ad viro ago«*, sagte Stanley, und auch er war plötzlich wieder ein Mensch.

Ursula musterte Stanley einen Moment. »Du siehst gut aus«, sagte sie, Lüsternheit im Blick. »Guck dir diese Muskeln an!«

Stanley wurde verlegen, fand aber trotzdem das Leben plötzlich wundervoll.

»Ich brauch etwas zum Anziehen«, sagte er.

»Meine Wohnung ist ganz in der Nähe. Ich hol dir was aus meinem Kleiderschrank.«

»Du hast Männersachen in deinem Schrank?«

»Was denkst du? In meinem Geschäft gehört sowas dazu.«

Sie schlüpfte schnell in ihr Kleid. »Mach mir den

Reißverschluß zu«, sagte sie und wandte Stanley den Rücken zu.

Während er sich mit dem Reißverschluß abmühte, sagte er: »Ursula, etwas an diesem Werwolfgeschäft macht mir Angst. Wenn ich mich verwandele, dann habe ich dieses Verlangen, eine Art Hunger. Aber ich kann ihn nicht stillen.«

Sie lachte und zog ihre Schuhe an. »Hunger? Ja, ißt du denn nichts, während du Werwolf bist?«

»Doch, einmal hab ich gegessen. Ich hab ein Huhn getötet.«

»Ein Huhn!« Jetzt lachte sie aus vollem Hals.

»Jawohl, ein Huhn!« Stanley fühlte sich beleidigt. »Ich hab es umgebracht und aufgegessen.«

»Du hast ein Huhn ›umgebracht‹?« Ursula sah aus, als hätte sie Seitenstechen vor Lachen. »Hör mal: Morgen abend arbeite ich nicht. Komm zu mir; wir werden gemeinsam Wölfe und ich zeig dir, wie man als Werwolf lebt – ich meine wirklich *lebt*, mein süßer Kleiner.«

Sie verschwand durch die Luke.

Stunden später (so kam es Stanley zumindest vor) kam sie endlich zurück. Sie hatte ein paar hellgraue Samthosen und einen blaßlila Angorapullover bei sich. »So'n Zeugs zieh ich nicht an«, sagte Stanley.

Sie ignorierte ihn.»Und die wirst du auch brauchen«, sagte sie und ließ schwarze Lederstiefel fallen, mit diskretem Absatz und gut geputzt.

»Sowas kann ich nicht anziehen. Ich bin Geschäftsmann!«

Sie lächelte. »Vielleicht ist das dein Problem. Heute abend jedenfalls wirst du das tragen. Sei morgen um die gleiche Zeit wieder hier. Ich werde dir

Orte und Dinge zeigen, die du noch nie gesehen hast.«

Stanley seufzte entsetzt und wollte noch einmal gegen die Kleiderwahl protestieren, aber bevor er Luft geholt hatte und etwas sagen konnte, war sie schon verschwunden.

Er lief zur Dachkante und sah auf die Uhr. Noch eine halbe Stunde. Viel zu knapp, dachte er, viel zu knapp. Er zog die Sachen an und hastete die Treppen hinunter. Im Sturmschritt raste er seinem Büro entgegen. Der Weg kostete ihn fast zwanzig Minuten. Er fuhr zu seinem Büro hoch, holte seine Brieftasche, die noch auf dem Schreibtisch lag, ging hinunter zur Garage, holte seinen Wagen und fuhr zu Sylvia. Als ihm klar wurde, daß er es nicht mehr rechtzeitig schaffen würde, hielt er an einer Telefonzelle an und wählte ihre Nummer.

»Ich komme ein bißchen später, aber nur ein kleines bißchen«, sagte er.

»Nichts ernstes, hoffe ich«, antwortete sie.

Stanley lächelte. »Nein«, sagte er, »nichts außergewöhnliches.«

KAPITEL 12

Stanley parkte seinen Wagen vor Sylvias Haus. Sie wohnte am Strand in einem Vorort für Leute mit mittleren Einkommen, und als Stanley den Gartenpfad zu ihrer Haustür entlangging, fuhr ihm der frische Ozeanwind durch die Haare. Er klingelte. Als die Tür aufging, wich Stanley zurück. Im ersten Moment hatte er das Gefühl, Sylvia brächte Licht in die Dunkelheit mit ihrem warmen, strahlenden Lächeln. Dann wurde ihm klar, daß es der Lichtschein der Wohnzimmerlampe war, der durch die Tür fiel, und er beruhigte sich. Sie lächelte und sagte: »Ich bin froh, daß du kommen konntest. Tritt näher.«

Er folgte ihr ins Haus. Sie trug ein hautenges schwarzes Strickkleid und hohe Absätze. Beim Gehen umspielte das Kleid ihre nackten Beine, und Stanley rang nach Luft. Sie drehte sich um und lächelte ihn noch einmal strahlend an.

»Du siehst aber gut aus, Stanley«, sagte sie und musterte ihn von Kopf bis Fuß. »Mir ist bisher gar nicht aufgefallen, wie schlank du geworden bist. Hast du Diät gemacht? Warum setzt du dich nicht?« Sie führte ihn zur Couch.

Stanley nahm Platz und starrte auf den Teppich. Er war zu aufgeregt, um sie anzuschauen. Er erwartete jeden Moment die orgiastischen Geräusche zu hören, die – da war er sich sicher – Walhalla, das nordische Paradies ausmachten. Er wagte nicht die Augen zu heben und diese Inkarnation einer Göttin anzusehen, die fünfundneunzig Worte in der Minute tippte und fehlerlos Diktate aufnahm. Also stammelte er: »Nein, eine Diät habe ich nicht gemacht... nein, nicht im eigentlichen Sinne.« Er sah auf seinen Bauch hinunter. Der wölbte sich nicht mehr über den Gürtel, wenn er sich hinsetzte. Sein Blick fiel auch auf den Pullover und die Hosen, die er trug. Über der Eile, zu Sylvia zu kommen, hatte er die Sachen, die Ursula ihm gegeben hatte, ganz vergessen.

»Übrigens muß ich mich für meinen Aufzug entschuldigen«, sagte er.

Sie stand vor ihm, die Hände vor der Brust gefaltet, und blickte ihn freudestrahlend an. »Entschuldigen? Du siehst gut aus, Stanley. Richtig gut. Ich wußte gar nicht, daß du dich so geschmackvoll kleidest.«

Stanley dachte: Ich? Keinen Geschmack? Aber ich trage doch karierte Anzüge mit Weste.

Sie mußte den Ausdruck auf seinem Gesicht verstanden haben. »Damit wollte ich nicht sagen, daß du im Büro nicht gut angezogen bis«, sagte sie. »Doch. Wirklich. Ganz bestimmt. Aber heute abend siehst du anders aus.«

»So anders wie neulich im Büro?«

Sie spielte verlegen mit den Fingern. »Ja. In letzter Zeit siehst du ganz anders aus. Und du benimmst dich auch anders als früher.« Sie errötete und wandte den Kopf ab. »Du wirkst entschlossener, ich meine im Vergleich zu früher. Erinnerst du dich zum Beispiel, wie wir Weihnachtseinkäufe gemacht haben? Du warst so unentschlossen.«

Stanley erinnerte sich an den Abend. Nach dem Diktieren eines Briefes hatte er ihr gegenüber erwähnt, daß er ein Geschenk für seinen Vater brauchte und nicht wußte, was er ihm schenken sollte. Er hatte zu ihr gesagt: »Eine Boden-Luft-Rakete wäre nett, darüber würde er sich bestimmt freuen. Aber die Armee will mir keine verkaufen. Alles andere hat er schon.« »Soll ich mich einmal umsehen?« hatte sie gefragt, »ich könnte in der Mittagspause in die Stadt gehen.« Stanley fand, das könne er nicht von ihr verlangen. Daraufhin hatte sie vorgeschlagen, gemeinsam nach Feierabend einkaufen zu gehen.

»Und an dem Abend war ich unentschlossen?« fragte Stanley.

»Ja. Du konntest dich offensichtlich nicht entscheiden, ob du deinem Vater nun Himmlers alten Rolls Royce schenken solltest oder lieber ein Paar Manschettenknöpfe.«

»Jetzt erinnere ich mich«, sagte Stanley, aber in Wirklichkeit erinnerte er sich an nichts anderes als die Wärme ihrer Nähe und die Freude über ihr Interesse an ihm. Er erinnerte sich auch, wie sehr er sich gewünscht hatte, jeden Abend mit ihr einkaufen zu gehen. Mit ihr an seiner Seite war ihm nicht nur der Abend schön, die ganze Welt erschien ihm plötzlich wunderbar. Ihr Lachen über die einfachsten Dinge, ihre Sorge um die armen Vögel, die den Winter in der Stadt zubringen mußten – ihr begeistertes Interesse an allem, was sie an jenem Abend unternahmen, hatte ihn angesteckt. Alles war frisch, neu und aufregend geworden. »Ja«, sagte er, »ich erinnere mich genau.«

»Ich war wahrscheinlich ziemlich langweilig an dem Abend«, sagte sie. »Du schienst dich überall auszukennen. Wir gingen in Geschäfte, die ich noch nie zuvor gesehen hatte. Man muß schon ein besonderer Mensch sein, um zu wissen, wo es Himmlers Rolls gibt.«

Er sah sie an, und sie warf ihm ein solch bezauberndes Lächeln zu, daß er aus purer Freude zurücklächelte. Er betrachtete sie noch eine Weile und sagte dann: »Dürfte ich dich jetzt zum Essen ausführen?«

»Möchtest du nicht vielleicht vorher etwas trinken? Ich habe Wein kalt gestellt.« Sie schaute zu Boden. »Nichts besonderes. Nur eine Flasche von dem Weißwein, den ich gern trinke. Du bist bestimmt Besseres gewöhnt.«

Er spürte einen schmerzlichen Stich, der seine Freude für einen Moment trübte. Ihm wurde zum ersten Mal klar, für wie unerreichbar Sylvia ihn halten mußte – er kam aus einer anderen Welt, einer Welt, die Lichtjahre von der ihren entfernt schien. Sie mußte ja das Gefühl haben, ihm nichts anbieten zu können, ohne sich dafür zu entschuldigen. Aber sie muß doch trotzdem wissen, dachte er, daß ich derjenige bin, der ihr nie das Wasser reichen kann, der nie diesem schönen Geschöpf namens Sylvia ebenbürtig sein kann. Die Männer sind ihr Leben lang schon hinter ihr her, da bin ich mir ganz sicher. Ich bin nur einer unter vielen und noch dazu kein berückendes Exemplar – ein dicklicher kleiner Kerl bin ich, der immer Angst hat, Frauen wie sie einzuladen, weil er denkt, sie würden sich dadurch beleidigt fühlen. Wie soll ich ihr erklären, daß jede Minute, die sie mir schenkt, für mich wichtiger ist, als alles, was ich ihr bieten kann?

»Woran denkst du?« fragte sie.

»Oh«, er schreckte aus seinen Gedanken hoch und starrte sie benommen an. Mein Gott, wieviel Zeit ist wohl verstrichen, seit sie mich gefragt hat, ob ich Wein will. Kein Wunder, daß niemand mit mir ausgeht, dachte er und sagte dann laut: »Ach, gar nichts, und ich würde gern einen Wein trinken.«

Sie kam mit zwei bis zum Rand gefüllten Gläsern zurück. Er balancierte sein Glas vorsichtig zum Mund und nippte daran. Nach den Benimmregeln, dachte Stanley insgeheim, sollten Weingläser nur halbvoll sein. Verstohlen sah er Sylvia an, die sich neben ihn auf die Couch gesetzt hatte und einen ordentlichen Schluck nahm.

»Du trinkst so langsam«, sagte sie. »Schmeckt er dir nicht?«

Er lachte. »Doch, er ist ganz vorzüglich.« Der Wein schmeckte wie klares, reines Wasser. Stanley folgte Sylvias Beispiel und nahm einen großen Schluck. Dad würde sich die Haare raufen, dachte er. Wein, würde sein Dad sagen, Wein darf nur in kleinen Schlückchen getrunken werden.

»Ich finde nicht, daß du dich für deinen Aufzug entschuldigen mußt«, sagte sie und nahm noch einen Schluck. »Im Gegenteil, du siehst ganz schnuckelig darin aus.« Sie lächelte.

»Danke«, sagte Stanley, warf ihr einen verlegenen Blick zu und leerte sein Glas in einem Zug.

»Ich hol uns noch etwas«, sagte sie und verschwand in der Küche. Als sie zurückkam, stellte sie die Gläser auf den Couchtisch und setzte sich jetzt ganz dicht neben ihn. »So ein schöner Pullover«, sagte sie und streichelte über Stanleys Brust. Ein Kloß bildete sich in seiner Kehle, und selbst wenn ihm eine geistreiche Bemerkung eingefallen wäre, er hätte sie nicht herausgebracht. Er griff nach seinem Glas und leerte es mit einem Schluck.

Sie ließ ihre Hand auf seiner Schulter ruhen, und griff nach ihrem Glas. Stanley schaute zu, wie sie zu trinken begann, wie ihre Lippen den Rand des Glases liebkosten, ihre rosa Zunge über die feucht schimmernden Lippen glitt. Ihre Augen waren so groß und blau, ihre Haut so weich und glatt. Ja, er wollte ihr Vertrauter sein, etwas ganz besonderes für sie sein, er wollte ihre Lippen lecken und einen Monat lang in ihrem Bett schwelgen. Mein Gott, sagte er sich, was fällt dir nur ein? Du bist viel zu roh für dieses liebliche Geschöpf.

In diesem Augenblick schmiegte sie sich an ihn, nahm ihm das Glas aus der Hand und stellte es auf den Couchtisch neben das ihre. Dann nahm sie sein Gesicht zwischen ihre Hände, zog es zu sich heran, und preßte ihre Lippen auf seinen Mund – ein Moment, den Stanley sein ganzes Leben lang nicht vergessen würde. Dann ließ sie ihn los und sagte: »Vielleicht sollte ich so etwas nicht tun – bei meinem eigenen Boss.«

»Oh doch. Doch, doch unbedingt solltest du das tun«, sagte Stanley ernst und hatte keine Ahnung mehr, wer hier Boss war oder warum. Aber es gefiel ihm durchaus, wie es war.

Beim Dinner hörte sie sich Geschichten über seine Kindheit, seinen Vater und das Merriwether Imperium so interessiert an, als wären all diese Dinge für sie von Bedeutung. Stanley fühlte sich geschmeichelt, glücklich und überrascht; unwillkürlich faßte er über den Tisch nach ihrer Hand und hielt sie fest. Und sie umfaßte seine Hand voller Wärme, sah ihm tief in die Augen, und für Stanley stand die Welt still, denn dies war der Beginn einer Nacht, die er nie vergessen würde.

Am nächsten Morgen wachte er früh und in seinem eigenen Bett auf. Er hatte kaum zwei Stunden geschlafen, strotzte aber vor Energie und Aufregung. Gutgelaunt zog er sich an, trat vor den Spiegel und betrachtete zufrieden seinen schon viel muskulöser gewordenen Körper. »Wenn du noch lange so herumwolfst«, sagte er zu seinem Spiegelbild, »wird ein richtig gutaussehender Mann aus dir.«

Als er dann in den Leihwagen stieg und zum Merriwether Versicherungskonzern fuhr, erfüllte ihn ein Gefühl vollkommener Freude, das er nur kannte, wenn er weder Kummer noch Sorgen hatte – ein Gefühl übrigens, das sich bei ihm eigentlich nur dann einstellte, wenn er gerade hinter dem Steuerrad seines Thunderbirds saß. Danke, Sylvia, sagte er leise und dachte daran, wie er sie im ersten Morgenlicht ganz sanft zum Abschied geküßt, ihr in die Augen gesehen und gesagt hatte: »Sylvia, das war eine ganz besondere Nacht.« Und was den Augenblick noch bemerkenswerter gemacht hatte: Sie hatte ihn nicht ausgelacht. Nein, mit zärtlichen Augen hatte sie ihn angesehen und den perfekten und unerwarteten Satz gesagt: »Ich habe es genossen, Stanley.«

Er hatte dann noch etwas wirklich Besonderes zu ihr sagen wollen und einen Moment lang erwogen, Romeos Monolog unter Julias Balkon zu rezitieren. Ihm fiel dann aber ein, daß er den nie gelesen hatte. Also sagte er: »Du... du bist wunderschön.«

»Das ist rein körperlich, weiter nichts«, hatte sie geantwortet, aber gelächelt.

War das wirklich nur körperlich, hatte er sich gefragt und sich zu erinnern versucht, wann er das erste Mal bemerkt hatte, daß sie etwas Besonderes war. Er segelte vorbei an seinen lüsternen und begehrlichen Gedanken zurück bis zum Tag des Weihnachtseinkaufs. Nein, auch zu dem Zeitpunkt hatte er es schon gewußt. Schließlich fiel ihm jener Tag in seinem Büro ein, als eine große langbeinige Spinne über Sylvias Schreibtisch krabbelte und er ein Blatt Papier zusammengerollt hatte, um das Tier zu erschlagen. Aber Sylvia hatte ihn zurückgehalten, die Spinne auf einen Notizblock gelockt, ein Wasserglas darüber gestülpt und die Spinne ins Freie getragen.

Und heute morgen, die Hand schon am Türgriff, hatte er sich noch einmal zu ihr umgedreht und gesagt: »Damals wurde mir zum ersten Mal klar, daß du anders bist. In einer Welt, wo so viele Menschen Spaß und Profit daraus ziehen, hilflose Wesen zu töten, warst du selbstlos und uneigennützig. Und von da an warst du etwas Besonders für mich, auch wenn es sich für jemanden mit wirklich modernen Gefühlen vielleicht abwegig und sentimental anhört.«

Die Tränen, die plötzlich in ihren Augen standen, hatten ihm verraten, daß sie das offensichtlich gar nicht so abwegig und sentimental fand. Danke, Sylvia, sagte er noch einmal.

Nach kurzer Zeit hatte Stanley seinen Wagen in der Garage des Versicherungsgebäudes geparkt und die Straße überquert zu dem kleinen Bistro, um dort, so wie jeden Tag, seinen Morgenkaffee zu trinken. In den Schaufenstern der Ladengalerie betrachtete er im Vorbeigehen sein Spiegelbild. Gut, gut, dachte er, und nach der letzten Nacht kann nichts mehr schiefgehen.

Plötzlich hörte er hinter sich Glas splittern und Reifen quietschen. Er drehte sich um und sah Dr. Jarvis in einem schleudernden Straßenkreuzer vorbeirasen, eine Hand am Steuerrad, die andere zum Fenster hinausgestreckt, in ihr ein feuernder Revolver. Stanley hatte das Bild kaum erfaßt, als ihm seine Reflexe schon befahlen, sich hinter einem geparkten Auto auf den Boden zu werfen. Noch mehr Glas zersplitterte, aber es waren keine Schüsse zu hören. »Schalldämpfer«, dachte Stanley.

Der Zwischenfall sorgte für erheblichen Aufruhr in der Straße. Verkäufer kamen aus ihren noch nicht geöffneten Geschäften gerannt und redeten hin und her über die Kugeln, die Mobiliar und Schaufensterpuppen durchlöchert hatten. Niemand schien Stanley zu bemerken, der wieder auf die Füße kam und sich den Staub vom Anzug klopfte; der Polizist jedoch, der den Bürgersteig hinuntergelaufen kam, sah ihn. Die Uniform ging auf Stanley zu. »Tag, Sir. Ärger am frühen Morgen?«

Stanley erkannte ihn. Es war einer der Polizisten

von gestern. Als Stanley ihn das letzte Mal gesehen hatte, hatte er mit einer Pistole direkt auf seinen Kopf gezielt. »Na, ich nehm an, jetzt haben Sie mich«, sagte Stanley.

»Ich weiß nicht, wovon Sie sprechen, Sir«, sagte der Polizist.

»Wovon ich spreche? Erinnern Sie sich nicht an gestern?«

»Tut mir leid, Sir. An gestern kann ich mich überhaupt nicht erinnern.«

Stanley runzelte die Stirn. »Sie erinnern sich an *nichts*, was gestern passiert ist?«

Der Polizist sah auf das Pflaster. »Nein, Sir. Niemand kann sich an gestern erinnern.«

»Aha, und mich kennen Sie auch nicht?«

Der Beamte sah ihm in die Augen. »Sollte ich das, Sir?«

»Lieber nicht«, sagte Stanley in der Hoffnung, daß, aus welchen Gründen auch immer, die Angelegenheit Werwolf zu den Akten gelegt sei. »Sie glauben nicht zufällig an Werwölfe?« fragte er.

Der Polizist begann zu schwitzen. »Ich möchte lieber nicht daran denken, Sir.«

»Warum denn nicht?«

»Befehl von oben, Sir.«

Stanley lachte.

»Sind Sie verletzt, Sir?«

»Nein, mir fehlt nichts.«

»Glauben Sie, daß jemand Sie erschießen wollte?«

»Ja. Zuerst dachte ich, es wäre mein Vater ...«

»Ihr Vater, Sir?«

»Ja. Aber er war es nicht. Es war Carlton Jarvis.«

»Wer?«

»Der Arzt aus der Psychiatrie. Erinnern Sie sich nicht?«

»Ich habe Befehl, mich nicht zu erinnern, Sir.«

Stanley nickte. »Ich verstehe. Heißt das, daß ich diese Schießerei auch nicht der Polizei melden kann?«

Der Beamte dachte darüber nach. »Ich weiß nicht«, sagte er schließlich. »Offiziell existieren Sie nicht. Ob das bedeutet, daß auch Dr. Jarvis nicht existiert, kann ich Ihnen nicht sagen. Existieren Leute, mit denen Sie sprechen? Existiere ich? Ich meine offiziell? Hauptkommissar Symthe hat befohlen, alles, was gestern mit Ihnen passiert ist oder Ihnen in Zukunft noch passieren sollte, zu ignorieren.

»Soll heißen, er wollte keinen Bericht aufsetzen über den gestrigen Tag?«

Der Beamte sah ihn verständnislos an. »Was war denn gestern los?«

Stanley seufzte. »Ich gehe jetzt in mein Büro. Ich hab' zu tun.«

»Gewiß, Sir. Schönen Tag noch.«

»Sagen Sie mir nur noch, ob ich wegen dieser Schießerei nun Anzeige erstatten kann oder nicht.«

»Welche Schießerei, Sir?«

Danach ging Stanley zum Fahrstuhl. Als er die Tür zu seinem Vorzimmer öffnete, lächelte Sylvia ihm entgegen und kam so bald sie konnte in sein Büro. »Willst du den Tag richtig anfangen, Stanley?« fragte sie und verriegelte die Tür hinter sich.

»Was meinst du damit, Sylvia?« fragte er.

»Das meine ich, du wildes, ungezähmtes Wesen du.«

Sie kam auf ihn zu und Stanley gab sich alle Mühe, nicht zu denken, daß bei jemand, der Worte wie wildes, ungezähmtes Wesen benutzte, eine Schraube locker sei. Aber sowie sie ihre Lippen fest auf die seinen preßte, dachte er nicht mehr darüber nach. In ihrer warmen Umarmung versunken, übermannte ihn eine fast schmerzhafte Ekstase. Dann klingelte das Telefon.

Stanley erinnerte sich daran, wie er als Schüler im College immer von seinem Stuhl aufgesprungen war, sowie die Klingel anschlug. Und auch in den Sommerferien, die er zu Hause bei seinen Eltern verbrachte, war er, sowie das Telefon klingelte, losgerannt, als müsse er zur nächsten Schulstunde. Deshalb verstand er vollkommen, warum Sylvia, als das Telefon läutete, sofort zu seinem Schreibtisch stürzte, ohne eine Sekunde des Zögerns den Hörer hochhob und Stanley, der die Lippen gerade erwartungsvoll gespitzt hatte, ließ wo er war. Sie war eben schon seit langer Zeit Sekretärin.

»Merriwether und Merriwether Versicherungsgesellschaft«, sagte sie. Dann sah sie Stanley an. »Für Sie, Sir.« Er nahm den Hörer und sah ihr bedauernd zu, wie sie zur Tür ging. Sie war offensichtlich der Überzeugung, daß Bosse bei ihren Telefonaten nicht gestört werden sollten.

Stanley klemmte den Hörer ans Ohr.

»Diesmal hab ich Sie verpaßt. Das nächste Mal kriege ich Sie. Sie entkommen mir nicht.« Klick, der Anrufer hatte eingehängt.

Stanley kannte die Stimme. Es war Carlton Jarvis. Er legte auf. Ein Schaudern durchlief seinen Körper, wurde stärker und stärker, bis es ihn vor

Angst schüttelte. Er starrte benommen zu Sylvia hin, die in der offenen Tür stehengeblieben war, und sein Kopf war voller Bilder von seinem Tod und Verderben. Sie schaute ihn an. »Ich liebe deine Augen«, sagte sie. »Sie sind so intensiv. Ich habe dich beobachtet, während du telefoniertest. Es war, als hättest du ein Geheimnis, das niemand auf der Welt ergründen kann.«

Diese Worte erlösten ihn aus seiner Erstarrung. Es gibt wichtigere Dinge auf der Welt als Tod und Verderben, sagte er sich, während Sylvia wieder die Tür verriegelte und auf ihn zukam – Dinge wie Sylvias Lippen zum Beispiel.

Später rief sein Vater an. »Hast du jemanden gefunden, der dich kuriert, Sohn?«

»Nein, Dad«, antwortete Stanley traurig. »Noch nicht.«

»Dann sieht's schlecht für dich aus, mein Junge. Du weißt ja, was getan werden muß, wenn du das bis zum nächsten Vollmond nicht los bist.«

Stanley wurde laut. »Du meinst, wenn ich bis dahin noch am Leben bin. Dr. Jarvis von der städtischen Psychiatrie hat heute morgen versucht, mich zu erschießen.«

»Was?« rief sein Vater grimmig.

»Ich denke, du hast schon verstanden, Dad.« Stanley war selbst überrascht, wie barsch seine Stimme klang.

»Sag diesem Jarvis, er soll die Finger von dir lassen. Ruf ihn sofort an und sag dem Kerl, das geht ihn nichts an. Du bist mein Sohn, mein Junge. Und du wirst eine mordsmäßige Trophäe abgeben.«

Stanley legte auf. Wenn doch nur Mama noch da

wäre, dachte er. Wohin ist sie gegangen? Er seufzte. Dad hat in mir nie etwas anderes gesehen, als ein Spielzeug, das er seinen Freunden vorführen kann. Das ist mein Junge, der in Yale studiert. Das ist mein Junge, der meine Geschäfte übernehmen wird. Das ist mein Sohn, der nichts richtig gut kann. Er kann nicht schießen und will nicht töten. Das ist mein Sohn, und ich bin meinem Schicksal ewig dankbar, daß ich der Merriwether bin, der ich bin und nicht der Merriwether, der er ist.

Mama hat mich wie ein menschliches Wesen behandelt. Und dann verschwindet sie einfach. Was würde sie wohl dazu sagen, daß ich ein Werwolf bin? Wahrscheinlich: nun, mein Kind, solange es dich glücklich macht, bleib wie du bist.

Er lächelte.

Einige Minuten später schlenderte er hinunter zur Kantine, um eine Tasse Kaffee zu trinken. Während er sich aus der Kanne neben dem Wasserspeier einschenkte, kam Miss Greene aus dem Schreibbüro, Sylvias beste Freundin, auf ihn zu. »Sylvia hat mir erzählt, daß Sie gestern abend bei ihr waren«, sagte sie.

Sofort sah Stanley Bilder vor sich. Bilder von Sylvias schlanken Beinen auf dem dunkelblauen Laken, von ihren vollen sinnlichen Lippen, die ihn hier berührten und dort und dann wieder hier, von ihren Augen, die sich fest schlossen, ihrem sich öffnenden Mund, während sie schwer atmete, einmal, zweimal und dann noch einmal. Stanley sah in Miss Greenes dunkelbraune Augen und sagte: »Eehhmmm, tja, jaja ... ich war, ja ich war bei ihr,« und er fragte sich, wieviel Miss Greene wohl über die gestrige Nacht wußte.

Miss Greene lächelte verschlagen. »Sie wollte mir nicht viel erzählen, aber sie war offensichtlich sehr beeindruckt von Ihnen. Wissen Sie, was ich mir denke?«

Stanley lächelte schwach. »Was denn?«

»Daß Sie ein wirklich tolles Dingens haben müssen. Wenn Sie verstehen, was ich meine.«

Miss Greene schloß ihre Bemerkung mit einem Lächeln, das Stanley den letzten Gedanken aus dem Kopf vertrieb. Er sah weder Miss Greenes runde, üppige Brüste, die unter dem seidenen Blumenmuster auf und ab wogten, noch die Wollust, die in ihren Augen aufflammte. Aber er schaffte es zu sagen: »Ach wirklich?«

Sie seufzte. »Ja, wirklich«, sagte sie bestimmt. »Wissen Sie, bisher ist mir noch gar nicht aufgefallen, was für ein gutaussehendes Tier Sie sind. Und noch dazu ein so wichtiger Mann!«

Stanley wußte nicht, ob er sich dafür bedanken sollte oder nicht. Also sagte er: »Wie wär's mit morgen abend?«

»Morgen abend?«

»Ja. Wollen Sie morgen abend mit mir ausgehen?«

Sie lächelte unglaublich leidenschaftlich. Ein Lächeln, wie es nur einer dunkeläugigen Brünetten gelingen kann, ein Lächeln, in dem die Hitze Spaniens und der Reiz Italiens lagen.

»Ja, morgen paßt mir gut.«

»Ich hol Sie nach der Arbeit ab. Wir könnten irgendwohin essen gehen oder so!«

»Oder so? Zu Ihnen oder zu mir?« sagte sie, dann drehte sie sich auf ihren hohen Absätzen um und rauschte davon. Stanley beobachtete, wie ihre Hüften sich wiegten. So ist es also, dachte er, wenn man ein Mann mit entsprechendem Ruf ist. Er sah sich all die Stenotypistinnen, Sekretärinnen, Büromädchen und Versicherungsvertreterinnen an. Und das ist wahrscheinlich erst der Anfang, erst der *Anfang*, dachte er freudig. Ach, das Leben! Es ist verdammt schön!

Aber plötzlich verspürte er einen Stich, ein Verlangen, das ihn fast schmerzte, und er dachte an Sylvia. Wie kann man nur solche Sehnsucht haben, solch eine verzehrende Sehnsucht? Und das, wo ich mich doch heute abend mit Ursula treffe. Und morgen Miss Greene. Vielleicht dachte er, werde ich krank – bekomme eine Kopfgrippe oder die Wolfsstaupe oder sonstwas.

KAPITEL 13

Am Mittwoch fuhr Stanley nach der Arbeit in seine Wohnung, um sich etwas Bequemeres anzuziehen, Kleider, in denen ein Mann sich wohlfühlt, wenn er sich in einen Wolf verwandelt. Während er zuhause war, klingelte das Telefon. Als er den Hörer abnahm, knarrte die rauhe Stimme seines Vaters durch die Leitung. »Bist du's, mein Junge?«

»Ja, Dad?«

»Hör zu, mein Junge ... «

»Ja, Dad?«

»Ich hab mit diesem Angeber Carlton Jarvis gesprochen und ihm ordentlich die Leviten gelesen. Der wird dich nicht nochmal belästigen. Es sei denn, du kurierst dich nicht aus, und ich erwische dich nicht beim nächsten Vollmond. Wenn du dann immer noch als Wolf herumläufst, gehörst du ihm.«

Stanley seufzte und strich sich sorgenvoll übers Kinn. »Naja, danke, Dad«, sagte er leise.

»Keine Ursache, mein Junge. Dieser verrückte Jarvis. Weißt du, daß der das dauernd macht? Der jagt Vampire und Werwölfe. Verfolgt sie rund um die Welt, der Kerl.«

»Erinnert dich das nicht an jemanden, den wir kennen?«

»Aber sicher«, brummte der ältere Merriwether

ärgerlich. »An mich erinnert er mich. Er ist genau so ein Draufgänger.«

»Hmmmm«, sagte Stanley.

»Ich mußte dem Kerl an die Gurgel gehen, und ihn ordentlich durchschütteln, damit er dich in Ruhe läßt.«

Wie schön, dachte Stanley, wenn man so energisch ist. »Das ist wunderbar, Dad. Ich meine, ich bin ein Werwolf und trotzdem nicht mit ihm fertig geworden.«

Sein Vater schwieg eine Weile. Dann sagte er: »Ja, mein Junge, du bist ein Werwolf. Wer hätte das gedacht? Hatte ja bisher keine Ahnung, daß solche Kreaturen überhaupt existieren. Ich fühl mich wie neugeboren, hab eine neue Welt zu erobern. Bin schon dabei, mir einen Vorrat an Holzpflöcken, Kruzifixe und Silberkugeln anzulegen. Teufel auch!« Er lachte. »In einem Monat schnappe ich mir diesen Jarvis noch einmal und lade ihn ein zu einer kleinen Vampir- und Werwolfsafari.« Wieder herrschte eine Weile Stille. Stanley konnte förmlich sehen, wie sein Vater langsam den Kopf hin und her wiegte und sich genüßlich über den Bart strich. »Ich kann es kaum glauben, auch wenn ich es selbst sage, mein Junge.« Dann wurde seine Stimme schneidend. »Ist das Leben nicht wunderbar! Einfach wunderbar!«

Stanley dachte einen Moment darüber nach und sagte dann: »Ich muß jetzt fort, Dad.«

»Gut, mein Junge.«

»Ich fühl mich nicht besonders.«

»Du bist genau wie deine Mutter«, sagte der ältere Merriwether. »Sowie jemand ein bißchen Leben zeigt, ein bißchen Lebenslust, fühlt ihr euch gleich nicht wohl. Ich weiß nicht, was noch aus dir werden soll.«

»Wer kann das wissen, Dad? Vor einer Woche konnte auch noch keiner wissen, daß ich heute ein Werwolf bin!«

»Da hast du recht, mein Sohn.«

»Jetzt muß ich aber gehen, Dad.«

Nicht lange, nachdem er aufgelegt hatte, war Stanley auf dem Weg zur Pearl Alley. Er stellte seinen Leihwagen auf einem bewachten Parkplatz ab und ging zu dem Haus, wo er Ursula zuletzt gesehen hatte. Er stieg die Treppen hinauf, setzte sich aufs Dach und wartete. Diese endlosen Stufen, sagte er zu sich, und ich bin noch nicht einmal außer Atem.

Er schaute seinen Körper an. Von seinem Fett war kaum noch etwas übrig, und wenn er kein Hemd an hatte, zeichneten sich seine Bauchmuskeln schon deutlich ab. Er dachte an Sylvia und Miss Greene und fand, daß es nichts Schöneres auf der Welt gab, als Werwolf zu sein. Wie ich wohl morgen früh aussehen werde, nach meiner nächsten Nacht als Werwolf?

Die Erinnerung an den mächtigen Hunger drängte sich ihm auf, aber er verscheuchte den Gedanken. Mach dir deswegen keine Sorgen, ermutigte er sich.

Er sah auf seine Armbanduhr. Jetzt müßte sie aber bald kommen, dachte er, und mir zeigen, wie ein Werwolf wirklich lebt. Ich hoffe nur, es ist nichts Blutrünstiges dabei. Dann fiel ihm die Bemerkung seines Vaters ein: »Du bist genau wie deine Mutter ...«

Wo bist du jetzt, Mama, dachte Stanley. Dad glaubt, du bist tot, weil du mitten auf dem Pazifik von einem Luxusdampfer verschwunden bist, und ich muß zugeben, daß er da recht haben könnte. Aber ich muß immer wieder daran denken, wie Dad sich über dein Interesse an Kunst und Literatur lustig gemacht hat. Sein Standardspruch, »Hemingway ist der einzige Schriftsteller, den es sich zu lesen lohnt. Und auch Hemingway lohnt sich nur zu lesen, wenn er über die echten Dinge des Lebens schreibt, wie die Elefantenjagd in Afrika oder den Kampf mit einem Schwertfisch, und eins versichere ich dir: Hemingway war ein verteufelt guter Schütze. Konnte Henry James etwa ein spitzschwänziges schottisches Meerhuhn aus der Luft holen, bevor es in den Wolken verschwand? Hemingway hab ich das dauernd tun sehen.«

Und natürlich, dachte Stanley, haßte Dad jedes Gemälde, das nach 1850 entstanden war, und machte dich fertig, Mama, weil du nicht mit ihm auf seine Elefanten- und Löwensafaris gehen wolltest. Und du siehst ja, wohin ihn all das gebracht hat, Mom. Jetzt jagt er mich.

Mama, lieber würde ich mir vorstellen, daß du nicht über Bord gefallen bist. Ich stelle mir vor, daß du in einer nebligen Nacht, als du an Deck die klare Ozeanluft genossen hast, einen großen geheimnisvollen Fremden getroffen hast und daß es euch auf irgendeine Weise gelungen ist, Victor Merriwether für immer zu entkommen. Viel Glück, Mama.

Dann hörte er Schritte auf der Treppe. Das ist Ursula, dachte er, und zog sich schnell aus, voller Ungeduld auf ihre Ankunft und Verwandlung wartend.

Die Luke öffnete sich, und zum Vorschein kam ein zweizentnerundachtpfund schwerer Polizist mit schockiertem Gesichtsausdruck. »Na, na, na, was haben wir denn da?« sagte der Polizist.

Stanley stand da, splitterfasernackt, und sah seinerseits schockiert aus. »Ich kann alles erklären«, sagte er.

Der Polizist sah skeptisch drein.

»Doch, das kann ich. Ganz bestimmt«, sagte Stanley.

Wieder hörte er Schritte auf der Treppe; diesmal mußte es Ursula sein. Plötzlich durchrann Stanley ein Gefühl von Stärke und Macht. Verdammt nochmal, sagte er sich, ich bin ein Werwolf! Ein Wesen der Nacht! Schluß mit diesem Affentheater. »Officer«, sagte er, »sehen Sie mal« und baute sich in voller Große und mit selbstzufriedenem Lächeln vor dem Beamten auf. »Ganz reizend«, sagte der Polizist.

Stanley hob den Zeigefinger. »Warten Sie einen Moment. Ich hab ja noch gar nicht angefangen.« Dann murmelte er die uralten Worte und wurde fast auf der Stelle zum Wolf.

Der Polizist riß die Augen auf, seine Lippen zitterten, und er begann zu schreien. Dann erschien Ursula in der Luke. Sie warf erst Stanley einen Blick zu, dann dem Polizisten, dann schüttelte sie den Kopf. Der Polizist spürte ihre Anwesenheit, dreht sich um und starrte sie an. Sein Gesicht war bleich, und seine Lippen bewegten sich, aber kein Wort war zu hören.

Ursula deutete auf Stanley. »War gerade ein Mann hier, der sich in das da verwandelt hat?« fragte sie kaugummikauend, machte eine Blase und ließ sie platzen.

Der Polizist nickte.

»Na, dann wird es Sie ja nicht weiter aus der Fassung bringen, wenn ich dasselbe tue.« Sie zog den Reißverschluß ihres Kleides herunter, ließ es zu Boden sinken, warf sich die Schuhe von den Füßen und trat zur Seite. Sie sprach die Formel und verwandelte sich in einen Wolf.

Der Polizist faßte sich ans Herz und fiel auf die Knie.

»Ich glaube, er stirbt«, sagte Stanley.

»Umso besser«, sagte Ursula. »Wenn er's nicht tut, müßten wir ihn sowieso töten.«

»Was?«

»Süßer, du kannst dich doch nicht vor jedem x-beliebigen verwandeln. Die Leute würden ja anfangen, an uns zu glauben, und das könnte zu allen möglichen Komplikationen führen.«

»Was meinst du? Wovon sprichst du? Was für Komplikationen? Vielleicht stirbt der Mann!«

»Eine Mahlzeit umsonst, wenn er's tut.«

»Mahlzeit umsonst?«

»Klar«, sagte Ursula. »Heute nacht wirst du erzogen.«

Stanley starrte sie ungläubig an. Währenddessen stieß der Polizist ein gurgelndes Geräusch aus und fiel vornüber. »Ogottogott«, rief Stanley. »Ich muß los, Hilfe holen.«

»Wozu? Er ist doch keiner von uns. Sei vernünftig. Er weiß über dich Bescheid, hat gesehen, wie du dich verwandelt hast. Es ist ja denkbar, daß er jemandem davon erzählt, und es ist genauso denkbar, daß ihm jemand seine Geschichte abnimmt. Schließlich gibt es ein paar Menschen, die an uns glauben. Clyde Harrison, zum Beispiel, Sri Han Gamble, Pedro Aguilar, Carlton Jarvis, Maurice ...«

»Wer? Carlton Jarvis?«

»Ja. Carlton Jarvis. Und das sind nur ein paar Beispiele.«

»Aber ich kenne Carlton Jarvis. Er will mich umbringen. Er weiß über mich Bescheid.«

Sie wiegte den Kopf. Der Polizist stöhnte. Sie sagte: »Das ist schlecht. Schlecht für dich. Er hat mehr Werwölfe getötet als alle anderen zusammengenommen. Er geht mit regelrechter Rachsucht ans Werk. Manche sagen, er genießt es, tut es aus reinem Vergnügen.

»Na, wunderbar«, sagte Stanley bitter. Der Polizist stöhnte, versuchte, auf die Beine zu kommen, und brach mit einem tiefen Seufzer zusammen. Stanley sah zu ihm hinüber und sagte: »Ich kann ihn nicht leiden lassen, während es uns gut geht. Ich verwandle mich und hole Hilfe.«

Ursula lachte in sich hinein. »Zu spät. Er ist tot.«

Stanley starrte sie an. »Das glaube ich nicht.«

»Kannst du aber. Riechst du nicht den Tod in der Luft?«

Stanley zog die Nase kraus. »Ist es das, was hier so riecht?«

»Komm, essen wir!« sagte Ursula und näherte sich der warmen Leiche.

»Nein, nein, das kann ich nicht«, rief Stanley. »Das wäre ja furchtbar, so, als würde man einen '56er Thunderbird ausweiden. So etwas tut man einfach nicht. Um Himmels willen, Ursula. Der Mann ist doch noch roh.«

Ursula drehte sich zu Stanley um und sah ihn nachdenklich an. »Vielleicht hast du recht«, sagte sie. »Es ist nie klug, jemanden zu verzehren, dessen Überreste vielleicht untersucht werden. Wir finden bestimmt was besseres heute nacht.«

Stanley, der die ganze Zeit den toten Polizisten angestarrt hatte, hob den Blick und sah sie fragend an. »Was meinst du damit? Was besseres?«

»Klar. Jemanden, den die Polizei nicht so persönlich nimmt.« Sie wedelte fröhlich mit dem Schwanz. »Bißspuren auf den Knochen eines toten Polizisten könnten Anlaß zu wilden Spekulationen im Viertel geben. Und wir wollen keine Diskussionen über das, was wir nachts tun, oder? Komm, gehen wir.«

Stanley rührte sich nicht von der Stelle. Er starrte immer noch auf den toten Körper. »Wir haben nichts getan, um ihm zu helfen«, sagte er. »Ich habe letztes Jahr einen Erste-Hilfe-Kursus gemacht. Vielleicht hätte ich ihn durchbringen können.«

»Du bist doch kein Bernhardiner von der Alpenwacht, Stanley. Du bist ein Werwolf! Sei doch vernünftig. Mit diesen Pfoten hättest du ihm sowieso keine Herzmassage geben können. Und wie stellst du dir Mund-zu-Mund-Beatmung vor?«

Stanley sah sie perplex an. »Daran habe ich nicht gedacht.«

»Komm, Stanley«, sagte sie sanft. »Laß uns jetzt gehen. Ich weiß was besseres für uns zwei.«

Sie schlenderten quer durch die Stadt, ohne daß jemand Notiz von ihnen genommen hätte. Sie waren nichts weiter als zwei große herrenlose Hunde, die durch die Stadt streunten. Stanley sagte die ganze Zeit über kein Wort. Seine Gedanken wanderten immer wieder zurück zu dem Polizisten. Erst als sie in die dunklen Schatten der Bäume oberhalb der Klippen tauchten, wurde ihm bewußt, daß sie die Stadt hinter sich gelassen hatten. Er sah auf zu den Silhouetten der Blätter, die im Ozeanwind rauschten und seufzte. »Und ich hab gedacht, das Werwolfleben wäre einfach eine Art Fitnessprogramm«, sagte er. »Man verwandelt sich in einen Wolf, joggt ein paar Kilometer, vielleicht erlegt man auch mal ein Hühnchen ...«

»Das alles gehört dazu«, sagte Ursula.

Stanley schüttelte den Kopf. »Aber jetzt redest du davon, Leute zu töten und Polizisten zu verzehren.« Seine Stimme verebbte.

»Das Leben besteht nicht nur aus Vergnügen und Hühnchen. Jeder Silberstreifen am Horizont hat seine Wolke. Damit mußt du dich abfinden.«

»Dann findest du dich hoffentlich damit ab, daß ich niemanden töten werde«, sagte Stanley bestimmt.

Ursula lachte nachsichtig. »Natürlich wirst du das tun. Du mußt nur ein wenig Vertrauen in dich selbst haben. Du kannst es! Du mußt nur wollen!«

»Du hast mich nicht richtig verstanden. Ich *will* es nicht tun. Es kommt mir so unzivilisiert vor. Du kennst ja die Leute nicht einmal, die du aufißt.«

»Stanley, Stanley, Stanley«, sagte sie sanft. »Du wirst es schon noch lernen. Du wirst ganz versessen darauf sein.«

»Ha! Niemals!«

»Hast du noch nie den Hunger gefühlt?«

Stanley sah ihr nachdenklich in die Augen. Er dachte an die Nacht, in der er das Huhn getötet hatte. An den verzehrenden Hunger. Als hätte er stundenlang nichts gegessen und jemand bot ihm einen Teller voll Schokoladenplätzchen an. Konnte es sein, daß das der Hunger auf ... er wagte es nicht einmal zu denken ... auf Menschenfleisch war. »Ursula«, sagte er. »Ehe du weiterredest, frag dich bitte, ob der Mann an deiner Seite das alles wirklich hören will.«

Sie kläffte ein wölfisches Gelächter, trottete zum Rand der Klippen und sah aufs Meer hinaus. »Ich glaube, du weißt, wovon ich rede«, sagte sie. »Und eins sage ich dir. Bei Vollmond wird es noch schlimmer. Es zerreißt dir schließlich die Gedärme, wenn du sie nicht fütterst. Es zehrt dich aus. Es verdreht dir ... « »Ich hab' schon kapiert«, sagte Stanley und schluckte hart. Ein dicker Kloß saß in seiner Kehle.

»Wenn also wieder Vollmond ist, wirst du essen – wie wir andern auch. Du wirst nicht anders können. Du wirst deine eigene Mutter aufessen, damit der Schmerz in deinem Bauch Ruhe gibt.«

Stanley winselte traurig. »Warum hast du mir das alles nicht vorher gesagt?«

»Ich dachte, du brauchst ein bißchen Zeit, um dich an deinen neuen Zustand zu gewöhnen.«

»Da hattest du recht.«

»Glaub mir. Es ist gar nicht so schlimm. Laß dir Zeit.«

»Zeit? Ich habe dreieinhalb Wochen Zeit, bis mich der Mond in eine blutrünstige Bestie verwandelt und mein Vater mich erschießen will.«

Sie wedelte mit dem Schwanz. »Du nimmst alles zu ernst, Stanley. Du mußt dich entspannen. Und ich hab genau das richtige für dich.«

KAPITEL 14

Am nächsten Nachmittag saß Stanley am Kopfende eines langen Konferenztisches und war vertieft in die Betrachtung seines Spiegelbildes auf der polierten Tischplatte. Er war der Vorsitzende dieser Konferenz, in der zwei Gruppen von Anwälten und eine Legion von Buchhaltern und Direktoren mit einer kleinen Firma über deren Einverleibung in die Merriwether World Incorporated verhandelten. Diese Sitzung war die dritte Runde, und die Verträge standen kurz vor dem Abschluß. Stanley hörte von ferne, wie einer der Buchhalter über diese Zahl und jenen Prozentsatz schwadronierte, aber seine Gedanken waren weit weg. Als er die anderen Männer betrachtete, in ihren gestärkten weißen Hemdkragen, korrekt gebügelten Anzügen mit Weste, schien ihm unglaublich, daß einer der Männer am Tisch ein Werwolf war. Und noch unglaublicher kam ihm vor, daß er selbst dieser Mann war. Erwartet man so etwas von jemand, der Schuhe von Gucci trägt, fragte er sich. Sein Blick war auf den Buchhalter geheftet, der mit seinem Zeigestock über ein paar Zahlen auf der Tafel am anderen Ende des Konferenzraums tanzte. Seine Gedanken wanderten inzwischen zurück zur vergangenen Nacht.

Der Abend hatte recht erfreulich begonnen. Er

und Ursula waren bis zum Stadtrand getrottet, hatten dort kurz pausiert, um dem Rauschen des Meeres zu lauschen und sich die kühle Brise um die Nase wehen zu lassen, und er hatte ihr von seinen Sorgen erzählt. »Mein Vater hat geschworen, mich beim nächsten Vollmond zu töten.«

Ursula hatte sanft gewinselt: »Das klingt ernst, Stanley.«

»Ich weiß. Ich war bei zwei Psychiatern, aber beide konnten mir nicht helfen. Einer von ihnen hat heute mit Silberkugeln auf mich geschossen.«

»Carlton Jarvis?«

»Genau der.«

Sie saßen eine Weile schweigend da. »Hör zu«, sagte Ursula. »Das Ganze ist eine große Umstellung für dich. Plötzlich zum Werwolf zu werden, gehört zu den Dingen, die manche nur schwer für sich akzeptieren können.«

Stanley sah sie ausdruckslos an. »Ja, so wird's wohl sein.«

Sie lächelte so gutmütig, wie nur ein Wolf lächeln kann. »Natürlich. Und weil ich dir das Ganze eingebrockt habe, lasse ich dich jetzt auch nicht im Stich. Und wie gesagt, ich weiß genau, was du brauchst.«

Und von dem Augenblick an, erinnerte sich Stanley und trommelte leise mit den Fingern auf dem Konferenztisch, ging es nur noch bergab. Mord, Kannibalismus ... Und jetzt, dachte er, muß ich auch noch diese verdammte Sitzung durchstehen. Was kommt als nächstes?

Er heuchelte Interesse an dem, was gesprochen wurde, aber seine Gedanken waren Lichtjahre entfernt. Er erinnerte sich daran, wie sie zurück zur Pearl Alley gelaufen waren, hinunter zum Güterbahnhof, wo schäbige, alt aussehende Männer den ganzen Tag in kleinen Gruppen herumstanden und sich billigen Wein teilten. Nachts schliefen die obdachlosen alten Männer in Hauseingängen, unter Brückenbögen oder auf Treppenstufen. Manche suchten auch Zuflucht in verlassenen Häusern. In solch einem Gebäude, wo das Licht der Sterne durch Löcher hereinfiel, die früher Fenster waren, fanden Stanley und Ursula einen von ihnen tief im Schlaf.

Ursula setzte sich auf die Hinterbeine und leckte sich die Lippen. »Sieh nur«, sagte sie. »Wie sich seine Brust hebt, wenn er Luft holt. Hör nur, wie er schmatzt.«

Stanley lauschte. Das Geräusch erinnerte ihn an etwas, was er einmal im Zoo gehört hatte, in der Nähe des Elefantenkäfigs.

»Hör zu, wie er atmet«, sagte sie. »Hör auf sein Herz, sein Herz, sein Herz.« Ihre Stimme war in einen Singsang verfallen, der wie eine Beschwörungsformel klang.

Stanley spürte, wie er lauschte. Die Atemzüge des Mannes gingen rasselnd und unregelmäßig, aber das Herz schlug ruhig und kräftig. Stanley fühlte den Hunger wachsen, größer und unerträglicher werden. »Soll ich ... soll ich ihn töten?«

Ursula runzelte die Stirn. »Nein, den nicht. Laß mich das machen und du schaust zu, damit du lernst, wie's gemacht wird. Du bekommst ein Stück, damit du auf den Geschmack kommst.« Sie sah ihm in die Augen. »Verstehst du?«

Er hielt ihrem Blick stand und nickte.

»Spürst du den Hunger?«

Er nickte heftig. Ursula richtete ihren Blick jetzt wieder auf den Stadtstreicher. »Hör genau auf sein Herz«, sagte sie. »Wie es schlägt, wie es pocht, die Quelle des Lebens und der Kraft, die nie versiegt, nie versiegt, nie versiegt ... «

Die Erregung in ihrer Stimme steigerte sich immer mehr und die Nacht vibrierte. Stanley fühlte, wie es ihn überrollte, durch sein Inneres brauste, seine Venen durchraste.

Ursula machte einen Satz vorwärts, schlich die letzten Meter unhörbar und bevor Stanley wegschauen konnte, hatte sie sich über den schlafenden Mann hergemacht. Im Nu hatte sie ihre Reißzähne in ihn geschlagen. Mit einer einzigen kraftvollen Bewegung war seine Kehle durchbissen, und der Mann starb, ohne noch einmal aufzuwachen.

Am hellen Donnerstag nachmittag am Konferenztisch konnte Stanley sich nur mit Mühe an die Bilder erinnern. Er sah nur noch deutlich, wie Ursula über dem toten Mann stand und sagte: »Komm, jetzt essen wir.« Entsetzen hatte Stanley plötzlich gepackt. »Können wir uns nicht einfach ein paar Sandwiches kommen lassen?« hatte er gemurmelt und sich dann hilflos an die baufällige Mauer hinter sich gelehnt und bei einem Blick in Ursulas Richtung gerade noch mitbekommen, wie sie sich eine große Portion gönnte. Dann war er ohnmächtig zu Boden gesunken.

Später fühlte er etwas auf sein Gesicht einschlagen. Langsam kam er zu sich und öffnete die Augen. Erst verschwommen, dann deutlich, erkannte er Ursula, die auf ihn hinunterstarrte. »Komm zu dir, du gottverdammter Hinterwäldler!« sagte sie. »Es ist besser, ich bring dich nach Hause.«

Im ersten Moment war er so verwirrt, daß er sich nicht erinnern konnte, was geschehen war. Dann war alles wieder da – der Hunger, das Töten des Mannes und wie sein Hunger in einer Welle von Ekel untergegangen war. »Oh, Ursula!« jaulte er auf.

»›Oh Ursula‹ zieht nicht! Ich mußte die Reste ganz allein verstecken, sie diese wackeligen Stufen hinunter in den Keller zerren. Wer weiß, was einem da unten alles passieren kann. Und du liegst die ganze Zeit faul hier oben! Im Stupor! Du bist mir ein schöner Werwolf. Bis zum nächsten Vollmond mußt du das lernen. Und jetzt gehen wir nach Hause.«

Als sie wieder auf der Straße standen, sagte Stanley: »Würdest du meine Kleider mitnehmen?« Sie hatten sie hinter einem Kamin auf dem Dach versteckt, nachdem sie sich in Wölfe verwandelt hatten.

Sie kniff mißtrauisch die Augen zusammen: »Wieso kannst du sie dir nicht selber holen?«

»Ich möchte … ich … « Er zögerte. Er wollte den Grund nicht zugeben. »Ich möchte allein sein«, log er. »Ich muß nachdenken.«

»Allein sein will er! Nachdenken! Na, auch gut. Ich nehme deine Sachen mit. Aber eins sag ich dir, du bist ein ganz schön erbärmlicher Werwolf.« Sie trottete vor sich hinschimpfend davon. Sowie sie außer Sicht war, rannte Stanley los. Sein Kopf war voller Bilder vom sterbenden Stadtstreicher und der genüßlich kauenden Ursula. Panik erfaßte Stanley; die Bilder wollten ihn nicht loslassen. Also rannte und rannte er, bis er sein Ziel erreicht hatte.

Er kannte die Umgebung gut, aber irgendwie erschien sie ihm fremd und bedrohlich. Er sah zu dem Haus hoch, und versuchte, sich heimisch zu fühlen. Wer hätte gedacht, daß ich jemals in Schwierigkeiten gerate und hierherkomme, dachte er, und starrte das Haus an. Es war das Haus seines Vaters. Wenn irgend jemand in dieser Stadt weiß, wie es ist, etwas sterben zu sehen, dann er, dachte Stanley. Er kann mir sagen, wie man mit so etwas umgeht.

Stanley hastete über den Rasen auf die Haustür zu, nahm den massiven Türknauf fest zwischen seine scharfen Zähne und dreht ihn energisch. Das Schloß gab nach. Dann drückte er mit einem Kraftausbruch die Tür ein, so daß die Kette, die die Tür von innen sicherte, gesprengt wurde.

Er blieb einen Moment in der großen, runden Eingangshalle stehen. Es war spät, das Personal schlief bestimmt schon. Niemand schien ihn gehört zu haben.

Mit großen Sätzen schoß er die lange Treppe zum zweiten Stock hinauf und trabte den Gang hinunter zum Schlafzimmer seines Vaters. Vor der Tür blieb er kurz stehen, murmelte schnell die Formel und wurde wieder ein Mensch. Er fror, als er plötzlich ohne jedes Fell auf dem Marmorflur stand. Entschlossen stieß er die Tür auf, ging hinein und schlug sie mit Donnerknall wieder zu.

Victor Merriwether saß kerzengerade in seinem Bett. »Heiliger Bimbam«, schrie er, griff unter sein

Kissen, holte eine schwere Maschinenpistole hervor, sprang aus dem Bett, duckte sich und zielte genau auf Stanleys Oberkörper. »Dachtest wohl, überraschst deinen alten Vater mal. Hättste nicht gedacht, daß ich mit der Kanone unterm Kissen schlafe, was? Und daß ich leicht schlafe wie eine Katze, was?« Victor Merriwether betrachtete Stanley prüfend. »Aber guter Gott, Sohn, ich hätte doch wenigstens von dir erwartet, daß du als gottverdammter Werwolf hier auftauchst und nicht nackt wie eine junge Katze.«

Stanley stand mit erhobenen Händen. »Hör mir doch erst mal zu, Dad. Ich brauche Hilfe. Das ist alles. Ich brauche deine Hilfe.« Victor schnaubte verächtlich und warf die Kanone aufs Bett. »Das kommt davon, wenn man einen Wohlfahrtsstaat hat! Sogar Werwölfe laufen herum und jammern um Hilfe. Wenn Theodore Roosevelt Präsident wäre, würdest du auch nicht auf Hilfe hoffen.«

»Dad. Ich bin kein Wohlfahrtsstaat. Ich bin dein Sohn.«

Victor grinste. »Und stolz bist du drauf, mein Junge, nicht wahr? Jajaja, das kannst du auch sein. Und keine Angst, natürlich helfe ich dir. Dafür sind Väter ja da. Die Unfähigkeiten ihrer Söhne auszuwetzen. Und natürlich, mein Sohn, bin ich die Haubitze, die deinem Pusterohr zu Hilfe kommt. Also, was ist los?«

»Heute nacht hab ich geholfen, zwei Menschen umzubringen.«

Victor sah seinen Sohn besorgt an. »Doch niemand wichtigen, wie den Bürgermeister oder so?«

»Nein, das nicht direkt.«

»Was soll das heißen: nicht direkt? Entweder du hast den Bürgermeister umgebracht oder du hast ihn nicht umgebracht.«

»Ich habe keinen Bürgermeister umgebracht, Dad. Den hab ich noch nicht einmal gesehen. Ich habe geholfen, einen Polizisten und einen Säufer zu töten.«

»Einen Polizisten? Welchen Rang hatte er?«

»Das weiß ich nicht. Irgendein Polizist auf Streife.«

»Na, wenn die umgebracht werden, wundert sich doch niemand. Dazu sind die ja da.« Victor lächelte. »Meinen Glückwunsch, Junge, einen anderen Menschen zu töten ist eine großartige Sache. Ich erinnere mich noch an den ersten, den ich erschossen habe. Das war während des Krieges ... «

»Dad, mir ist es ernst.«

»Natürlich ist es ernst. Wie Teddy Roosevelt zu sagen pflegte: Wenn das Leben keine Tragödie mehr ist, ist der Tod zu einer geworden.«

»Er hat gesagt: wenn der Tod keine Tragödie mehr ist, ist das Leben zu einer geworden. Aber was soll das, Dad? Ich habe zwei Menschen getötet. Zwei!«

Victor setzte sich auf die Bettkante. »Erzähl mir davon, Sohn.«

Stanley erzählte die Geschichte.

»Sie fiel einfach über ihn her?« fragte Victor. »Ohne einen Laut? Verdammt, das hätte ich gern gesehen. Die großen Raubtiere dieser Erde hab ich schon immer bewundert. Den Löwen, der eine Gazelle tötet, den Wolf, der ein Kaninchen schlägt.«

»Immer bringen die Großen und Starken die Schwachen um.«

»Red doch nicht daher wie eine Memme! Weiß Gott, was aus dir werden soll, wenn du so komische Ideen im Kopf hast. Jagen ist einfach zu essen besorgen, ohne daß ein Zwischenhändler dran verdient. Aber jetzt sag mal ehrlich: Wie gut hat sie ihre Sache gemacht?«

»Als sie sich an ihn heranschlich, habe ich nicht das leiseste Geräusch gehört. Und sie hat sich kaum bewegt, als sie ihn ... umgebracht hat. Es ging alles so schnell.«

»Warum kommst du nicht morgen bei mir im Hauptgebäude vorbei und sprichst mit Richardson in der Forschungs- und Entwicklungsabteilung.«

»Wozu denn das?«

»Natürlich, Forschung und Entwicklung. Die könnten ja mal die Möglichkeiten eruieren. Ich kann mir wahrscheinlich keine Werwölfe patentieren lassen, aber vielleicht lassen sich Werwölfe züchten.«

»Wovon redest du?«

»Ich rede von Profit, Sohn. Profit. Man kann Werwölfe nicht normal erschießen. Sie bewegen sich so schnell und lautlos, daß man nie weiß, wo sie gerade sind. Die perfekte Waffe und immer funktionstüchtig. Hätten wir im letzten Krieg Werwölfe gehabt, dann hätten wir ihn nicht beenden müssen. Die ganze Sache ist Hunderttausende von Dollars wert. Und ich wette, daß das Verteidigungsministerium Milliarden dafür bezahlen würde.«

»Dad, du verstehst mich einfach nicht. Ich habe zwei Menschen getötet.«

»Ich sagte doch schon: Glückwunsch! Was willst du denn noch? Also gut, ich mach dir einen Vorschlag. Ich spendier ein Abendessen für zwei bei Moriarty's.«

»Ach Dad, das ist schrecklich.«

Sein Vater schaute schockiert. »Moriarty's ist eines der vornehmsten Restaurants in der Stadt. Kostet fünfzig Dollar, nur einen Platz zu bekommen.«

»Ich meine doch deine ganze Einstellung. Zwei Menschen sind tot, und dir ist das ganz egal.«

Victor verschränkte die Arme vor der Brust. »Natürlich ist es mir nicht egal, mein Junge. Deshalb muß ich dich ja auch erschießen. Das habe ich dir schon gesagt. Es ist meine Pflicht. Und auch du hast deine Pflichten. Du mußt Leute umbringen. Es ist langsam an der Zeit, mein Sohn, daß du ein Mann wirst und dich deinen Aufgaben stellst.«

Stanley strich sich mit der Hand über die Stirn. »Ich habe Kopfschmerzen.«

»Na, sicher hast du die, Sohn, na sicher. Das ist die heutige Zeit. Kraftlos und kränklich. Dieses Land braucht endlich einen starken Führer, der die Nation zwei oder drei Jahrhunderte zurückversetzt und aus Männern, Frauen und Kindern wahre Männer macht. Ist nichts dabei, ein paar Leute umzubringen. Sieh nur zu, daß es keine einflußreichen Persönlichkeiten sind. Und in der Zwischenzeit rate ich dir, laß dich kurieren, damit ich dich nicht aufspüren muß.«

»Aber darum geht es doch, Dad«, Stanley ging durch das Zimmer und lehnte sich gegen eine Kommode. »Ich will niemanden töten. Aber wenn wir

Vollmond haben, dann... dann...« Er dachte an den Hunger, den brennenden Hunger. »...dann bin ich unberechenbar. Ich brauche Hilfe, Dad. Hilfe, die nur ein Vater wie du mir geben kannst. Ich muß mich in einen dunklen Verschlag einschließen lassen, am besten in einen Käfig. Ich flehe dich an, Dad, sperr mich ein beim nächsten Vollmond.«

»Unsinn. Einen Merriwether einsperren? Das wäre ja schändlich. Außerdem hat doch dieses Strichmädchen den Säufer getötet, und nicht du. Ganz der alte Stanley! Wie deine Mutter. Ihr könnt nichts umbringen. Deswegen habt ihr auch so wenig Spaß im Leben!«

Stanley sah seinen Vater entgeistert an. »Daran habe ich gar nicht gedacht! Du hast recht, eigentlich habe ich niemanden getötet. Ich war nur zufällig zur falschen Zeit am falschen Ort. Du hast mir sehr geholfen, Dad.«

»Gern geschehen. Dazu sind Väter ja da. Mir gefällt es, du brauchst also keine Schuldgefühle zu haben. Keine Verpflichtung. Ich zeige gerne meine Überlegenheit. Manchmal gibst du mir zu oft Gelegenheit dazu. Aber das macht weiter nichts. Wir sind ja wie Vater und Sohn, Stanley, wie Vater und Sohn.«

»Wir *sind* Vater und Sohn.«

Victor lächelte. »Dann ist das ja die perfekte Analogie.«

Stanley beschloß, es sei das Beste, sich zu bedanken und gute Nacht zu sagen. Was er tat. Danach wurden er und sein Vater sich einig, daß sich Stanley in der Frühe vom Familienbutler, Millard

Springfield, ein paar Kleider geben lassen und von ihm nach Hause fahren lassen sollte.

Und nun saß Stanley in der Sitzung und dachte über das Töten nach. Ich darf nie wieder zum Werwolf werden, hämmerte er sich ein. Nicht, solange ich es verhindern kann. Töten ist schlecht. Ganz schlecht.

Für kurze Zeit gelang es ihm, sich auf die Sitzung zu konzentrieren. McManus von der Anwaltfirma McManus, McManus, Thorouggood, Bartley und Pepper ließ sich weitschweifig über einen Paragraphen des Fusionsgesetzes aus. Während Stanley McManus' penetranter Stimme zuhörte, beschloß er, daß Töten manchmal vielleicht doch gerechtfertigt sein könnte. Es wäre geradezu ein menschlicher Akt, dachte er, wenn ich McManus tötete, jetzt auf der Stelle.

Die Sitzung schleppte sich dahin bis zum Feierabend und wurde nur gelegentlich belebt durch Miss Greene, die immer neue Aktenstöße hereinschleppte. Dieser Hinweis auf Dinge, die seiner warteten, befreite Stanleys Geist von allen trüben Gedanken an Sitzungen und sogar Morde.

Als er dann am Abend mit Miss Greene zusammen war, ließ er sich vollkommen von ihr fesseln und verbannte Erinnerungen an die vergangene Nacht. Beim Dinner versank er in ihren dunklen, tiefen Augen, in ihrem Bett gab er sich völlig ihrer Umarmung und der Wärme ihres Körpers hin.

Sowie beide nach dem Essen in Miss Greenes Wohnung angekommen waren, hatte sie die Tür abgeschlossen, sich zu ihm umgedreht und ihre Hand über seinen grauen Wildledermantel gleiten lassen. Stanley spürte den Wein, den er getrunken hatte, und als sie sagte: »Ich liebe Leder und Felle und pelzige, animalische Dinge«, wich er verwirrt zurück. Weiß sie über mich Bescheid? Ist sie eine von uns? fragte er sich. Aber schließlich beschloß er, daß ihre Bemerkung nur ein netter Zufall war.

Im Bett war er ganz der ihre geworden, und die brennende Leidenschaft, die er so lange unterdrückt hatte, brach endlich ungehemmt aus ihm heraus. Es war eine perfekte Nacht: perfekt bis zum letzten Moment, als er sich von ihr verabschiedete und sie mit einem Lächeln sagte: »Sylvia hat recht. Du bist voll animalischer Kraft.« Dann küßte sie ihn mit der Kraft eines Vulkans, und er schlief dort, vor ihrer Wohnungstür, ein letztes Mal mit ihr.

Aber während er nach Hause fuhr und den Abend noch einmal überdachte, kam es ihm vor, als sei eigentlich nichts geschehen. Die Nacht hatte keine Spuren hinterlassen, war ohne... ja, ohne jede Intensität gewesen. Einfach nichts besonderes, nicht wie... mit Sylvia.

Diese Einsicht deprimierte ihn. Soll das heißen, fragte er sich, daß manche Beziehungen wichtiger sind als andere? Ich weiß, wir leben in modernen Zeiten, mitten in der postkoitalen Revolution oder wie man das nennt. Trotzdem, die Vorstellung ist so verrückt, daß sie wahr sein könnte.

Als die Ampel, vor der er stand, auf Grün schaltete und er weiterfuhr, fiel ihm wieder die Nacht mit Ursula ein und was passiert war, und er erinnerte sich an seinen Schwur, nie wieder zum Wolf zu werden, wenn es nicht unbedingt nötig war. Aber der Gedanke an seine plötzlichen Erfolge bei

Sylvia und Miss Greene brachten seinen Entschluß ins Wanken. Ich könnte mich ja ab und zu verwandeln, sagte er sich, einfach um in Form zu bleiben. Den Hunger kann ich bestimmt aushalten, ohne jemandem etwas zuleide zu tun. Schließlich hab ich viel Erfahrung mit Diätkuren, und meine Willenskraft ist ungeheuer groß. Und was den Vollmond betrifft... na gut... ich laß mir im Keller einen Käfig bauen. Ja, das ist die Lösung. Einen großen starken Käfig mit Eisengittern.

KAPITEL 15

Stanley arbeitete an seinem Schreibtisch, genoß die Freitagnachmittagsonne, die durch die Fenster schien, und dachte über seinen Käfig nach. Er sah ihn schon vor sich, groß und stabil, die Eisenstäbe im Zementboden des Kellers fest verankert, und er konnte geradezu hören, wie die schwere Gittertür ins Schloß fiel. Das gab ihm ein Gefühl der Sicherheit und Geborgenheit. Genau das, was einem ein gut gebauter Käfig geben sollte, dachte Stanley. Die Handwerker hatten versprochen, bis Ende nächster Woche fertig zu sein. Bis dahin, nahm Stanley sich vor, besorge ich mir das größte, weichste Hundekörbchen, das es zu kaufen gibt, das beste Hundefutter, eine Wasserschüssel mit Goldrand und jede Menge dicke Zeitungen, die ich in einer Käfigecke horte. Das wird wunderbar. Was könnte ich mir Besseres wünschen?

Er dachte an Sylvia. Ich kann mich an fast allen Abenden des Monats mit ihr treffen, wenn sie einverstanden ist. Ich mußte erst Werwolf werden, um an sie heranzukommen. Wenn das nun bedeutet, daß ich ein paar Nächte in einem Käfig verbringen muß – ich würde sagen, die Sache ist es wert. Eigentlich hat es sogar etwas Ritterliches an sich.

Sein Blick fiel auf den Stapel Bücher auf seinem Schreibtisch. Er hatte sie sich in einem Rohkostladen gekauft. Vielleicht helfen sie mir, dachte er. Vielleicht versetzen sie mich in die richtige geistige Verfassung, bevor der nächste Vollmond kommt.

Er las die Titel: »*Vegetarismus: Du bist, was du ißt!*« – »*Die Karotte, das Gemüse mit der goldenen Aura*« – »*Die Nudel und die Unendlichkeit*« und so weiter.

Er blätterte in einem der Bücher. Es hieß *Gesundheit, Wohlstand und brauner Reis*; im Anhang war zusammengestellt, was berühmte Persönlichkeiten zu braunem Reis gesagt hatten. Stanley seufzte. Ich will ja niemanden aufessen, dachte er, aber die Standfestigkeit eines jeden Menschen hat ihre Grenze. Und braunen Reis finde ich einfach widerlich.

Er lehnte sich zurück und legte die Füße auf den Schreibtisch. Gibt es denn keinen einfacheren Weg, mir den Werwolf auszutreiben? Ich will doch bloß wieder ein normaler Mensch sein – aber natürlich einer mit einem tollen Körper. Geht das nicht? Weiß niemand eine Antwort?

Genau in dem Moment klingelte das Telefon. Stanley nahm den Hörer ab. »Sam Ewell am Apparat«, sagte Sylvia.

Stanley runzelte die Stirn. Sam Ewell war Victor Merriwethers bester Freund. Weshalb sollte er mich anrufen, überlegte Stanley und dachte daran, wie sein Vater Sam zu charakterisieren pflegte: »Die Zuverlässigkeit in Person. Für einen Freund belügt Sam Ewell die besten Geschworenen. Und wenn Geld für ihn dabei herausspringt, dann hilft er einem guten Freund bei jedem Wahlsieg. Er ist ein Ehrenmann, Stanley, ein Ehrenmann.«

»Tag Sam, wie geht's?« sagte Stanley.

»Ha, ha, ha« erklang Sams kräftiges Lachen in der Leitung. »Mir geht's GUT, Stanley, mir geht's GUT.« Sam hatte die Angewohnheit, seine Redeweise durch Ausbrüche von unvermuteter Lautstärke zu akzentuieren. »Aber wie geht's DIR, Stanley, wie geht's dir, das ist die Frage. Und deshalb rufe ich dich an. Ich weiß nicht recht, wie ich das am Telefon sagen soll, aber ich glaube, ich kann dir in einer bestimmten Angelegenheit helfen. Ja, in einer ganz bestimmten Angelegenheit. Ganz bestimmt. Kannst du nicht gegen fünf bei mir im Büro hereinschauen?«

Stanley schwieg eine Weile. Sam und Dad sind sich sehr ähnlich, dachte er, und ich weiß, was Dad unter Hilfe für einen Werwolf versteht. Aber weiß Sam, daß ich ein Werwolf bin? Wie sollte er? »Wie willst du mir denn helfen?« fragte Stanley.

Sam lachte. »Es geht um etwas sehr Persönliches und Außergewöhnliches, mein Junge. Sehr persönlich und außergewöhnlich! Komm also bei mir vorbei, und ich verspreche dir, du wirst es nicht bereuen. Aber wir wollen nicht am Telefon darüber sprechen. Man weiß nie, wer mithört. Und wir wollen doch nicht, daß die ganze Stadt es hinausheult, wie? Hah-HAH. Also, bis fünf.«

Stanley dachte noch über das Wort *heulen* nach, als er das Klicken am anderen Ende hörte. »Sam, warte! Sam?« Aber die Leitung war tot. Stanley legte den Hörer auf. Zum Teufel, dachte er. Heulen hat er gesagt. Ach was, ich glaube, ich sehe langsam Gespenster. Das Leben als Werwolf setzt einem schon sehr zu.

Als Stanley seinen Wagen vor Sams Bürogebäude parkte, strömten die Angestellten in den Feierabend. Auch Sams Sekretärin war schon gegangen, also klopfte Stanley an Sams Tür. Auf dem Weg hatte er beschlossen, daß Sam ihn bestimmt wegen geschäftlicher Pläne sprechen wollte.

»Herein, KOMM HEREIN«, dröhnte Sams Stimme.

Sam stand an der Bar am Ende des Raums. »Setz dich«, sagte er. Stanley setzte sich. »Was zu trinken?« fragte Sam.

»Nein danke«, sagte Stanley und starrte auf Sams Glatze, die von einem weißen Haarkranz umgeben war. Sams Gesicht und Schädel waren zu jeder Tageszeit leuchtend rot. Seine joviale Natur und sein unentwegtes Lachen sorgten wohl dafür, daß ihm das Blut ständig in den Kopf schoß. »Natürlich willst du keinen Alkohol!« Sam grinste Stanley breit an. »Ein Schlückchen vom guten roten Blut wäre dir lieber, ODER?«

Stanley schoß in seinem Sessel herum. Das ist nicht gerade das, was ich mir gern vom besten Freund meines Vaters oder dem besten Freund von Gottweißwem sagen lasse, dachte er.

In seinem Innern meldete sich leise eine Stimme. Sie sagte: Du wirst sterben, Stanley Merriwether. Du wirst hier sterben. Das Ganze ist eine Falle, du bist hineingetappt und hast mich mit hineingezogen, du ignoranter Witzbold. Sitz hier nicht blöd rum. Lauf, lauf, lauf um dein Leben.

Er umklammerte die Sessellehne. Er wollte weglaufen, fand dann aber, daß sich ein solches Benehmen gegenüber einem alten Freund der

Familie nicht gehört. Wer würde so etwas tun, fragte er sich. Er würde mich wie eine Ratte in die Falle laufen lassen.

Er sah Sam in die Augen. »Steckt mein Vater dahinter?« fragte er.

Sam lachte. Er trug sein Glas zum Schreibtisch und setzte sich. Er nahm einen Schluck, dann sah er Stanley an. »Du siehst beunruhigt aus, Stan«, sagte er. »Du mußt dich entspannen. Wahrscheinlich nimmst du das Leben viel zu ernst.«

Stanley starrte ihn entgeistert an. Er wartete jeden Augenblick auf die Silberkugeln. »Dad steckt dahinter, nicht wahr? Er hat dich auf mich angesetzt. Aber warum? Warum lauert er mit nicht einfach auf dem Weg ins Büro auf und mäht mich nieder, wie Jarvis es versucht hat? Ach, ich weiß.« Stanley seufzte und brachte ein schiefes Lächeln zustande. »Weil das viel zu einfach wäre. Das wäre ihm nicht Victor genug, nicht Merriwether genug.« Er hielt inne und bemerkte, daß Sam ihn mit einem Ausdruck vollkommener Gutmütigkeit und väterlichen Wohlwollens ansah. »Was hast du, Sam?« fragte Stanley.

»Überhaupt nichts. ÜBERHAUPT NICHTS! Ich wollte nur warten, bis du mit deiner Rede fertig bist und dann deine Frage beantworten.« Er nahm einen tüchtigen Schluck. »Und die Antwort lautet – nein, dein Vater steckt nicht dahinter. Kurz und bündig: es war Ursula.«

Stanley schluckte. »Ursula?« sagte er mit schwacher Stimme.

»Ja, Ursula.« Sam lächelte und setzte wieder das Glas an die Lippen. »Du weißt schon: groß, schlank, heiß wie Feuer. Werwolf. Aber das brauche ich dir ja nicht zu sagen.«

Stanley spürte, wie seine Hände zu zittern begannen. »Ach ja«, kicherte er nervös. »Ursula.«

Sam lachte polternd. »Entspann dich, mein Junge. ENTSPANN DICH! Du bist hier unter Freunden, ich möchte dir gratulieren. DU BIST EINER VON UNS!«

Stanley bekam den Eindruck, daß Sam etwas wußte, wovon er keine Ahnung hatte. Er spürte, wie ihm das Hemd am schweißnassen Rücken klebte, und fuhr sich mit der Hand durch die Haare. »Ich bin einer von euch, Sam? Ich glaube, ich weiß nicht, wovon du sprichst.«

Sam strahlte Stanley an. »Nun, dann denk mal nach, mein Junge. DENK MAL NACH! Schließlich bist du Vic Merriwethers Sohn. Du hast doch Grips im Kopf. Ich spreche von Werwölfen, mein Junge! Ich bin ein Wolfsmann, genau wie du. Ja, das stimmt, ein großer, dicker, verdammt alter Wolfsmann.«

Stanley starrte Sam sprachlos an. Sam lachte wieder. »Ganz recht, mein Junge. Du hast richtig verstanden. Ich bin ein Wolfsmann.«

»Wolfsmann?«

»Na klar! Wolfsmann, Werwolf, Loup garou, lycanthrope, ganz wie du es nennen willst. Kleiner Schock für dich, was, mein Junge. KLEINER SCHOCK!« Sam warf den Kopf in den Nacken und lachte. Dann verstummte er plötzlich. »Ist dir nie aufgefallen, daß ich keine Verabredungen treffe, wenn wir Vollmond haben?«

Stanley wischte sich mit der Hand über die Stirn. »Darüber habe ich ... nie nachgedacht.«

Sam lachte in sich hinein. »Na, dann wird es Zeit, daß du anfängst, über solche Dinge nachzudenken, Stanley. Kein Wunder, daß wir Werwölfe heutzutage mit jedem Mord davonkommen.«

Stanley sah Sam verblüfft an. Mein ganzes Leben lang kenne ich ihn, dachte Stanley, während er Sams rundes rotes Gesicht studierte, und es ist mir nie in den Kopf gekommen, daß dieser Mann ein oder zwei oder dreimal im Monat zum Wolf wird und Menschen verschlingt. Stanley schauderte. »Seit wann?«

»Seit wann ich Werwolf bin? SEIT WANN? Schon lange, mein Sohn, schon ganz, ganz lange. Schon ehe du geboren wurdest, war ich einer; ist auf einer Reise passiert. Dein Vater und ich unterwegs in Kanada. Wir hatten ein paar Bären abgeknallt an dem Tag und waren geil wie der Teufel. GEIL WIE DER TEUFEL, SAG ICH DIR! Also beschließen wir, ein paar Eskimofrauen zu entführen, und ab in die Büsche, wenn du mir folgen kannst! AB IN DIE BÜSCHE – aber wie, mein Junge, die kanadische Überlandleitung fing Feuer!

Wir hatten uns also diese beiden Tundramaiden geschnappt und dann, bei Gott, erscheint der Vollmond am Himmel. Und ob du es glaubst oder nicht: die Braut, die ich hatte, entpuppte sich als Werwolf. ALS WERWOLF – SO WAHR MIR GOTT HELFE! Zuerst begriff ich natürlich gar nichts. Sie kam knurrend auf mich zu, und ich dachte schon, heißes Luder, bei Gott, endlich mal eine richtige Frau, EINE FRAU GANZ NACH MEINEM GESCHMACK! Sie tobte und schlug nach mir, und ich hielt sie an den Haaren fest.

Plötzlich sah ich, daß sie nicht nur auf dem Kopf Haare hatte. NICHT NUR AUF DEM KOPF, STANLEY!« Sam warf den Kopf in den Nacken und lachte und lachte und verstummte schließlich wieder. Er sah Stanley in die Augen. »Ich hatte ein Messer bei mir, eins mit einer silbernen Klinge. Stammte von einem Navajoindianer, mit dem ich in New Mexiko auf Jagd war. Ich zog das Messer, und dann habe ich die Eskimobraut auf der Stelle erstochen.« Sam lehnte sich in seinem Stuhl zurück und blickte wehmütig zur Decke. »Jawohl, erstochen. ERSTOCHEN HAB ICH SIE.« Er sah Stanley zerknirscht an. »Ich hatte ja keine Ahnung, Stanley, sonst hätte ich es nicht getan. Teufel auch, all die Jahre über hatte ich ein schlechtes Gewissen deswegen. Und sie hat mich zum Wolfsmann gemacht. HAT EINEN GOTTVERDAMMTEN WOLFSMANN AUS MIR GEMACHT, mein Junge. Und ich hab sie umgebracht. Sie hätte Besseres verdient.

Nun, das ist jetzt Vergangenheit und lange her. Ich rate dir nur eins: Paß auf, daß du nie im Winter in Kanada eingeschneit wirst. Der Vollmond steht manchmal vierundzwanzig Stunden lang am Himmel, und das ist für den stärksten Wolfsmann zuviel.

Aber jetzt müssen wir uns um die Gegenwart kümmern. Ursula hat dich also hereingebracht ins Werwolfgeschäft, wie?«

»Woher wußtest du das?«

»Es ist alles registriert.« Er wie mit einem Kopfnicken in Richtung Bar. »Hinter der Bar ist ein Geheimschalter versteckt. Nur ich weiß, wo der sitzt. Wenn man den dreht, öffnet sich die Täfelung in der Wand. Auf der anderen Seite ist unsere Computerzentrale, die alles aufzeichnet. Jeder Werwolf auf der ganzen Welt ist dort registriert. JEDER, außer vielleicht ein paar Dritte-Welt-Exemplaren. Ich kann keine Verbindung zu Werwölfen aufrechterhalten, die in Ländern leben, deren Regierungen öfter wechseln als unsere.« Er lachte und trank. Dann sagte er. »Übrigens, Stan, ich geb dich heute in unseren Computer ein, und dann bekommst du deinen Mitgliedsausweis.«

»Mitgliedsausweis?« Stanley runzelte die Stirn. »Du meinst, wie bei der Sozialversicherung?«

»Ja, so ähnlich. Aber wir sind besser organisiert. Abgesehen von Mitgliedern wie Ursula, die ihre Berichte nie rechtzeitig abgeben. Wenn sie ihre Unterlagen so ordentlich führen würde, wie sie sollte, dann wäre ich schon früher auf dich gestoßen. So hab ich erst heute von dir erfahren. Und, mein Junge, es sieht ganz so aus, als hättest du einen Haufen Probleme.« Sam furchte die Stirn in tiefe Sorgenfalten. »Ein Wolfsmann, der nicht töten will, paßt nicht ins Programm. NICHT INS PROGRAMM, VERSTEHST DU? Du handelst dir eine Menge Neurosen ein, wenn du dich nicht mit der Tatsache abfindest, daß du töten sollst. Und hoffentlich kapierst du das bald, zu deinem eigenen Besten.« Er schlug leise mit der Faust auf den Tisch. »Ich werde dir über deine Anfangsschwierigkeiten hinweghelfen«, sagte er. »Schließlich bist du der Junge von meinem besten Freund.«

Stanley schüttelte den Kopf. »Du sprichst vom Töten, als ginge es darum, Gemüse einzukaufen.«

Sam verzog das Gesicht. »Keineswegs. KEINESWEGS! Töten ist eine ernsthafte Angelegenheit, todernst, und das soll nicht etwa ein Wortspiel sein. Weil wir gelernt haben zu töten, ist unsere Zivilisation heute so, wie sie ist. Wäre nicht getötet worden, würden wir uns nicht mehr an Waterloo erinnern, Trafalgar wäre uns kein Begriff, und kein Mensch hätte je von den Iden des März gehört. Und was wäre aus dem Christentum geworden, wenn wir Christus nicht gekreuzigt hätten? Töten ist ein großes und feierliches Unterfangen, Stanley, und wir können es uns nicht leisten, zimperlich damit umzugehen.«

Stanley wurde übel. Sein Magen gebärdete sich, als wollte er jeden Moment zu Stanleys Mund herausrinnen. »Müssen Werwölfe unbedingt Menschen töten?«

»Müssen Präsidenten unbedingt Kriege führen? Das gehört zur menschlichen Natur, Stan. Aber du greifst viel zu weit voraus. Erst müssen wir dafür sorgen, daß du registriert wirst, und dann beginnen wir mit deinem Trainingsprogramm.«

Stanley blinzelte Sam verständnislos an: »Trainingsprogramm?«

»Ja.« Sam zog eine Schreibtischschublade auf, holte ein dickes Buch heraus und schob es Stanley hin. »Das ist ein Trainingshandbuch für Werwölfe. Den Umschlag haben wir so gestaltet, daß Uneingeweihte bestimmt keine Lust haben, darin herumzublättern.«

Stanley las die Worte auf dem Umschlag: *»Schwester Carrie, von Theodore Dreiser«*. Er schlug das Inhaltsverzeichnis auf. Das Buch enthielt Kapitel über Erdrosseln, gesunde Ernährung, über das richtige Heranschleichen und wirkungsvolle Drohgebärden für den Fall, daß man dem wütenden Mob eines kleinen europäischen Dorfes gegenübersteht. Stanley sah Sam an. »Hier steht, man soll keine dicken Leute oder starken Raucher zu sich nehmen.«

Sam zuckte die Achseln. »Im Grunde bleibt das jedem selbst überlassen. Wenn du mich fragst, ich finde, Raucher schmecken nicht gut, und dicke Leute haben zu viel Cholesterol. Aber du kannst tun, was du willst. Füll bitte dieses Formular aus. Das einzige, was von dir erwartet wird.« Er schob Stanley ein offiziell aussehendes Dokument über den Tisch. »Trag deinen Mitgliedsausweis immer bei dir und geh nur in dem dir zugeteilten Revier auf Jagd.«

Stanley überflog das Formular. »Hier steht, ich muß monatliche Beiträge bezahlen, die Sitzungen besuchen, über jeden Mord Buch führen und ... «

»Das wird natürlich vertraulich behandelt, streng vertraulich.«

Stanley starrte Sam verwundert an. »Aber Sam, das ist ja schrecklich. Das ist ja wie beim Militär. Wenn Werwölfe nicht frei sind, wer denn dann?«

Sam lächelte herablassend. »Leute wie dein Vater natürlich, Leute wie ich. Und wenn du erst mal so viel Geld gemacht hast wie Vic und ich, dann kannst auch du frei sein, Stanley. Denn Freiheit ist käuflich, wie die meisten anderen Dinge auch. Das muß so sein. Aber jetzt hör auf, dich wie ein subversives Element aufzuführen und unterschreib dein Beitrittsformular. Wir leben in modernen Zeiten. IN MODERNEN ZEITEN, VERSTEHST DU! Man kann nicht einfach so herumlaufen und frei sein wollen.«

Stanley stierte verdrossen zu Boden. »Ich glaube, ich versuch mein Glück lieber allein und bleibe unabhängig«, sagte er.

»Sei nicht albern, Stanley. Wolfsmänner, die sich nicht organisieren, bekommen kein Jagdrevier zugeteilt.«

»Ich werde sowieso niemanden jagen, sondern mich in einen Käfig in meinem Keller einschließen.«

»Wolfsmänner, die so etwas tun, bekommen die Gedärme aus dem Leib geschossen von ihren Vätern, die mit Silberkugeln ausgerüstet sind. Und solche Wolfsmänner dürfen dann nicht damit rechnen, daß ihre Wunden medizinisch betreut werden.«

Stanley sah Sam an. »Wirklich nicht?«

Sam schüttelte langsam den Kopf. »Außerdem werden nicht-organisierte Wolfsmänner auch nicht über die großen Fortschritte informiert, die mein Forscherteam bei der Heilung von Werwölfen macht.«

»Soll das heißen, wir Werwölfe können wieder normale Menschen werden?«

Sam nickte enthusiastisch. »Noch nicht, aber wir stehen kurz vor dem Durchbruch, was natürlich nur den Wolfsmännern zugute kommen wird, die Mitglied sind.«

»Natürlich«, sagte Stanley und begann, das Formular auszufüllen. Als er fertig war, unterschrieb er und übergab es Sam.

»Gut. SEHR GUT. Und jetzt bitte deinen Mitgliedsbeitrag, Stanley. Ich nehme auch einen Scheck.«

Stanley zog sein Scheckbuch heraus. »Wieviel?«

Sam lächelte. »Fünfzehnhundert Dollar.«

Stanley riß überrascht die Augen auf, füllte aber den Scheck aus und schob ihn Sam hin. »Ganz ordentlich, euer Jahresbeitrag«, sagte er. Sam lächelte wieder. »Unser Monatsbeitrag.«

Stanley wurde blaß. »Was? Fünfzehnhundert Dollar pro Monat?«

Sam zuckte die Achseln. »Forschung ist teuer und kommt ja schließlich nur Wolfsmännern zugute. Für mich springt nicht annähernd so viel dabei heraus, wie manche Leute vielleicht behaupten.« Er holte einen Prägestempel aus seinem Schreibtisch und machte Stanleys Mitgliedskarte fertig. »Und um dir zu beweisen, daß sich die Mitgliedschaft lohnt«, sagte Sam, »werden wir gleich mit deinem Trainingsprogramm beginnen. Jetzt sofort. AUF DER STELLE. Ich will nur schnell deine Papiere in die Computerzentrale bringen.«

Stanley runzelte die Stirn. »Sofort? Gleich heute?«

»Was du heute kannst besorgen, das verschiebe nicht auf morgen. STIMMTS?«

Stanley nickte und sagte: »Ich glaube schon. Aber es gibt da eine Frau, die ich heute unbedingt sehen will. Sehen muß!«

»Wegen Sylvia mach dir keine Sorgen. Sie wird warten.«

Stanley starrte Sam fassungslos an. »Du weißt von Sylvia?«

Sam kicherte in sich hinein. »Kämst du dir nicht betrogen vor, wenn du immer noch eine Privatsphäre hättest – obwohl du mir fünfzehnhundert Dollar im Monat bezahlst? Ich weiß nicht nur Bescheid über sie, ich werde ihr auch morgen früh jemand vorbeischicken mit einer Nachricht von dir, in der steht, daß du für kurze Zeit nicht in der Stadt bist.«

»Eine Nachricht von mir?«

»Ja. Sobald du sie geschrieben hast. Hier ist Papier und Bleistift.« Er reichte Stanley beides.

»Was soll ich ihr denn schreiben?« fragte Stanley.

»Sie ist doch deine Freundin. Erzähl ihr, was du willst. Außer der Wahrheit, natürlich.«

Stanley nickte, aber dachte: Ich will, daß Sylvia eines Tages die Wahrheit erfährt. Es ist doch nur recht und billig, wenn eine Frau weiß, daß der Mann, mit dem sie ein Verhältnis hat, sich hin und wieder in einen Wolf verwandelt.

Er wollte auch, daß sie von Miss Greene erfuhr, von seinen Gefühlen nach der Nacht mit ihr, fürchtete aber, Sylvia könnte wütend werden. Ich fange lieber mit den kleinen Dingen an, dachte er. Als erstes gestehe ich ihr, daß ich ein Werwolf bin.

Er schrieb: Ich bin auf Geschäftsreise. Werde dich anrufen, sobald ich kann und die übrige Zeit an dich denken.

KAPITEL 16

Stanley fuhr mit Sam. Sie hatten die halbe Stadt durchquert und fuhren nun zu den alten Lagerhallen am Hafen. »Es gibt da jemanden, den ich dir vorstellen möchte«, sagte Sam. »Schon zu Lebzeiten ist er eine Legende, dieser Bursche, SCHON ZU LEBZEITEN EINE LEGENDE! Du wirst beeindruckt sein, Stanley.« Sam parkte vor einem Gebäude mit einer langen Glasfront. Die Fensterscheiben waren hier und dort gesprungen und die Sprünge mit Papier verklebt. »Sternfields Fitness-Center« war in bunter, schon abblätternder Schrift über die Fensterfront gemalt. »So, da wären wir«, sagte Sam und stieg aus.

Stanley folge Sam in einen großen Saal. Ein halbes Dutzend ungeschlachter Titanen stemmte Gewichte und stöhnte unter der Last. Wohin Stanley auch schaute, überall waren Eisenstangen, Gewichte und Hanteln verstreut – aufgetürmt, in den Ecken gestapelt, mitten im Raum, zurechtgelegt neben Bänken an den Wänden. Jemand ächzte laut, eine Kreuzung zwischen Knurren und Stöhnen. Stanley sah zu dem Mann hinüber, von dem das Geräusch kam. Er sah aus wie der leibhaftige Felsen von Gibraltar, lag auf einer Bank und stemmte mehrere hundert Pfund in die Luft. Die Adern auf seiner Stirn traten hervor, und sein

Gesicht war dunkelrot. »Sind das alles ... sind sie alle Werwölfe?« fragte Stanley.

Sam lächelte. »Na, du machst ja schnell Fortschritte! Aber nicht alle sind Wolfsmänner. Nur einer. Sternfield, der Mann dort hinten. Er ist der Besitzer.« Sam deutete auf eine Ecke am anderen Ende des Saales, wo sich ein Mann mit Trainingshosen und breitem Ledergürtel die Waden massierte. »Komm mit«, sagte Sam. »Ich mach euch bekannt.«

Sie gingen auf den Mann zu. Beim Näherkommen sah Stanley, daß Sternfield etwa einsfünfzig groß war und zwei Meter Brustumfang hatte. Sein Schädel war glatt rasiert und glänzte wie gebohnert. Die Augen unter den buschigen, breiten Brauen waren schwarz und wild und der Spitzbart war sorgfältig gestutzt. Der Mann stemmte jetzt eine mit fünfhundert Pfund Eisen beschwerte Hantel. Als er Sam und Stanley auf sich zukommen sah, brummte er, schnitt eine Grimasse und ließ die Hantel fallen. Er schob das Kinn vor und stierte Sam finster an.

»Na, wie geht's, Ernie«, sagte Sam.

Sternfield grunzte und zuckte mit den Schultern.

»Ernie Sternfield, ich möchte dir Stanley vorstellen, einen guten Freund von mir.«

Stanley streckte dem Mann die Hand entgegen. Diese verschwand in Sternfields fleischiger Pranke, und Stanley trafen lauernde Blicke aus seinen dunklen Augen. Sein Gesicht behielt den Ausdruck neutralen Mißfallens, als wollte er Distanz wahren für den Fall, daß er sich dem Neuling gegenüber für Gewalt entscheiden sollte.

»Sternfield ist ein erstklassiger Gewichtheber«,

sagte Sam. »Hat schon sechs Weltrekorde aufgestellt, inoffiziell natürlich. Er macht nie bei Wettkämpfen mit, denn sowas macht Ernie Sternfield wütend, GANZ FÜRCHTERLICH WÜTEND! Nicht war, Ernie?«

Sternfield stand unbeweglich wie Fort Knox, sein Gesicht eine eiskalte Maske.

»Er wird schon wütend, wenn man nur davon spricht«, fügte Sam erklärend hinzu.

Stanley sah beklommen erst zu Sternfield, dann zu Sam hin. »Dann sollten wir vielleicht das Thema wechseln«, sagte Stanley und war froh, daß die Begegnung nicht in einer dunklen Gasse stattfand.

»Genau. GENAU SO IST ES. Deswegen sind wir ja auch nicht hergekommen. Wir sind hier, weil ich dir deinen Trainer vorstellen will. Und wenn Sternfield dich trainiert, Stanley, dann brauchst du dir keine Sorgen mehr zu machen. Im Handumdrehen bringt er dir bei, jeden zu töten, der dir in die Quere kommt.«

»Aber ich will niemanden töten, Sam.«

Sternfields Kopf drehte sich langsam, bis seine Augen auf Stanley gerichtet waren. Er starrte ihn lange wortlos an. Dann sagte er: »Bist du dir da ganz sicher?«

Stanley blinzelte nervös. »Ja, absolut sicher. Absolut. Aber natürlich probiere ich alles mal aus.« Schuldbewußt sah er zur Seite.

»Ich wußte doch, daß ich mich auf dich verlassen kann, Stan«, sagte Sam. »Und glaub mir, Sternfield bringt dich in Nullkommanix auf Vordermann. Hör einfach genau zu, was er dir sagt. Das Training ist wichtig, Stan, SEHR WICHTIG! Und weißt du auch warum? Etwa, weil du fünfzehnhundert Dollar im Monat dafür bezahlst? Na gut, das ist ein Grund. Aber viel wichtiger ist, daß du im Training lernst, was jeder gestandene Mann wissen muß, nämlich, daß Töten Spaß macht. Daß das ein einfaches biologisches Bedürfnis ist, wie Steuerhinterziehung oder Leute betrügen. Man muß es ohne Schuldgefühle tun und das ist etwas, was du lernen mußt, Stanley. So, und jetzt lasse ich dich mit deinem Trainer allein. Halt mich auf dem Laufenden, wie du vorankommst.« Sam nickte, dreht sich um und ging auf die Tür zu.

Stanley sah in Sternfields brennende Augen und rief: »Sam, Sam, SAM! Wart einen Moment, ich wollte dir doch ... ich ...«

»Du mußt dich nicht bedanken, mein Junge«, rief Sam ihm zu, und war im nächsten Moment verschwunden.

»Ich wollte ihm nur sagen, daß ich ... daß ich ... Ich muß jetzt nach Hause.«

»Wohl kaum«, knurrte Sternfield. »Jetzt wird mit dem Training angefangen. Sam hat mir alles über dich erzählt. Dreht einem ja den Magen um. Aber du wirst schon auf den Geschmack kommen. Weißt du auch warum?«

»Weil ich fünfzehnhundert Dollar im Monat für den Unterricht bezahle?«

»Nein. Weil ich, wenn du's nicht lernst, dir die Lungen rausreiße. Eine nach der anderen.«

Stanley nickte. »Oh, ich verstehe. Gute Pädagogik! Ein Lernprogramm mit erhöhtem Motivationsanreiz.«

Stanley und Sternfield verwandelten sich in einem Hinterzimmer des Fitness-Centers und joggten dann durch die Stadt. Auch als Wolf war Sternfield breit und mächtig gebaut. Er rannte mühelos den weiten Weg bis zum Gateway Park, der sich mit seinen Bäumen, Blumenbeeten, Spielplätzen, Museen, Teichen und Pfaden die zwei Meilen von der Küste bis in die Stadt hinein erstreckte. Sie trotteten im Schatten der Bäume, vorbei an den weißen Kugellampen dem Platz in der Mitte des Parks entgegen, wo sonntags Konzerte stattfanden. Dort ließ sich Sternfield neben einer Laterne auf die Hinterläufe nieder und im Licht glitzerte die Trainerpfeife, die er an einer Würgekette um den Hals trug.

Stanley setzte sich neben ihn und betrachtete die endlosen Reihen grüner Bänke, die für die sonntäglichen Konzertbesucher aufgebaut waren. Hier und dort standen alte, knorrige Bäume zwischen den Reihen. »Nachts war ich hier noch nie«, sagte Stanley. »Bist du sicher, daß hier keine Diebe herumschleichen?«

Sternfield zuckte die Achseln und kratzte sich am Sack. »Keine Ahnung«, sagte er und spuckte aus. »Du bist doch noch nicht so weit, einen abzumurksen. Warum machste dir dann deswegen Gedanken?«

Einen abmurksen? dachte Stanley.

»Guck mal da drüben hin«, sagte Sternfield und nickte in Richtung Platz.

Stanley konnte nichts Auffälliges erkennen. »Ziemlich ruhig heute nacht«, sagte er. »Nichts zu sehen, außer ein paar Tauben auf den Bänken und in den Bäumen.«

»Der Platz ist das Kriegsgebiet«, sagte Sternfield. »Und die Tauben sind der Feind. Kapiert?«

»Die Tauben sind der Feind?« Stanley grinste.

Sternfield fixierte Stanley mit einem bösen Blick. Stanley kam sich vor wie ein Insekt, das man auf eine Nadel aufgespießt hatte, und er mußte sich zusammennehmen, um nicht loszuwinseln. »Das hier ist kein Spaß, das ist Krieg, kapiert? Und wenn du nachts auf Jagd bist, und plötzlich taucht aus dem Nichts irgendein Irrer auf und schleudert Silberkugeln, dann wird dir das nicht mehr so verdammt komisch vorkommen.«

Stanley erinnerte sich an die Silberkugeln, die erst vor kurzem geflogen waren, als Jarvis im Auto an ihm vorbeigerast kam. »Das habe ich schon erlebt«, sagte er. »Das kenne ich.«

»Hä?«

»Ja, vor ein paar Tagen hat Carlton Jarvis versucht, mich auf der Straße niederzuschießen.«

Sternfield knurrte. »Jarvis! Carlton Jarvis! Dieser Dreckskerl! Aber eines Tages erwischen wir ihn. Das Problem mit Jarvis ist, daß der Kerl alle Tricks kennt, um uns Werwölfe zu bekämpfen. Die meisten Leute sind kinderleicht umzubringen. Das ist wie zwischen den Vereinigten Staaten und Grenada, verstehst du? Aber Jarvis, der ist wie die UdSSR. Wir Werwölfe müssen schon eine nette kleine Atombombe auffahren, um dem Mistkerl beizukommen. Aber jetzt mal ehrlich, wenn du einen Zusammenstoß mit Jarvis überlebt hast, bist du vielleicht besser als ich dachte.«

Der bewundernde Ton in Sternfields Stimme freute Stanley. »Danke, Sternfield«, sagte er. »Danke.«

»Übertreib nicht gleich«, brummte Sternfield. »Machen wir uns an die Arbeit. Und wir machen einen ordentlichen Killer aus dir, das verspreche ich dir! So, und jetzt auf an die Front!« Er betrachtete den Platz prüfend. »Hörst du das Taubengegurr da vorn bei den Bänken? Müssen etwa ein Dutzend sein. Tauben können im Dunkeln nicht sehen, verstehst du. Wenn du mitten in einen Schwarm reinspringst, weißt du nie, in welche Richtung sie davonfliegen. Das hat also keinen Sinn. Trotzdem macht das deine Reflexe schneller, und du wirst ein besserer Wolf. Mach ein paar von den Vögeln kalt, und schon bist du auf dem besten Weg zu deiner ersten Menschentrophäe.«

Stanley wollte »freut mich« sagen, aber sein Mund war trocken und die Zunge klebte ihm am Gaumen.

Sternfield atmete tief ein, und kniff die Augen zusammen. Jetzt sieht er aus wie John Wayne, dachte Stanley, jedenfalls so, wie John Wayne ausgesehen hätte, wäre er ein Wolf gewesen. »Ich weiß, du bist noch nicht so weit. Du willst noch nicht töten. Aber wenn Vollmond ist und der Hunger dich packt, dann mußt du vorbereitet sein, sonst kommst du in größte Schwierigkeiten. Ich werde dir beibringen, daß du zum Töten geboren bist; das ist mein Job. Laß den Hunger dein Lehrer sein. Und ich sage dir, du Grünschnabel, Töten macht noch mehr Spaß als Samstagnachts eine Bar zertrümmern. Das meine ich ernst. Und Tauben sind dein erster Schritt auf dem Weg zu diesem Vergnügen.«

Stanley zitterte, brachte aber mit erstickter

Stimme heraus: »Ich versuch es, Sternfield, wirklich, ich werde mir Mühe geben.«

»Das wollte ich auch gehofft haben«, knurrte Stanley finster. »Und jetzt paß auf, ich mach es dir vor.«

Ohne weitere Vorankündigungen preschte Sternfield auf den Platz. Als er zwischen den Bänken hindurchschoß, stoben die Tauben auseinander, flogen wie wild durcheinander und prallten im Flug zusammen. Sternfield sprang hoch, schleuderte den Kopf nach links und rechts und schnappte sich die Vögel aus der Luft. Sekunden später lagen Dutzende zu seinen Füßen. Als schon längst keine Taube mehr in der Luft war, rieselten noch immer Federn zu Boden wie feiner Schnee. Sternfield kam zu Stanley zurückgetrottet. »So wird's gemacht, Grünschnabel«, sagte er.

Stanley starrte ihn voll ehrlicher Bewunderung an. »Das war ungeheuer, einfach umwerfend«, sagte er.

Sternfield lächelte ein wölfisches, zahnreiches Lächeln. »An einem guten Tag schaffe ich noch viel mehr. Bei Wetten gegen andere Werwölfe verdiene ich ordentlich Geld. Ich gewinne, weil ich mich in Form halte.«

Stanley schüttelte den Kopf. »Ich meine nicht das Töten«, sagte er. Sternfield warf ihm einen strengen Blick zu und stellte die Nackenhaare. »Das Töten war nett, wirklich«, beeilte sich Stanley zu sagen, »gute Arbeit und alles. Aber deine Bewegungen sind nicht zu fassen, deine Sprünge, so schnell, so kraftvoll, so elegant. Ich hatte ja keine Ahnung, was du meinst, als du vom Taubentöten sprachst. Das ist fast eine Kunst, wie im Ballett.«

Sternfield sah so verschämt drein, wie das einem Werwolf nur möglich ist. »Ach was«, sagte er. »Das war doch weiter nichts. Wenn du bei mir trainierst, kannst du das auch. Du mußt nur daran denken, deinen Körper loszulassen. Denk nie über das nach, was du tust, sonst gelingt es dir nicht. Deine Muskeln wissen schon, was sie zu tun haben, du mußt sie nur machen lassen. Kapiert?«

Stanley nickte. Er sah sich schon wie ein wölfischer Tornado, und für das menschliche Auge nur schemenhaft erkennbar, auf die Tauben zuschießen und sie mit der geballten Wildheit des Raubtieres zerreißen. Er dachte an das Huhn, das er getötet hatte und eine heiße Welle durchschoß ihn. Er wollte die Vögel vom Himmel holen, Blut auf den Lippen spüren. Er warf den Kopf in den Nacken und heulte.

»Schon gut! Schon gut!« rief Sternfield. »Ich versteh' dich klar und deutlich. Du sagst, du willst töten, du sagst, du willst losrennen, spüren, wie deine Muskeln sich beim Sprunge strecken. Du sagst, du willst eins werden mit der Bestie in dir, der BESTIE. Los, Stanley, lauf los!«

Und Stanley lief. Er preschte hinein in die Gruppe der wieder versammelten Tauben. Mein Körper weiß, was er zu tun hat, sagte er sich und versuchte, nicht darüber nachzudenken. Die Tauben explodierten um ihn herum in die Luft, und Stanley wirbelte wie der Blitz im Kreise, schnappte nach ihnen mit seinen Reißzähnen und Tatzen. Aber die Körper der Tauben wußten besser, was zu tun war, und nachdem er eine Handvoll von ihnen erwischt hatte, stolperte er in einer Pirouette über eine Bank und fiel krachend zu Boden. Kurze Zeit herrschte Dunkelheit, dann begann ein goldender Lichtstreif vor seinen Augen aufzuglimmen. Es war eine Laterne. Er lag auf dem Rücken und starrte sie an. Da schob sich ein Schatten zwischen ihn und das Licht. Es war Sternfield. Stanley seufzte. »Tut mir leid«, sagte er, »daß ich so eine Enttäuschung war, so ein Versager.«

Sternfield starrte ihn ein paar bange Sekunden nur stumm an. »Enttäuschung!« rief er dann endlich. »Versager! Quatsch! Du warst großartig, wunderbar! Respekt, Respekt! Du bist ein Naturtalent. Du hast's in dir, mein Junge. Verdammt, ich sag's dir, du bist ein Naturtalent.«

»Aber ich bin hingefallen und ...«

»Und zum Teufel! Du darfst nicht vergessen, daß du Anfänger bist. Heut ist es genau eine Woche her, seit Ursula dich eingeführt hat. Als ich anfing, mit Gewichten zu trainieren, ist mir 'ne dumme Sache passiert. Ich habe die verdammte Hantel hochgerissen, und sie ist auf meinem Trainingspartner gelandet und hat ihn platt gemacht wie eine Flunder. Mausetot war er. Bin ich deswegen ein schlechter Gewichtheber? Zum Teufel, nein! Ich brauchte einfach damals mehr Übung. Von kleinen Fehlschlägen darf man sich nicht unterkriegen lassen. Ich sag dir, du bist ein Naturtalent, Stanley. Du hast mehr von diesen gottverdammten Vögeln getötet als jeder andere, den ich bei seinem ersten Versuch erlebt hab. Beinah ein Dutzend! Das ist gut, sehr gut sogar. Ich sag dir, ein paar Wochen Training, und du bist in Topform. Ach, was sag ich, solange dauert das gar nicht! In ein paar Tagen!«

KAPITEL 17

Den Samstagvormittag verbrachte Stanley zu Hause. Mittags zog er sich sein Jackett über und schlenderte gut gelaunt die Straße hinunter zu seinem Lieblingsrestaurant. Nur wenige Autos waren unterwegs und fuhren gemächlich dem Wochenende entgegen. Stanley fühlte sich wohl. Tja, dachte er, ich bin ein Naturtalent, ein Jäger von rechtem Schrot und Korn, so echt wie deutscher Weizenschnaps. Wie ein echter Panther aus dem Dschungel hab ich die Tauben erlegt. Auf so etwas kann jeder Mann stolz sein. Es war ein warmer, heller Tag. Die Sonne schien warm auf seinen Rücken. Stanley genoß den Gang zum Restaurant und die Art, wie der Oberkellner ihn begrüßte und zu seinem Lieblingstisch in einer Ecke führte, von dem aus er das ganze Restaurant im Blick hatte. Stanley bestellte gefüllte Flunder mit einer leichten Soße und eine Flasche kalten Riesling. Dann schlug er das Buch auf, das er mitgebracht hatte.

Bald war er in seine Lektüre vertieft und hörte kaum, wie ihn jemand wiederholt ansprach. Der Kellner hatte sich zu ihm vorgebeugt: »Mr. Merriwether. Hier ist eine Nachricht für Sie, von den beiden Gentleman am Tisch dort ...« er wies diskret zu einem Tisch am anderen Ende des Raums, wo zwei Männer in identischen dunkelblauen Anzügen und rot-weiß gepunkteten Fliegen Stanley zunickten, »... am Fenster.«

Stanley sah zu ihnen hinüber, erkannte aber keinen. Beide hatten kurz geschnittene Haare und glattrasierte Gesichter. Abwesend bedankte sich Stanley und nahm den Zettel entgegen.

Er entfaltete das Stück Papier und las: Entschuldigen Sie bitte die Störung. Wir wollen Ihnen nichts Böses. Würde es Ihnen etwas ausmachen, wenn wir uns zu Ihnen setzen? Wir möchten mit Ihnen über Wölfe sprechen.

Ein Frösteln lief Stanley den Rücken hinunter. Wieder sah er zu den Männern hin. Nein, er kannte sie nicht. Ob Sam Ewell sie geschickt hatte?

Die beiden Männer blickten erwartungsvoll, fast flehentlich zu ihm hinüber. Stanley zuckte die Achseln. Na, dachte er, wenn sie mir nichts Böses wollen, können sie ruhig herkommen. Er machte ihnen ein Zeichen.

Mit breitem Lächeln erhoben sich die beiden und kamen an Stanleys Tisch; sie gaben Stanley die Hand und entschuldigten sich noch einmal für die Störung. Einer der Männer war groß und mager, mit sandfarbenem Haar und blauen Augen. »Ich heiße Baker«, sagte er. »Tim Baker. Und dies ist ... «

»Jim Keller«, sagte der andere. Seine vollen roten Lippen verzogen sich zu einem schiefen Lächeln. Sein Haar war schwarz. »Vielen Dank, daß wir uns zu Ihnen setzen dürfen.«

»Vor allem in Anbetracht dessen, was passiert ist, als wir uns letztesmal begegnet sind«, sagte der andere.

Beide setzten sich.

»Als wir uns letztesmal begegnet sind?« fragte Stanley.

»Erinnern Sie sich nicht mehr?« fragte Keller.

Stanley durchsuchte sein Gedächtnis nach den beiden, aber sie waren nicht da. »Ich fürchte, ich erkenne Sie nicht wieder.«

Die beiden Männer lachten und lehnten sich gemütlich in ihren Stühlen zurück. »Er erinnert sich nicht an uns!« riefen sie im Chor und sahen sich an. »Dabei waren wir ihm tagelang auf den Fersen«, sagte Keller, und Baker fügte hinzu: »Jawohl, wie der CIA. Haben uns in Hauseingängen versteckt, hinter Zeitungen ...« »... weil Sie uns nämlich nicht erkennen durften«, erklärte Keller.

Stanley fühlte sein Herz gegen seine Rippen pochen. Kleine Schweißtropfen perlten seinem Rücken hinunter. »Mir auf den Fersen geblieben?« fragte er und griff hastig nach seinem Weinglas.

»Ach, das war kein Problem«, sagte Baker. »Wir wollten Sie nur nicht beunruhigen.«

»Genau«, sagte Keller. »Wir mußten Sie erst überprüfen, bevor wir mit Ihnen sprechen.«

»Mich überprüfen? Was heißt das? Wer sind Sie?«

Wieder lachten beide und schüttelten die Köpfe.

»Sie sind erstaunlich«, sagte Baker.

»Ja, erstaunlich«, sagte Keller. »Wer hätte gedacht, daß Sie uns vergessen.«

»Ja, unsre erste Begegnung hat wohl doch keinen großen Eindruck bei Ihnen hinterlassen. Da haben wir nämlich mit unseren Dienstkanonen auf Sie gezielt.«

Stanley nahm einen tiefen Schluck von seinem Wein, hüstelte, stellte das Glas schnell wieder ab und sah die beiden Männer verwirrt an. »Sie sind Polizisten?«

Keller nickte, und Baker sagte: »Ja.«

»Sie waren dabei, als ... «

In dem Augenblick kam der Kellner an den Tisch und Stanley verstummte. »Möchten die beiden Herren etwas trinken?« fragte der Kellner.

»Einen Whisky sour«, sagte Baker.

»Für mich dasselbe«, sagte Keller.

Der Kellner ging. Stanley sah erst Baker, dann Keller an, schaute dann verstohlen zu den Nebentischen hinüber und flüsterte schließlich: »Sie waren dabei, als Carlton Jarvis mich im Irrenhaus erschießen wollte?«

Sie nickten enthusiastisch. »Ich hätte auch auf Sie geschossen, wenn ich die Gelegenheit gehabt hätte«, sagte Keller.

»Ich auch«, sagte Baker. »Aber wenn das, was wir in den okkulten Büchern gelesen haben, stimmt, dann hätten unsere Kugeln Ihnen nichts anhaben können. Es muß Silber sein.«

Stanley zuckte zusammen. »Aha. Vermutlich haben Sie sich inzwischen Silberkugeln besorgt und wollen nun Ihren Job beenden. Vielleicht darf ich Sie darauf hinweisen, daß ich offiziell gar nicht existiere, wie mir ein Kollege von Ihnen erzählt hat.«

»Offiziell nein, offiziell existieren Sie nicht«, sagte Baker.

»Aber wir sind auch nicht offiziell hier«, sagte Keller. Stanley sah sich im Raum um. Alle Tische waren jetzt besetzt. Wie würden die Leute wohl reagieren, wenn die Polizisten auf ihn zu schießen anfingen? Hätte nie gedacht, sagte Stanley zu sich, daß ein Werwolf in einem französischen Restaurant erschossen werden kann. »Hab ich recht mit den Silberkugeln?« fragte er.

In dem Moment brachte der Kellner die Drinks und servierte Stanley sein Essen. Stanley betrachtete es ohne jedes Interesse. »Werden die Herren mit Ihnen speisen, Mr. Merriwether?« fragte der Kellner.

»Neenee«, sagte Baker, und Keller fügte hinzu: »Neenee, müssen gleich wieder los. Für uns nur den Drink.«

Als der Kellner gegangen war, sagte Baker: »Hören Sie zu, Mr. Merriwether, wir sind nicht hier, um Ihnen was zu tun.«

»Überhaupt nicht«, sagte Keller. »Wir dürfen nur während der Dienststunden Leuten etwas tun.«

»Genau«, sagte Baker. »Natürlich wollten wir Sie neulich erschießen. Aber das gehört zu unserem Job. Persönlich haben wir nichts gegen Sie.«

»Stimmt«, sagte Keller. »Wir dachten, Sie wären bloß ein Irrer.«

»Aber jetzt wissen wir, daß Sie in Wirklichkeit ein ...« Beide sahen sich vorsichtig um, beugten sich über den Tisch und flüsterten Stanley zu: »... ein Werwolf sind«; dann sahen sie einander an, als könnten sie es immer noch nicht glauben.

»Und jetzt meinen Sie, Sie kriegen eine Beförderung, wenn Sie mich schnappen, oder?« fragte Stanley.

Keller schüttelte den Kopf. Baker sprach: »Es gibt kein Gesetz gegen Werwölfe, Mr. Merriwether.«

»Und wir haben alle geprüft«, sagte Keller. »Staats-, Landes- und Kommunalgesetze.«

»Wir haben sogar überprüft, ob Werwölfe vielleicht so legal sind, daß sie der Steuerpflicht unterliegen. Schließlich ist Al Capone auch wegen Steuerhinterziehung verknackt worden. Aber Sie sind aus dem Schneider, Mr. Merriwether.«

Stanley fühlte, wie sich der Raum vor seinen Augen zu drehen begann. »Ich wäre nie auf die Idee gekommen, daß Werwölfe steuerpflichtig sein könnten«, sagte er. »Aber eine Sache gibt Ihnen vielleicht was an die Hand: Ein Werwolf hat die Aufgabe, Menschen zu töten.« Er lehnte sich zurück und verschränkte die Arme vor der Brust.

»Na und?« sagte Baker.

»Warum sollten wir Ihnen das verübeln?« fragte Keller. »Auch Polizisten haben die Aufgabe, Menschen zu töten.«

Stanley benutzte seine Serviette, um sich Schweißperlen von der Stirn zu wischen. »Was wollen Sie eigentlich von mir?« fragte er mit trockenem Krächzen.

Keller zupfte nervös an seiner Fliege, und Baker wischte sich unsichtbare Stäubchen von der Hose. »Tja, wie sollen wir's Ihnen erklärten?« murmelte Keller.

»Als wir an der High School Fußball gespielt haben, hat der Trainer behauptet, er würde richtige Tiere aus uns machen«, sagte Baker.

»Und bei der Armee hat unser Schleifer behauptet, nach dem Drill würden wir wilde Tiere«, sagte Keller.

»Und auf der Polizeischule war es dasselbe«, sagte Baker.

»Tiere, Tiere, Tiere«, rief Keller.

»Alles leere Versprechungen«, sagte Baker. »Es hat nie geklappt, keiner von uns wurde zum Tier.« »Wie hätte es auch klappen sollen«, sagte Keller. »Wir haben uns einfach nicht getraut, nicht geglaubt, daß wir *wirklich* Tiere sein könnten.«

»Aber Sie können das, stimmts? Sie verwandeln sich in einen gottverdammten...« wieder sahen sich beide vorsichtig um und flüsterten dann leise »... Werwolf!«

Stanley konnte sehen, daß sie ehrlich beeindruckt waren. Er erinnerte sich plötzlich daran, was ein Naturtalent er als Taubentöter war und lächelte die beiden Polizisten wohlwollend an. »Ja, es ist ein Wunder, nicht wahr?«

»Wieviele Menschen haben Sie umgebracht?« fragte Baker.

Stanleys Schultern sackten herab, und er wich dem Blick der beiden aus. »Keinen. Ich will nichts überstürzen.«

Keller zuckte die Achseln. »Der Erste ist am schwersten. Wenn Sie den hinter sich haben, ist's ein Kinderspiel.«

»Klar«, sagte Baker. »Und ich wette, wenn Sie wollten, könnten Sie ein ganz schönes Massaker anrichten.«

Stanley gab sich bescheiden. »Nun ja, ich glaube schon. Wenn ich wirklich wollte.«

»In den Büchern, die wir gelesen haben, stand, daß ihr Werwölfe um vieles stärker, schneller, beweglicher und ausdauernder seid als jeder Mensch. Ihr habt noch eure Klauen und Reißzähne. Ich wette, Sie könnten es mit dem verdammt gemeinsten Massenmörder der Welt aufnehmen und ihn fertigmachen, ohne sich auch nur anzustrengen.«

Keller steigerte sich in immer größere Erregung, während er redete. Sein Gesicht war dunkelrot, und die Augen traten ihm fast aus dem Kopf. Stanley zuckte bescheiden die Achseln.

»Und das ist die Art von Kraft und Macht, was wir wollen«, sagte Baker.

»Beißen Sie uns«, sagte Baker. »Und wir schaffen Ordnung in diese Stadt.«

»Sie beißen?« fragte Stanley.

»Ja, klar, wie im Kino«, erklärte Baker.

»Damit wir Werwölfe werden«, fügte Keller hinzu; er und Baker sahen sich wieder nervös um.

»Sind Sie verrückt?« rief Stanley. »Wissen Sie, wovon Sie sprechen? Wenn Vollmond ist, dann haben Sie den alles überwältigenden Trieb zu töten.«

»Manchmal geht mir das jetzt schon so«, sagte Keller.

»Zum Beispiel letzte Woche, als der Richter diesen Dreckskerl hat laufen lassen. Wenn wir uns in Wölfe verwandeln könnten, dann würden wir diese Typen umbringen, ehe die Gerichte sie wieder freilassen.«

»Stimmt genau. Wir würden sie kriegen. Wir würden sie alle kriegen. Wir wären Superbullen.«

»Wann können Sie uns also beißen?« fragte Baker.

Stanley grübelte eine Weile darüber nach, dann sagte er »Niemals«.

»Sie meinen ... « begann Keller.

»Niemals?« beendete Baker.

Stanley stellte sich vor, wie die beiden Polizisten

als Werwölfe in der Stadt wüteten. »Und niemals ist noch zu früh«, sagte er. »Ihre Idee ist ja wahnsinnig.«

»Wer entscheidet, was wahnsinnig ist und was nicht?« sagte Baker.

»Stimmt«, sagte Keller. »Wußten Sie, daß die Luftwaffe mal einen Haufen Steuergelder ausgegeben hat bei der Suche nach einer Methode, mit der man das Wetter kontrollieren kann und den Feind im Regen stehen läßt?«

»Und Sie glauben doch wohl nicht, daß die Luftwaffe Steuergelder für etwas ausgibt, das wahnsinnig ist!« sagte Baker. »Na, und mit Werwölfen kann man schließlich leichter operieren als mit dem Wetter.«

»Lassen Sie es uns ausprobieren, Mr. Merriwether«, sagte Keller. »Beißen Sie uns.«

Stanley trank einen Schluck Wein, dann stellte er das Glas wieder hin und sagte: »Niemals.«

»Ist das Ihr letztes Wort?« fragte Baker.

»Das letzte«, sagte Stanley.

»Nun«, sagte Keller, »ich nehme an, wir können Ihrem 56er–Thunderbird nichts antun, was Sie nicht reparieren lassen können. Am Ende müssen wir ...«

Stanley stockte der Atem. »Wollen Sie damit sagen ...«

Baker nickte. »Wir haben uns heute mittag Ihr Auto geholt, Mr. Merriwether, direkt aus Ihrer Garage.«

»Mein Auto! Gestohlen?«

»Gekidnappt, Mr. Merriwether. Wenn Sie keine Dummheiten machen, passiert ihm nichts.«

»Aber ich habe es gerade erst reparieren lassen! Wie können Sie so etwas tun?«

»Autos stehlen ist einfach«, sagte Keller. »Schließlich sind wir Polizisten.«

»Wenn Sie uns beißen, geben wir Ihnen Ihr Auto sofort zurück«, sagte Baker.

Stanley dachte kurz über den Vorschlag nach. Er überlegte. Wenn ich ihnen sage, ich treffe sie um Mitternacht zu einem schnellen Biß, dann habe ich Zeit, Sam anzurufen und mich mit ihm zu beraten. »Um Mitternacht«, sagte er. »Im Park, am Polofeld.«

»Das nenne ich ein Wort«, sagte einer der beiden.

Kapitel 18

Sowie die beiden Polizisten das Restaurant verlassen hatten, ging Stanley zum Telefon neben der Bar und wählte Sam Ewells Nummer. Aber Sam war offensichtlich auch zum Essen gegangen. Also rief Stanley Sternfield an.

Das Telefon im Fitness-Center hatte nur zweimal geläutet, als der Hörer abgenommen wurde. »Ja«, kam Sternfields Knurren über die Leitung.

»Hier ist Stanley. Stanley Merriwether. Hör zu, Ernie, es ist was passiert.« Stanley erzählte ihm, was los war. Als er fertig war, fragte Sternfield: »Sag mal, hat jeder von den Burschen zwei Nasenlöcher und einen Mund?«

Stanley zögerte, dann sagte er: »Ja klar, die sehen ganz normal aus. Warum fragst du?«

»Ich wollte nur sicher gehen, daß es die entsprechenden Vertiefungen für meine Finger gibt, wenn ich heute abend mit ihren Köpfen kegele.«

»Aber du brauchst sie doch nicht zu töten!« rief Stanley entsetzt. »Ich will bloß mein Auto zurück.«

»Wenn ich mit ihnen fertig bin, werden sie dich anflehen, dein Auto zurückzunehmen.« Sternfield lachte schnaubend und knurrend. »Und was das Töten angeht, das mach ich umsonst. Hol mich um Sieben hier im Fitness-Center ab.« Stanley legte auf. Wie kompliziert das Leben doch ist, dachte er, wenn der eigene Vater vorhat, einen zu töten und verrückt gewordene Polizisten einem das Auto entführen.

Als Stanley am frühen Abend ins Fitness-Center kam, saß Sam Ewell in Sternfields Büro. »Du hast also ein Problem, EIN VERDAMMT GROSSES PROBLEM«, sagte Sam, nachdem er Stanley die Hand gegeben hatte.

Stanley zuckte die Achseln. »Ich hab noch einmal über alles nachgedacht. Eigentlich brauche ich das Auto gar nicht. Ich kann mir jederzeit einen anderen 56er Thunderbird in erstklassigem Zustand besorgen.«

»Unsinn, UNSINN«, rief Ewell kopfschüttelnd und sein Gesicht wurde noch röter. »So etwas können wir nicht zulassen. KÖNNEN WIR NICHT ZULASSEN. Leute, die von uns verlangen, daß wir Werwölfe aus ihnen machen. DAS IST JA GROTESK, ist das. Unerhört, noch nie dagewesen!« Er griff nach einer Zeitschrift auf Sternfields Schreibtisch und zerknüllte sie zwischen den Händen. »Macht mich rasend, SCHIER RASEND macht mich das!« Das Titelbild hing in Fetzen.

»Aber wir können doch keine... Polizisten töten«, stammelte Stanley.

»Jammer nicht, FANG NICHT IMMER GLEICH AN ZU JAMMERN, mein Sohn«, sagte Sam. »Ernie wird sich um alles kümmern.«

Sternfield, der hinter seinem Eichenschreibtisch saß, hatte seine Augen auf die Zeitschrift geheftet, die Sams Hände mißhandelten. Plötzlich löste er seinen Blick, sah Stanley mit flammenden Augen an und schlug sich mir der Faust der einen Hand in die Innenfläche der anderen. »Ja, ich kümmere mich um alles«, sagte er. »Und es wird mir ein großes Vergnügen sein, Stanley«. Er schaute Sam wieder an. »Das ist meine Zeitschrift.«

Sam schaute überrascht und strich die Seiten glatt. »Tut mir leid, Ernie, hab gar nicht gemerkt, was ich tat. Ich bin ganz außer mir wegen dieser Bullen.« Er legte die Zeitschrift zurück auf den Tisch. »Stanley, so etwas können und dürfen wir uns nicht bieten lassen. Das ist Erpressung. ERPRESSUNG ist das. Schließlich bezahlst du deine Gebühren, damit du von solchen Dingen verschont bleibst. Wenn ich wollte, daß du erpreßt wirst, dann würde ich jemanden dafür anheuern, aber um Gotteswillen, doch keine POLYPEN!« Er sah angeekelt vor sich hin. »Und was ist mit diesem Treffen um Mitternacht?«

Stanley erzählte von seiner Verabredung auf dem Polofeld.

»Gut ausgewählt, der Ort. SEHR GUT AUSGEWÄHLT. Ganz einsam dort. Niemand wird sie schreien hören.«

Stanley schüttelte den Kopf. »Ich könnte sie nicht umbringen. Ich könnte es einfach nicht.«

Ewell sah zu Boden. »Dann laß es sein!«

Stanleys Gesicht hellte sich auf. »Du meinst, wir können sie laufen lassen?«

»Ich meine, was ich dir gesagt habe. Ernie übernimmt das.«

Stanley stellte sich vor, was in dem Park geschehen würde, wenn die Polizisten Sternfield begegneten. »Vielleicht könnte ich sie einfach beißen und dann verschwinden sie. Ein oder zwei Werwölfe mehr, was geht uns das an?«

»Nein«, rief Ewell. »Das geht nicht. DAS LASS ICH NICHT ZU! Wenn sie angeboten hätten, ein paar Scheine für den Gefallen rüberzuschieben, dann ja. Aber einen von uns bedrohen und ...«

»Ich bin einfach nicht sicher, ob es sich lohnt, deshalb jemanden zu töten«, sagte Stanley.

Sam Ewell fixierte ihn mit eisigem Blick. »Es muß getan werden. ES MUSS SEIN. Stell dir doch vor, sie erzählen ihren Kumpels von uns. Jeder Mann redet mit seinen Kumpels. Dann steht bald ein ganzes Polizeirevier, eine Spezialtruppe des Überfallkommandos, auf der Matte und will gebissen werden. Für solche Dienste sind Gebühren zu zahlen. Mein Unternehmen ist doch kein Wohlfahrtsverein! Und Polizisten haben nicht genug Geld für sowas. Es ist verdammt unmoralisch, UNMORALISCH, von denen, das System der freien Marktwirtschaft so zu unterlaufen. Und bei Gott, ich werde das nicht dulden. Ich tue das Richtige, egal, wie falsch es ist. Darum geht's im Geschäftsleben, und um nichts anderes.«

»Aber ... aber ...«, sagte Stanley.

»Hör zu, mein Junge, ich töte sie auch nicht gern, genauso wenig wie du.«

»Aber ich«, rief Sternfield und in seinen Augen loderte ein Feuer. »Stanley, du gehst jetzt nach Haus, und wir sehen uns morgen beim Training.«

»Sachte, Ernie, sachte«, sagte Sam und sah Stanley an. »Wenn Ernie etwas wurmt, dann gehen leicht die Pferde mit ihm durch. Dann wird er wie eine Herde Elefanten, unser Ernie. Und wenn er richtig in Fahrt ist, vergißt er manches, zum Beispiel, wem das Auto gestohlen wurde und wer's gestohlen hat. Er verliert den Überblick, VOLLKOMMEN DEN ÜBERBLICK, und greift sich den Falschen.«

Stanley konnte sich nicht erinnern, je eine so endlose, dunkle und schlaflose Nacht verbracht zu haben. Er warf sich hin und her, kämpfte mit einem Gewirr von Decken und Tüchern und versuchte seine düsteren Gedanken zu verscheuchen. Am Sonntagmorgen zog er sich an und trat vor die Haustür, und da, am Straßenrand, stand sein 1956er Thunderbird. Dieser Anblick jagte Bilder durch Stanleys Kopf, Bilder, die ihn den ganzen Tag verfolgten, Bilder von zwei Polizisten, dahingemäht in der Blüte ihres Lebens, auf einem Polofeld in Stücke gerissen. Stanley brachte mittags kaum einen Bissen hinunter.

Abends, als er Sternfield in der Stille des Parks zum Training traf, fragte er: »Hast du sie umgebracht?«

Sternfield grunzte und schüttelte den Kopf. »Ewell hat sie angeheuert.«

Stanley war sprachlos. »Angeheuert ... die ... ?«

»Hmmm. Er hat irgendeinen wahnwitzigen Plan. Frag ihn selbst. Wir haben jetzt zu arbeiten.«

In jener Nacht trainierte Stanley mit frischer Energie und dem Enthusiasmus eines zutiefst glücklichen Menschen. Er hatte das Gefühl, sich zu unerhörten Höhen und ungeahnten Kräften aufzuschwingen.

Am Montag rief er Sam Ewell an. »Du hast die angeheuert?«

»KLAR! Warum nicht? Ein Mann muß wissen, wann ein Kompromiß das einzig Richtige ist. Bevor ich Ernie die beiden umbringen lasse, könnte ich ja genausogut ein Wörtchen mit ihnen reden. Das ging mir durch den Kopf. Die zwei waren vielleicht überrascht, sag ich dir, als der Wolf im Park sich in Ernie verwandelte statt in dich, ha-ha. Na, egal wie, die beiden haben diesen Plan, weißt du. Wollen Super-Bullen werden. Keine schlechte Idee, sagte ich mir, aber damit kann man kein Geld machen. Also denk ich, zum Teufel mit ihnen, bringen wir sie um. Aber dann fingen sie schnell an zu reden. Und was die alles erzählt haben! Wußtest du, daß die Luftwaffe mal den Plan hatte, Gewitter- und Hagelstürme auf den Feind zu schicken und...«

»Ja, ich hab davon gehört.«

»Nun, es stimmt schon, was Baker gesagt hat, oder vielleicht war es auch Keller. Oder beide: ›Man muß ein bißchen Phantasie haben.‹ Ich schäme mich, das zuzugeben, aber in dem Park dort fehlte es mir einen Augenblick lang völlig an Phantasie. Zum einen wäre ich nie auf die Idee gekommen, daß ein Polizist sein Auto verkaufen und eine Hypothek auf sein Häuschen aufnehmen würde, um für den Biß zu bezahlen. Aber genau das haben die beiden getan. Jedenfalls ist jetzt alles geregelt. Ich habe nicht nur ihr Geld angenommen, ich habe sie auch auf der Stelle engagiert. Sie werden eine Geheimdiensttruppe für mein Unternehmen aufbauen. Eines Tages werde ich eine ganze Vollstreckungsarmee haben, und dann jagt jeder Wolf bestimmt nur in seinem eigenen Revier. Für den

Augenblick geb ich mich damit zufrieden, Leuten wie diesem Carlton Jarvis das Telefon anzuzapfen. Ja, von jetzt an werden wir über jeden Schritt dieses Schweinehunds Bescheid wissen. Und wenn ich Baker und Keller kaltmache, wird meine Organisation ein größeres Unternehmen sein als die christliche Kirche, vielleicht sogar größter als der Merriwether-Konzern. Der Himmel ist meine Grenze.«

»Du bist verrückt, Sam.«

»Na und? Seien wir doch ehrlich, Baker und Keller gleich zu töten, das wäre dumm gewesen. Dabei fällt mir ein, es ist bald wieder Vollmond. Merk dir gut, was Ernie sagt.«

Stanley seufzte und legte auf.

Kapitel 19

Fast drei Wochen waren vergangen. Noch drei Nächte bis zum nächsten Vollmond. Wieder einmal traf sich Stanley mit Sternfield im Park. Sie hatten jeden Abend hart trainiert und Stanleys Naturbegabung den letzten Schliff gegeben. Inzwischen war er zum todsicheren Taubentöter geworden, und heute sollte er vor seinem Trainer die Abschlußprüfung ablegen. Wieder schoß er zwischen den Vögeln hin und her, jagte sie im gedämpften Licht der Parklaterne, rannte von einem Ende des Platzes zum anderen, holte sie sich aus der Luft, schnappte sie, wenn sie aufflogen und sich auf den Bänken niederließen. Wie eine Furie wirbelte er zwischen den Tauben herum.

Während er durch die Luft schnellte und Sternfield jede seiner Bewegungen verfolgte, überkam ihn ein ungeahntes Gefühl von Stärke und Macht. Es war, als sei endlich ein Kindheitstraum in Erfüllung gegangen. Als kleiner Junge hatte er Anthropologe werden und auf der Suche nach völlig neuen Informationen über die Menschheit in die abgelegendsten Winkel der Welt reisen wollen. Er hatte sich ausgemalt, wie er eines Tages in einem Kajak aus Walroßhaut aufs Meer hinausfuhr und Wale mit der Harpune fing und die Eskimos ihn Bruder nannten, wegen seiner Tapferkeit auf dem Meer. In

Afrika hatte er sich Elefanten erlegen sehen, an der Seite hochgewachsener, eingeborener Krieger, die Mtembe zu ihm sagten oder was sonst das Wort ihres Stammes für »Bruder« war. Und er hatte geträumt, daß die Indianer Südamerikas ihn wegen seines Mutes bewunderten, weil er mit bloßen Händen gegen einen Jaguar kämpfte; und auch in diesem Teil der Welt hieß er Bruder. Auch für seinen Tod hatte er sich eine würdevolle Version ausgedacht. Mit achtzig würde er von einem Bären aufgefressen werden. Ja, damals hatte er noch Pläne, große Pläne. Aber irgendwie hatte der Merriwether Konzern sie alle verschluckt und aus ihm ein Zerrbild seines einstigen Ichs gemacht, in dem er sich nur schwer wiedererkennen konnte.

Aber jetzt, wo er die Tauben mit so ungeheurer Schnelligkeit, Beweglichkeit und Kraft aus der Luft holte, war er soweit: Jeder Eskimo, Stammeshäuptling und Indianer durfte ihn Bruder nennen. Plötzlich fühlte er nicht nur die Bewegungen seines Körpers, er sah sich dabei zu wie im Kino, sah, wie seine Sprünge in Zeitlupe über die Leinwand flimmerten. Und während Taube um Taube zu Boden fiel, durchschoß ihn eine Welle der Ekstase. Ja, sagte er sich. Hier ist mein Platz. Ich kämpfe Seite an Seite mit John Wayne am Alamo.

Ich bin mit Errol Flynn in der Schlacht vom Little Big Horn; und mit Peter O'Toole von Arabien sprenge ich türkische Züge in die Luft. Dann hörte er eine Stimme. Es war Sternfield. »Stop, halt. Genug«, sagte sie. »Du bist Spitze. Sogar besser als ich. Ich sag dir, du wirst der Größte. Der Allergrößte!«

Stanley mußte einige Male tief durchatmen, um wieder zu sich zu kommen. Dann trottete er zu Sternfield hinüber. »War es so in Ordnung?«

»In Ordnung! Stanley, daß ich nicht lache! Du bist der Beste. Wenn wir jemals eine Olympiade der Werwölfe abhalten, dann setze ich bei allen Wetten auf dich. Mann, Mann, Stanley, sag selbst, macht das nicht Spaß?«

Stanley gab zu, daß ihm das Gefühl, athletisch veranlagt zu sein, sehr gut gefiel.

»Und jetzt, Stanley, hab ich eine Überraschung für dich. Du bist jetzt bereit für den nächsten Schritt.«

»Nächsten Schritt?«

»Ja doch. Es ist der nächste Schritt, und du bist mehr als vorbereitet. Wir suchen dir ein neues Spiel.«

Stanley lächelte. »Fein«, sagte er und hoffte, daß er jetzt zu Hühnern wechseln durfte, denn trotz all seiner Erfolge bei den Tauben waren ihm Hühner lieber.

Nachdem sie ein Stück durch den Park gegangen waren, sagte Sternfield. »Da, das ist es.«

»Was? Wo?« Stanley sah sich um. Sie standen am Rande des Parks und blickten auf die Apartmentblocks auf der anderen Seite. Das einzige lebende Wesen, das Stanley erkennen konnte, war eine alte Frau, die den schmalen Pfad zwischen Park und Straße entlangging. Sie trug einen Einkaufskorb und eine große schwarze Handtasche. Sie mußte um die siebzig sein. »Ich sehe bloß eine alte Frau dort«, sagte Stanley, »die um diese Zeit lieber nicht hier herumlaufen sollte. Wer weiß, was alles passieren kann.«

Sternfield kicherte. »Wer weiß, wer weiß?« wiederholte er und lachte wieder. »Du machst mir wirklich Spaß, Stanley! *Wir* wissen es, oder? Sie ist dein Schlüssel zu gesunder Ernährung. Wie willst du deinen Körper in Top-Form halten, wenn du dich nicht richtig ernährst? Hör zu, der Weg, auf dem sie geht, macht gleich einen Bogen und führt durch das Gebüsch dort im Park, dann läuft er wieder parallel zur Straße. In dem Gebüsch mußt du sie erwischen. Sonst sieht dich vielleicht jemand von den Häusern dort drüben aus. Kapiert?«

Stanley warf Sternfield aus den Augenwinkeln einen verstohlenen Blick zu. »Du meinst sie töten, grade so, als wär sie eine Art Taube?»

Sternfield kicherte wölfisch. »Jaaah! Aber bei ihr wird's leichter sein. Sie ist alt und langsam.«

Stanley sah den Weg entlang und verfolgte die Frau mit den Augen. »So ist's richtig«, sagte Sternfield. »Nimm sie ins Visier, wie eine Taube. Und greif im richtigen Augenblick an. Gleich wird sie im Gebüsch verschwinden. Auf die Plätze, Stanley, gleich geht's los.«

Das ist nichts für mich, dachte Stanley. Aber wenn ich das nicht durchziehe, reißt Sternfield mir die Lungen heraus, eine nach der anderen. Und wenn man's genau bedenkt: Sie ist alt, und meine Lungen sind so gut wie neu.

Plötzlich spitzte Stanley die Ohren. Er hatte ein merkwürdiges Geräusch gehört, wie Metall gegen Metall. Es kam aus dem Gebüsch. »Oh mein Gott«, rief er und preschte den Weg hinunter. Sein Körper krümmte sich kraftvoll und explodierte im nächsten Moment zu langen, weitgestreckten

Sprüngen. Sternfield heulte vor wölfischen Entzücken. »Schnapp sie dir, Junge. Schnapp sie dir«, schrie er Stanley nach.

Stanley donnerte den Weg hinunter und knurrte bedrohlich, als die Alte zwischen den Büschen verschwand. Sie stieß einen Schrei aus und Stanley machte einen Satz in die Dunkelheit der Hecken hinein. Dort stand die alte Frau, und vor ihr ein junger Mann mit einem Messer in der Hand. Es war das Klicken des aufspringenden Messers, was Stanley gehört hatte. Der Dieb hielt mit einer Hand die Tasche der alten Frau fest, mit der anderen durchschnitt er den Schulterriemen. Als der Dieb die alte Frau zu Boden schlug, schrie sie noch einmal auf, und in genau diesem Moment machte Stanley einen riesigen Satz. Er landete mit beiden Vorderpfoten auf der Brust des Diebes und schleuderte ihn gute acht Meter zurück. Stanley nagelte den Dieb am Boden fest und knurrte ihm ins Gesicht. Die dicken roten Lippen des Mannes verfärbten sich zu geisterhaftem Weiß, und die Augen quollen ihm aus dem Kopf. Er riß den Mund auf, enthüllte eine Reihe großer gelber Zähne und schrie: »Lady, rufen Sie Ihren Hund zurück, bitte, bitte. Bitte! Bitte! Bitte! Bitte!«

Stanley machte einen Schritt zur Seite und ließ den Mann auf die Füße kommen. Der zappelte, versuchte hochzukommen, fiel wieder hin, kämpfte sich von neuem hoch und rannte mit Höchstgeschwindigkeit davon. Stanley folgte ihm knurrend, schnaubend und mit Schaum vor dem Maul. Ab und zu warf er sich mit seinem ganzen Gewicht gegen den Dieb und schickte ihn zu

Boden. Stanley wußte, für den Dieb mußte es ein Alptraum sein, von einem verrückt gewordenen Hund gejagt zu werden, der ihn zerreißen konnte, wann immer es ihm beliebte. Stanley hetzte den Dieb über die Straße am Rande des Parks und an drei oder vier Häuserblocks vorbei. Dann riß Stanley ihm die Hosen herunter, und sah ihm zu, wie er halb nackt mitten auf der Fahrbahn herlief und stolperte und so laut schrie, daß es noch Straßen weiter zu hören war.

Als Stanley zu dem Gebüsch zurückkam, wo der Dieb die alte Frau überfallen hatte, war sie verschwunden. Sternfield saß dort, wo sie gelegen hatte. Stanley schluckte. »Wo ist sie hin?« fragte er.

Sternfield schüttelte mißbilligend den Kopf. »Hast du etwa geglaubt, daß sie hier auf dich wartet, dir einen Hundekuchen schenkt und aus Dankbarkeit die Tatze schüttelt? Die ist nach Hause gerannt, so schnell ihre spindeldürren Beine das zuließen. Du hättest sie leicht ein Dutzend mal zur Strecke bringen können. Aber ich dachte mir, Teufel, der hat's auf den Kerl abgesehen. Na, umso besser für ihn. Ich dachte, du wolltest einen härteren Kampf. Aber nein, du läßt den Drecksack laufen.«

Stanley ließ den Kopf hängen. »Es tut mir leid, Sternfield. Ich weiß, ich hätte ihn umbringen sollen. Aber ich konnte es nicht. Ich weiß, für dich hört sich das idiotisch an, aber ich kann niemand töten.« Er fühlte Sternfields strengen Blick auf sich. »Es ist mir so peinlich. Ich meine Töten ... in manchen Städten tun das sogar Kinder. Und ich ... als erwachsener Mann ... als Werwolf.«

Sternfields Blick wurde weicher. »Laß gut sein,

Kumpel«, sagte er. »Ich versteh dich schon. Du möchtest gern so sein wie ich, aber du schaffst es nicht. Nun, ich habe für dich getan, was ich konnte. Jetzt muß Sam sich deiner annehmen. Er kennt Wege, Wolfsmännern zu helfen, wenn sie es wirklich wert sind. So wie ich die Sache sehe, hältst du zu viel zurück. Wenn du töten und zerfetzen willst, mußt du dich entkrampfen und den Mensch in dir herauslassen.«

»Danke«, sagte Stanley. »Heißt das, daß ich meine Lungen behalten darf?«

Stanley hatte seine Lungen noch, als Sam Ewell ihn am nächsten Morgen im Büro anrief. »Sternfield hat mir die Neuigkeiten erzählt«, sagte Sam.

»Tut mir leid, Sam. Ich fühle mich so als Versager. Ich kann mich noch nicht einmal dazu durchringen, Sylvia davon zu erzählen.«

»Geh nicht zu streng mit dir ins Gericht. Ich weiß, daß du töten willst, wie wir andern. Und du wirst es tun. Das verspreche ich dir.«

Stanley fühlte, wie sich sein Magen vor Ekel zusammenkrampfte. Aber er sagte: »Ich bin froh, daß du so großes Vertrauen in mich setzt.«

»Ich habe folgendes vor: ich bringe dich zu einem psychologischen Berater.«

»Soll das heißen, Werwölfe haben psychologische Berater?«

»Natürlich. SELBSTVERSTÄNDLICH. Wir lassen dich von einem analysieren. Der wird dir erklären, daß hinter deiner Weigerung, Menschen zu essen, ein verkappter Todeswunsch steckt, oder daß du als Kind zu lange Windeln getragen hast. Der wird dich schon hinbiegen. Und wenn du dann einen Dieb oder eine alte Schachtel töten willst, dann tust du's einfach. Ohne Schuldgefühle, ohne alles.«

»Gibt es denn wirklich Mord ohne Schuldgefühle?« fragte Stanley.

»Klar gibt es das. Außer für die Baptisten. Die fühlen sich für alles und jedes schuldig. Und jetzt hör zu: am Abend vor dem nächsten Vollmond gebe ich eine Party. Das mache ich regelmäßig alle zwei Monate. Ungefähr zweihundert Geschöpfe der Nacht werden kommen. Wir naschen ein paar Kleinigkeiten, tanzen ein bißchen, sprechen unsere Probleme durch und knüpfen ein paar Geschäftskontakte. Du kommst, in Ordnung? Ich mache dich dann mit jemand bekannt, der dich garantiert von deinem Problem befreit. IN ORDNUNG? Die Party findet in meinem Sommerhaus in den Bergen statt.«

Kapitel 20

Stanley hatte nie damit gerechnet, seine Mutter noch einmal wiederzusehen. Er hatte ganz gewiß nicht erwartet, sie auf Sam Ewells Party zu treffen. Und trotzdem ...

In seinem Thunderbird fuhr Stanley die gewundene, von Bäumen beschattete Straße entlang, die in die Berge führte. Auf dem Beifahrersitz saß Ursula, betrachtete sich im Seitenspiegel und malte sich die Lippen an. Sie trug einen weißen Strickanzug, der jedermann mit den zahlreichen Kurven ihres Körpers bekannt machte. »Ich beneide dich«, sagte sie. »Du wirst heute abend so viel Neues erleben. Glaub mir, die ersten Monate als Werwolf sind wirklich die besten. Alles ist noch so neu!«

»Noch mehr Aufregung?« seufzte Stanley. »Kaum zu glauben. Ich hatte doch schon so viel Spaß.« Er fühlte einen Migräneanfall kommen. Gespräche über die Zukunft hatten ihn schon seit jeher verstört. Morgen abend ist Vollmond, und dann, dachte er, dann wird Dad sein Versprechen einlösen. Diese Nacht ist vielleicht meine letzte.

»Heute abend wirst du besonders viel Spaß haben«, sagte Ursula, »zum ersten Mal triffst du alle anderen Werwölfe und die Geister und Vampire.«

»Vampire?«

Ursula lächelte nachsichtig. »Warum nicht? Die

haben doch auch ihre Rechte. Sams Parties sind nicht ausschließlich für Werwölfe.«

»Rechte? Ich wußte nicht einmal, daß es Vampire wirklich gibt.«

»Du mußt eben noch viel lernen.«

»Zum Beispiel, wie ich mich morgen abend davon abhalten kann, jemanden umzubringen, wenn der Hunger zuschlägt. Und wie ich meinen Vater davon abhalten kann, mich zu töten. Ich hoffe nur, daß der Käfig in meinem Keller stark genug ist, und daß Dad nicht in meinem eigenen Haus nach mir sucht.«

Sie kamen zu einer Toreinfahrt aus Granitgestein, die rechts und links von einem schmiedeeisernen Zaun eingerahmt wurde. Das Tor stand offen und ein Wächter daneben. Der Eingang lag mitten in einem tiefen dunklen Wald. Hier oben, in der Kühle der Berge, verbrachte Sam Ewell den Sommer. Stanley nannte dem Wächter sein Losungswort und wurde durchgewinkt.

Als sie vor dem Portal von Sams Haus hielten, trat ein uniformierter Mann heran und öffnete Ursula die Wagentür. Sie stieg aus, der Mann ging um den Wagen herum zu Stanley, ließ sich die Autoschlüssel geben und sagte, er übernehme das Parken. Stanley und Ursula gingen ins Haus.

Im Foyer des vierstöckigen Gebäudes traten Stanley und Ursula an einen goldenen Tisch und trugen sich in die Gästeliste ein. »Alle Namen werden später in einen Geheimcode übersetzt, und dann wird diese Liste zerstört. Zum Schluß landen alle Informationen in Sams Computer«, erklärte Ursula, als sie den Stift aus der Hand legte.

Ein Butler erschien und führte sie zum Swimmingpool im Garten. Es war früher Abend, der Tag verblaßte am westlichen Horizont, und die an Drähten aufgehängten Lampen brannten schon. Stanley sah sich um. Ein langer mit Horsd'oeuvres beladener Tisch war neben dem Pool auf dem perfekt grünen Rasen aufgestellt, der den gepflasterten Schwimmbeckenrand umschloß. Stanley betrachtete mißtrauisch die Leckereien auf dem Tisch und dann die anderen Gästen, die bereits den Garten füllten und sich angeregt unterhielten. Ihre Stimmen vermischten sich mit der leisen Musik, die vom Haus herüber klang. Eigentlich sehen sie alle ganz normal aus, dachte Stanley und erzählte das Ursula.

»Na hör mal!« rief sie. »Was hast du denn erwartet? Reißzähne, Klauen?« Sie lachte. »Die Parties finden nie bei Vollmond statt. Und außerdem ist es noch früh.« Sie blickte zum sich verdunkelnden Himmel. »Die Vampire sind noch nicht da.«

Stanley sah wieder zu den Horsd'oeuvres hinüber. »Ist da vielleicht irgend etwas dabei, was ich nicht essen will?« fragte er mit leichtem Unbehagen. »Du weißt schon, vielleicht Mohrenköpfe von echten Mohren.«

Ursula runzelte die Stirn. »Entspann dich, Stanley.«

Sie ließ ihn stehen und mischte sich unter die Gäste. Stanley stapfte ihr unsicher hinterher, sah sich die Gäste an, und überlegte, wer wohl ein Werwolf war und wer ein Geist. Die Zombies erkannte er auf den ersten Blick. Mit einem von ihnen versuchte er sich zu unterhalten, kam aber zu dem

Schluß, daß Zombies keine geistreichen Gesprächspartner waren, auch wenn sie gute Zuhörer abgaben.

Später kam Sam Ewell auf ihn zu und streckte ihm die Hand entgegen. »Stanley, STANLEY! Wie ich mich freue, dich zu sehen. Ich habe eine Menge guter Nachrichten für dich. DU WIRST ES NICHT GLAUBEN!«

»Hast du einen Analytiker für mich gefunden?«

»Analytiker! Quacksalber! Was viel besseres! Herausbekommen habe ich es durch die Wanze, die Keller und Baker in Carlton Jarvis' Haus gepflanzt haben. Und du hast gedacht, ich wäre verrückt. Ha. HA! Wart ab, was diese Nacht für dich in petto hält. Komm mit. KOMM MIT MIR!« Er nahm Stanley am Arm und führte ihn zur anderen Seite des Swimmingpools.

Die Nacht war hereingefallen, der Himmel jetzt dunkel, und Stanley, der sich seinen Weg durch die Menge bahnte, spürte plötzlich ein Zittern in der Luft. Ein Schwarm von Fledermäusen schwebte über seinem Kopf dahin, stieß herab in den Innenhof und wurde im nächsten Moment zu Männern im Smoking und Frauen in Abendkleidern. Stanley beobachtete sie voller Neid. Er wäre schon immer gern Vampir gewesen und beschloß, auf einen zuzugehen. »Erlauben Sie, daß ich mich vorstelle«, würde er sagen und lächelte vor sich hin.

Dann verschwand sein Lächeln. Eine der Fledermäuse war zu einer großen Frau in einem weißen Kleid geworden und hakte sich gerade bei einem der männlichen Vampire unter; sie bewegte sich mit einer Eleganz und Anmut, die Stanley sehr vertraut vorkam. Er klammerte sich an der Tischkante fest, um nicht in Ohnmacht zu fallen. Die Frau war seine Mutter.

Sam sah Stanley mit einem breiten, glücklichen Lächeln an. »Nun«, sagte er. »Ich laß euch zwei jetzt allein, damit ihr euch neu kennenlernen könnt. Bis später.« Damit verschwand er zwischen seinen Gästen.

KAPITEL 21

Während Stanley dort stand und versuchte, sein Gleichgewicht wiederzufinden, ließ seine Mutter ihre Augen über die Gäste wandern und entdeckte Stanley. Er lächelte schwach. Sie sagte etwas zu dem Herren an ihrer Seite und ging dann allein auf ihren Sohn zu. »Stanley, ich freue mich, dich zu sehen.« Sie streckte ihm die Hand entgegen. Er ergriff sie. Die Hand war eiskalt, aber es war seine Mutter.

»Ich ... ich ... hatte keine Ahnung«, stammelte Stanley.

»Ich weiß. Es tut mir leid, aber ich mußte dich im Licht halten.« Sie beugte sich zu ihm hinüber und flüsterte ihm ins Ohr. »Das ist eine stehende Redewendung unter uns Geschöpfen der Nacht.« Sie kicherte. »Wie geht es dir Stanley? Ich höre, du hast dich ganz schön verwandelt, seit ich dich das letzte Mal sah, verstehst du, *verwandelt*!«

Stanley verdrehte die Augen. »Ich versteh dich schon, Mutter. Du hast dich auch ein bißchen verwandelt«, fügte er ernst hinzu.

»Ja, da hast du recht, mein Lieber, es war eine ganz außerordentliche Erfahrung. Weißt du, daß ich mich nicht in Spiegeln sehen kann? Ich brauche immer jemanden, der mich frisiert.«

»Schläfst du in einem Sarg?«

Sie kicherte. »Nein. Jeder dunkle Raum tut's

auch. Solange keine Sonnenstrahlen hineinfallen. Das ist das einzige, worauf es ankommt. Früher dachten die Vampire, sie müßten in Särgen schlafen, aber heute wissen wir, daß das alberner Aberglaube ist.« Sie lächelte. »Stell dir bloß vor, du schleppst einen Sarg in dein Zimmer im Plaza Hotel! Also wirklich, das geht doch nicht!«

Stanley fühlte sich plötzlich sehr hilflos. »Mutter, ich kann immer noch nicht glauben, daß das alles wahr sein soll.«

Sie kicherte. »Ein guter Zeitpunkt, um die Wirklichkeit in Frage zu stellen, Stanley.«

Er dachte an die Nächte, die er als Wolf verbracht hatte und mußte zugeben, daß sie recht hatte. »Aber wie kam alles, Mutter, wie? Und warum?«

Sie seufzte. »Nun, ich will es dir erzählen«, sagte sie und nahm ein Glas Rotwein von dem Tablett, das einer der Kellner herumtrug. Stanley hoffte zumindest, daß es Rotwein war.

»Mutter«, begann Stanley, »ist das ...« Seine Stimme verebbte. Manchmal war es besser, nicht alles zu wissen.

»Ja, Stanley?«

Er schüttelte den Kopf. »Du wolltest doch erzählen – wie und warum.«

»Also«, antwortete sie, »das Warum ist dein Vater. Ich meine, du kennst ja deinen Vater.«

»Ja, neulich hat er ein paar Schüsse auf mich abgegeben.« Stanley kaute verdrossen auf einer Karotte.

»Er hat WAS getan?«

Das kummervolle Gesicht seiner Mutter verriet Stanley, daß er sich nicht so unverblümt hätte ausdrücken sollen. »Na, sagen wir lieber, er hat kein Verständnis dafür, daß ich ein Werwolf bin.«

»Er hatte nie für irgend etwas Verständnis. Er verstand es nicht, einer Frau Rosen zu schenken, ihr Parfüm zu kaufen, ihr morgens einen Abschiedskuß zu geben, oder den Arm um sie zu legen, wenn sie beide gemeinsam gehen. Er war immer unterwegs, um Geld zu machen oder am anderen Ende der Welt irgendwelche armen Tiere zu erlegen.« Sie legte ihre Stirn in tiefe Falten. »Eigentlich sollte man doch meinen, daß er für Werwölfe volles Verständnis aufbringt.«

Beide lachten in sich hinein.

»Nun«, sagte Stanley. »Er tut es aber nicht. Wenn er selbst einer wäre, würde er wahrscheinlich viel Gutes darin entdecken. Aber wie die Dinge liegen, sagt er, ich habe noch bis zum nächsten Vollmond Zeit, um mich heilen zu lassen. Und der nächste Vollmond ist morgen. Sonst will er mich seiner Trophäensammlung einverleiben.«

Doreen Merriwether griff sich an den Magen. »Stanley, das ist ja entsetzlich. Wir müssen etwas unternehmen.«

»Nun, Dad und ich müssen uns irgendwie einigen.«

»Ich helfe dir, Stanley.«

Stanley schüttelte den Kopf.

»Achje, ich hab ja ganz vergessen, worüber wir sprachen. Natürlich, meine Reise nach Hawaii. Nun, wie gesagt, dein Vater war nie ganz ›da‹, wenn du verstehst, was ich meine.«

Stanley nickte.

»Trotzdem habe ich ihn geliebt. Du weißt, er

kann ziemlich charmant sein, und er ist ein so starker, aggressiver, selbstbewußter Mann. Aber trotzdem fühlte ich mich die meiste Zeit sehr einsam.

Dann bin ich im letzten Jahr nach Hawaii geflogen. Es sollte nur ein kurzer Ausflug werden.«

»Hattest du eine schöne Zeit, Mutter? Die Karten, die du geschickt hast, klangen sehr glücklich.«

»Es war wundervoll, die Strände herrlich, das Wetter großartig. Aber wirklich wundervoll war die Rückreise. Du erinnerst dich vielleicht, ich hatte die Rückreise auf einem Kreuzfahrtschiff gebucht. All die Jahre, die ich mit deinem Vater zusammen war, hatte er nie eine Schiffsreise mit mir gemacht, nur einmal fuhr er mit mir auf einem Fischkutter in die Arktis, weil er mir eine Fahrt mit dem Schiff versprochen hatte. Ist das nicht typisch dein Vater!? Damals hat er auch den Polarbären erlegt, der jetzt in der Halle hängt. Wie dem auch sei, auf der Rückreise traf ich dann George.«

»George?«

Sie blickte suchend in die Menge. »Ich kann ihn nirgends entdecken«, sagte sie, nahm sich eine Pastete von dem kalten Buffet, beobachtete ein anderes Vampirpaar, das näher kam und ein paar Stangen Sellerie auswählte. Dann sah sie zu der Gruppe um den Pool. »Ach, da ist er ja«, bemerkte sie mit einem warmen Lächeln.

Der Mann, auf den sie deutete, war groß und schlank und hatte graue Schläfen. Er trug einen schwarzen Smoking; das Hemd darunter war steif gestärkt, blendend weiß und über der Brust plissiert. »Sein Haar ist nicht immer so grau wie jetzt«, sagte Doreen. »Er braucht dringend eine gute Mahlzeit.«

»Eine gute Mahlzeit?«

»Ja, du weißt schon. Einen kleinen Schluck vom guten alten Hals.« Sie stieß Stanley den Ellbogen in die Rippen und grinste ihn an.

»Also wirklich Mutter! Ich muß schon sagen!« rief Stanley entsetzt.

»Stanley, sehen wir den Tatsachen ins Auge. Deine alte Mutter ist jetzt sozusagen eine Dame der Nacht.«

»Soll das heißen, daß du Menschen richtig umbringst?» Stanley wurde furchtbar schlecht, noch schlechter, als wenn er an seinen eigenen Hunger dachte, und daran, wohin der führen würde. »Nicht immer. Du hast zu viele Filme gesehen, Stanley. Wir Vampire haben es nicht nötig, Leute zu töten. Wir nuckeln nur ein bißchen von ihrem Blut. Und wenn sie dann sterben, verwandeln sie sich in Vampire. Als Alternative können wir sie natürlich auch vollständig aussaugen. Dann werden sie sofort zu Vampiren.« Ihre Augen glänzten, sie schien tief bewegt. »Wir schenken ewiges Leben. Es ist, als spiele man Gott. Weißt du noch, wie ich es immer gehaßt habe, Wesen sterben zu sehen.« Sie blickte Stanley tief in die Augen. »Nun, jetzt schenke ich ihnen ewiges Leben.«

»Du hast's gut, Mama«, sagte Stanley und dachte an sein verzehrendes Verlangen nach menschlichem Fleisch. Typisch Mutter, sagte er dann zu sich – immer an die Bedürfnisse der anderen denken, auch dann, wenn sie das Blut dieser anderen trinkt.

»George ist also ein Vampir«, sagte er.

»O ja. Und sieht er nicht gut aus?« Sie strahlte noch intensiver.

Stanley betrachtete den Liebhaber seiner Mutter. »Ja«, sagte er, »ein gutaussehender Mann. Sehr vornehm.«

»Das hat mich am meisten beeindruckt an ihm, damals als wir uns auf dem Schiff begegnet sind. Es war eine völlig windstille Nacht. Dichter Nebel verhüllte alles, und man konnte das Meer gegen den Schiffsrumpf plätschern hören. Später habe ich erfahren, daß Vampire das Wetter ein wenig beeinflussen können. Sie können Nebel und Dunst herbeizaubern. Damals wußte ich natürlich nicht, daß George den Nebel besorgt hatte, damit alles ganz romantisch für uns ist.« Sie seufzte. »Später erzählte er mir, daß ich ihm gleich zu Anfang der Reise aufgefallen war. Er hatte getan was er konnte, um unsere erste Begegnung unvergleichlich und wunderbar zu gestalten. Während ich also an Deck spazieren ging, in den Nebel hinaussah und dem Meer lauschte, kam er plötzlich auf mich zu und stellte sich vor. Er hat einen leicht britischen Akzent. Es war wie im Kino. Und er ist so süß. Manchmal, wenn wir als Fledermäuse nach Hause fliegen, vergißt er, auf der Erde zu landen, ehe er sich wieder zum Menschen verwandelt, und dann plumpst er aus der Luft herunter. Ist er nicht göttlich?«

»Er kam also aus dem Nebel auf dich zu, und du hast dich von ihm in den Hals beißen lassen?« fragte Stanley ein wenig bestürzt.

Doreen sah ihn scharf an. »Sei nicht so ordinär, mein Sohn. Natürlich nahmen wir uns erst Zeit, uns näher kennenzulernen. Und als es dann geschah, wurde sein Haar sofort dunkler, und er sah viel jünger aus. Das ist ein weiterer Vorteil des

Vampirlebens. Wenn du zwischen den Mahlzeiten graue Haare bekommst, trinkst du einen ordentlichen Schluck, und schon siehst du wieder aus wie Mitte zwanzig. Hättest du gedacht, daß George ein Zeitgenosse von Heinrich dem Achten ist?«

»Der Gedanke wäre mir nie in den Kopf gekommen«, sagte Stanley.

»Egal, er hat mich in den Hals gebissen, und den Rest der Geschichte siehst du ja vor dir. Wir sind sehr glücklich miteinander. Unser einziger Kummer ist Carlton Jarvis.«

Eisige Kälte, rauhe Winde, heftiger Regen. Stanley fröstelte beim Klang des Namens. »Was ist mit Jarvis?« krächzte er.

»Er war auch auf dem Schiff. Sah aus wie ein Irrer. Ungekämmte, fettige Haare, brennende Augen. Nachts rannte er umher und wedelte mit Kruzifixen und Holzpflöcken. Er wollte den armen George töten. Carlton Jarvis ist einer der erfolgreichsten Vampirtöter der Welt. Er wurde zu einer echten Bedrohung unseres Glücks. Die anderen Passagiere hielten ihn einfach nur für verrückt. So besessen, fanatisch und geheimnisvoll war er. Das mußte er natürlich sein. Er konnte schließlich den Leuten nicht erzählen, daß er einem Vampir auf der Spur war.

Er machte George und mir das Leben schwer, wir wagten kaum, uns zu verabreden. Es war ein ständiger Krieg. Carlton Jarvis lauerte uns in dunklen Ecken auf, spionierte durch Bullaugen, nirgends waren wir vor ihm sicher. Einmal, als George und ich gerade an Deck den Nebel genossen, kam er auf uns zugeschossen und streckte uns ein Kruzifix entgegen.

Der arme George, er bekam einen Anfall, einen schlimmen Anfall. Krümmte und wand sich auf dem Boden. Gerade in dem Moment, als Jarvis dem armen George seinen Holzpflock ins Herz bohren wollte, konnte ich ihm das Kruzifix aus der Hand reißen.« Sie schüttelte sich. »Sowie das Kruzifix nicht mehr vor seiner Nase schwebte, kehrten Georges Kräfte zurück. Er ließ den Nebel so dicht werden, daß Carlton uns nicht mehr sehen konnte, und wir flohen.«

»Und wie habt ihr es geschafft, an Land zu kommen?«

»Ich war ja inzwischen auch ein Vampir. Also versteckte ich mich mit George in einer Kiste, die lichtdicht verschlossen war. Wir verbrachten einen Tag auf den Verladedocks und wurden dann mitsamt Kiste von einer Spedition zu Georges Haus in der Stadt gebracht. Inzwischen hatte Carlton zum Glück unsere Spur verloren. Dieser Mann macht mir große Sorgen. Irgendwann wird er einem von uns großes Leid zufügen. Alle haben Angst vor ihm, so viel Angst, daß keiner etwas gegen ihn unternimmt.«

»Ich weiß. Sternfield hat mir davon erzählt.«

»Trotzdem, bald muß etwas geschehen. Aber ich bin natürlich froh, daß Carlton über George und mich Bescheid weiß. Sonst hätte Sam nie von mir erfahren, mich nie auf seine Party eingeladen, und ich hätte dich nie wieder gesehen.«

»Was soll das heißen?«

»Sam hat Jarvis' Telefon angezapft und bekam deshalb mit, wie sich Carlton mit einem Vampirjäger an der Ostküste über mich unterhielt. Sam wußte nicht, daß ich Vampir bin, aber er kennt George. Also rief er George an und nahm Kontakt mit ihm auf, tja, und hier sind wir nun. Sam meinte, du hättest Probleme. Das ist alles, was ich weiß.«

Stanley nahm sich eine Selleriestange von einem Vorspeisenteller und kaute nachdenklich darauf herum. »Tja«, sagte er nach einer Weile. »Die Geschichte fing ganz harmlos an, hat mir aber seitdem nur Ärger eingebracht. Ich sah, wie diese Frau von einem Mann geschlagen wurde und irgend etwas in mir...» er deutete auf seinen Magen, »explodierte, schoß mir geradeaus bis in den Kopf. Das nächste Mal, wenn mir so etwas passiert, werde ich das einzig Richtige und Vernünftige tun: ich werde sowas ignorieren. Aber wie die Dinge liegen...» Er erzählte die ganze Geschichte, angefangen von den Gesprächen mit seinem Vater, dem Psychiater, dem Priester, von Ursula, Sam Ewell und Sternfield. »Aber die Vorstellung, einen Menschen zu töten, ist mir immer noch unerträglich. Und morgen ist Vollmond, und der Hunger wird mich schütteln, und ich hoffe bloß, daß die Stäbe meines Käfigs halten, wenn ich mich dagegen werfe, denn genau das werde ich tun, wenn mein Appetit erst erwacht ist. Ich habe noch nie eine Diät durchhalten können.«

»Stanley«, sagte Doreen, während ihre Augen über die Menge schweiften, »du enttäuschst mich.«

Kleinmütig und verzagt ließ Stanley den Kopf hängen. »Ich habe mir ja Mühe gegeben, Mutter, aber offenbar kann ich es einfach nicht. Ich kann niemanden töten.«

»Davon spreche ich nicht«, sagte sie bestimmt, »sondern davon, daß du überall herumgelaufen bist und nach jemandem gesucht hast, der für dich deine Probleme löst. Nur du selbst weißt, was dich in Wahrheit treibt. Du würdest ja auch niemanden bitten, an deiner Stelle zu essen, damit dein Hunger gestillt wird, oder?«

Schweiß perlte auf Stanleys Stirn. »Du meinst, es gibt Situationen, wo man sich ganz allein von seinen eigenen Bedürfnissen leiten lassen darf, statt zu hoffen, daß jemand einem die Bedürfnisse austreibt?«

»Ja, du hast es erfaßt.«

»Du meinst, ich soll endlich ein Mann werden.«

Sie verzog ihr Gesicht zu einer Grimasse. »Ja, Stanley. Es ist höchste Zeit, daß du erwachsen wirst.«

Stanley seufzte.

»Nimm es nicht so schwer«, sagte sie. »Das Erwachsensein hat seine Vorteile. Vielleicht beschert es dir keine Safaris in Afrika, und vielleicht macht es keinen großen Frauenheld aus dir, aber es kann großes Vergnügen bereiten.«

»Vergnügen gefällt mir gut«, sagte Stanley, und sein Gesicht hellte sich auf.

Doreen lächelte. »George winkt mir zu. Ich glaube, es ist an der Zeit, daß er und ich ein bißchen tanzen. Aber lauf ja nicht fort. Ich möchte, daß du jemanden kennenlernst. Warte hier, ich schicke dir eine Bekannte her. Mit ihr solltest du dich unterhalten.«

Stanley sah ihr nach, wie sie sich unter die Gäste mischte und auf eine große, sehr schlanke Frau mit tiefschwarzem, glänzenden Haar und kalkweißer Haut zuging. Doreen sprach mit ihr und deutete auf Stanley. Die schwarzhaarige Frau lächelte und kam auf ihn zu.

Als sie näher kam, nahm Stanley ihre dunklen Katzenaugen, ihre vollen roten Lippen, ihre hohen Wangenknochen, ihre schlanke Figur, die winzigen Brüste und langen Beine wahr und bekam plötzlich große Sehnsucht nach Sylvia. Er fand das verwirrend.

»Tag, ich bin Rachel«, sagte die Frau und streckte ihm die Hand entgegen. Ihre Haut fühlte sich kalt an, und als sie lächelte, entblößte sie lange Eckzähne, aber das waren ihre einzigen Minuspunkte. Sie trug eine durchsichtige schwarze Bluse und schwarze Satinhosen.

»Ich bin Stanley Merriwether.«

»Ich bin eine Freundin deiner Mutter«, sagte Rachel. »Ich habe schon viel von dir gehört. Wenn ich richtig verstanden habe, leidest du an Lykanthropie.«

Kapitel 22

Ungefähr eine halbe Stunde später saßen Rachel und Stanley allein auf einem breiten Sofa im Kaminzimmer. Sie saßen dicht nebeneinander und unterhielten sich leise; hin und wieder blitzten bei einem leichten Lächeln Rachels lange weiße Eckzähne im Schein des Feuers auf. Stanley strich ihr sanft übers Haar, und sie antwortete mit einem tiefen Blick in seine Augen. Als sie näher und näher kam, spürte er ihren kühlen Atem auf seinem Gesicht, und schon lagen ihre Lippen auf den seinen; ihr Körper, dicht an den seinen gepreßt, schmolz in seinen Armen. Und im Sturm zweier heftig pochender Herzen stand die Zeit still, und die Welt um sie herum versank im Nebel.

Endlich lösten sie sich voneinander. Stanley sah in ihre eisblauen Augen und sagte: »Ich muß übergeschnappt sein.«

Sie schaute ihn mit einem Blick an, den Stanley nicht entziffern konnte. »Wieso übergeschnappt?« sagte sie nach einer Weile.

Stanley sprang auf, wanderte vor dem Kamin auf und ab und betrachtete sie, wie sie dort wohlig in den weichen Kissen lag. Er studierte die Linien ihres Körpers. »Ja, völlig übergeschnappt! Was vielleicht ja auch kein Wunder ist. Was mir der vergangene Monat beschert hat, übersteigt das, womit

Menschen normalerweise fertig werden, wie zum Beispiel Mehrfachamputationen oder Ärger mit dem Finanzamt. Aber trotzdem sollte ich nicht an Miss Greene denken, wenn ich mit dir schlafe.«

»Miss Greene?«

»Ja! Miss Greene. Vom Schreibbüro. Mit euch beiden zusammenzusein ist wunderbar und alles – aber, etwas fehlt. Und deine Augen, deine schönen blauen Augen, Rachel, erinnern mich nur an Sylvia, sonst nichts.«

»Sylvia?«

Stanley blieb stehen und sah Rachel an. »Ja, Sylvia. Die Frau, die ich liebe.«

»Liebe?«

Stanley starrte sie verblüfft an und sagte schließlich langsam: »Ich verdanke dir sehr viel, Rachel. Diese Stunde mit dir hat mir zu einer tiefen Einsicht verholfen. Ich weiß jetzt, daß ich Sylvia liebe. Es kann gar nicht anders sein. Das erklärt, warum es mit Miss Greene so ... na, du weißt schon, war, und warum ich mich mit dir so ... na, du weißt schon, fühle. Liebe – das heißt, sich schuldig fühlen.«

»Liebt diese Frau dich auch?«

Stanley schüttelte den Kopf. »Ich weiß nicht. Bis jetzt wußte ich ja auch nicht, daß ich sie liebe. All die Zeit habe ich geglaubt, meine Gefühle für sie wären rein – pure Geilheit. Im Augenblick ist es egal, was sie fühlt. Wichtig ist, daß ich endlich weiß, was ich fühle, und danach muß ich gehen.«

Rachel stand auf und ging auf ihn zu, schlang die Arme um seinen Hals und sagte: »Du bist süß. Ich wünschte, mein Freund wäre auch so.«

Stanley schluckte. Ihre Nähe brachte seine Entschlossenheit ins Wanken. Ganz ruhig, sagte er zu sich, ganz ruhigbleiben. »Du hast einen Freund?« stammelte er; ihm kam gerade der Gedanke, daß dieser Freund auch ein Werwolf sein könnte oder etwas ähnlich Furchterregendes. Vielleicht ein auf Erden wandelnder Venusbewohner mit Röntgenaugen und feuerspeiendem Atem. Diese Vorstellung dämpfte Stanleys Leidenschaft und stärkte seine Entschlossenheit.

»Oh, ich hatte einen. Das war vor drei- oder vierhundert Jahren. Aber das ist jetzt nicht wichtig. Du bist so süß, so gefühlvoll und so rücksichtsvoll. Und deshalb, nur deshalb, werde ich jetzt etwas für dich tun.« Ihre Lippen liebkosten seinen Hals, und dann spürte er ihren Biß. Als sich ihre Zähne in sein Fleisch gruben, durchflutete ihn eine eigenartige Wärme, sie sickerte in seine Venen und durchströmte seinen ganzen Körper. Sein Atem ging langsamer, seine Augen wurden dunkler, und seine Knie weich. Dann ließ sie ihn los. Stanley blinzelte, sah sich im Raum um und blickte dann zu Rachel. Auf ihren Lippen perlten Blutstropfen. »Ich geh wieder zu den anderen«, sagte sie und drehte sich um. An der Tür blieb sie stehen und sah Stanley noch einmal an. Dann öffnete sie die Tür und war verschwunden.

Stanley trat vor einen Spiegel und betrachtete seinen Hals. Die Bißstelle war deutlich zu sehen – zwei Löcher, aus denen etwas Blut tropfte. Er dachte an Ursula und wünschte, Frauen würden sich nicht ständig bemüßigt fühlen, ihm ihre Zuneigung so deutlich zu zeigen.

Nur an der Zuneigung einer Frau lag ihm jetzt. Er ging schnell zurück zu den Gästen. In der Nähe des Swimingpools entdeckte er neben George seine Mutter. Nachdem er ihm vorgestellt worden war, sagte Stanley: »Mama, ich muß gehen. Du kennst doch meine Sekretärin Sylvia? Nun, ich fahre jetzt zu ihr und bitte sie, mich zu heiraten, auch wenn wir bisher nur einmal ausgegangen sind. Ich halte nichts von langen Verlobungszeiten.«

»Sylvia«, sagte Doreen. »Ja, ich kenne sie. Die hübsche kleine Blonde. Ich habe sie immer gemocht. Sie wirkt so freundlich und nett. Weiß sie von deinen ... Fähigkeiten?«

Stanley schüttelte den Kopf. »Aber ich werde es ihr erzählen. Ganz bestimmt. Da wir uns jetzt öfter sehen werden, wird sie sowieso dahinterkommen. Du weißt ja, euch Frauen entgeht nichts.«

Doreen lächelte. »Meinen Segen hast du, mein Junge.«

»Herzlichen Glückwunsch, Stanley«, fügte George hinzu und schüttelte Stanley die Hand.

»Danke Mama, danke George«, rief Stanley. »Ach Mama, würdest du dich bitte darum kümmern, daß jemand Ursula nach Hause bringt.«

»Mach dir deshalb keine Sorgen«, sagte Doreen. »Sam hat sie gerade gebeten, über Nacht zu bleiben. Er hat sogar etwas von einem ganz besonderen kleinen Nonnenkostüm für sie gemurmelt.«

Kapitel 23

Knapp zwei Stunden nach Mitternacht klopfte Stanley an Sylvias Tür. Sie öffnete und starrte ihn überrascht an. Sie trug ein durchsichtiges schwarzes Negligé, und Stanley stand seinerseits da und betrachtete sie voller Überraschung.

»Endlich bist zu zurück, Stanley!« rief sie, warf sich in seine Arme, umschlang seinen Hals und zog ihn an sich. Er hielt sie fest. »Tut mir leid, daß ich zu solch einer verrückten Stunde bei dir auftauche«, sagte er.

»Das soll dir nicht leid tun. Ich habe dich so vermißt. Ich weiß, es hört sich albern an. Schließlich sind wir ja erst einmal ausgegangen. Aber mit dir war es von Anfang an etwas Besonderes. Vielleicht, weil ich dich schon vorher so gut kannte. Und du bist so viel netter als all die Männer, die ich in den Bars in der City kennenlerne.« Sie räusperte sich. »Nicht, daß es viele gewesen wären. Komm herein.«

Sie führte ihn geradewegs ins Schlafzimmer, wo er sich auszog und mit ihr ins Bett legte. Ein paar atemlose Augenblicke versanken sie in tiefer Umarmung; dann sagte Stanley. »Sylvia, ehe wir die Lampe auf deinem Bettischchen ausknipsen oder irgendwas in der Richtung, muß ich dir etwas sagen.«

Sie sah ihm unter langen Wimpern, die auch

ungetuscht schwarz und dicht waren, in die Augen. »Sag mir, was du willst, Stanley. Hauptsache, du bist da.«

Stanley dachte eine Weile über ihre Worte nach. Soll ich wirklich alles erzählen, dachte er, auch von Miss Greene? »Vielleicht wird es ein Schock für dich«, sagte er.

Sie küßte ihn. »Ich habe Vertrauen zu dir, Stanley. Wenn du mir etwas Schockierendes sagen willst, dann ist es bestimmt wichtig. Also fang an; ich kenne dich schließlich schon drei Jahre und weiß, daß du nie jemand wehtun würdest.«

Stanley schluckte. Er hatte gehofft, sie würde es ihm leicht machen, leider tat sie das Gegenteil. »Sylvia«, begann er zögernd, »du warst doch bestimmt schon einmal in einem dieser Monsterfilme, wo sich Männer in Wölfe verwandeln.«

Sie schüttelte sich. »O ja. Ich habe mich schrecklich gegruselt. Es war wunderbar.«

Stanley nickte. »Ist dir je der Gedanke gekommen, daß diese Werwölfe nicht unbedingt böse Kerle sein müssen?«

Sie runzelte nachdenklich die Stirn, dann lächelte sie. »Nein. Der Gedanke ist mir nie gekommen.«

»Nun, laß es mich so sagen: Sylvia! Ich bin ein Werwolf!«

Sie kicherte. »Und ich bin Schneewittchen.«

»Ich mache keine Witze, Sylvia. Ich ... ich kann es dir beweisen. Würdest du nichts mehr von mir wissen wollen, wenn ich mich hier und jetzt in einen Wolf verwandeln würde?«

Sie sah ihm fest in die Augen. »Jetzt fürchte ich

mich vor *dir*!«, sagte sie, »und das ist wunderbar.« Ihre Beine umschlangen ihn.

»Sylvia, ich bin ein Werwolf. Das ist eine Tatsache, und wir müssen ihr ins Auge sehen, vor allem, weil ich ... ich dich wirklich sehr gern habe.«

»Soll das heißen, ich bekomme eine Gehaltserhöhung?«

Er nickte. »Klar, kannst du haben. Und ... und noch was: Weißt du, ich ... ich liebe dich. Ich will dich heiraten, Sylvia. Aber erst mußt du mir glauben, daß ich ein Werwolf bin.« Er hielt inne und schaute ihr in die Augen. »Sag mir, wenn ich dich mit zu viel auf einmal überfalle.«

Sylvia lächelte. »Das kommt alles ein bißchen plötzlich. Aber andererseits, was kommt heutzutage nicht plötzlich? Tja, und was das Heiraten angeht – schließlich hast du die beiden Dinge, die meine Mutter immer an einem Mann für ihre Tochter unerläßlich fand – du hast Geld, und du bist reich. Aber ich will ehrlich sein, Stanley: Wenn das alles wäre, würde ich dich wahrscheinlich doch nicht heiraten. Aber du hast mir immer gefallen, weil du so nett und süß bist. Und außerdem liebe ich dich, Stanley. Das ist mir seit unserer ersten Nacht klar, aber eigentlich hat es sich langsam entwickelt, dieses Gefühl. Ich liebe es, wie du dir zum Beispiel immer Kaffee auf die Schuhe schüttest, wenn du im Büro an die Kaffeemaschine gehst, – und wie du keinen Umschlag öffnen kannst, ohne den Brief drin zu zerreißen. Du bist einfach zum Knuddeln, wenn du verstehst, was ich meine.

Und ob ich dir glaube, daß du ein Werwolf bist?

Ach, ich denke, das kommt mit der Zeit schon von ganz allein.«

Ihr Interesse an seinem Geld und ihre zärtliche Freude an seinen Ungeschicklichkeiten brachte Stanley ein wenig aus der Fassung, aber er war glücklich, daß sie ihn liebte. Darauf allein kommt es an, dachte er. Ihre Liebe, und daß sie mich als Wolfsmann akzeptiert. Er kletterte aus dem Bett.

»Habe ich etwas Verkehrtes gesagt?« fragte sie.

»Nein, aber sei darauf gefaßt, daß ich jetzt gleich als Wolf vor dir stehen werde. Hab keine Angst. Ich tu dir nichts. Aber du mußt die Wahrheit wissen.« Er stand am Fußende des Bettes und sah sie an, wie sie da mit überkreuzten Beinen inmitten von zerwühlten Decken und Kissen auf dem Bett saß. »Hab keine Angst«, sagte er noch einmal.

»Ich vertraue dir«, sagte sie.

Er murmelte die uralten Worte und verwandelte sich in einen Wolf, dann sagte er die Formel schnell anders herum auf und war wieder ein Mensch. Er lächelte sie an. »Na, was meinst du? Kannst du das akzeptieren?« fragte er.

Sie starrte ihn einen Moment mit aufgerissenen Augen an, dann kippte sie um und fiel in tiefe Ohnmacht.

Stanley hielt sie fest in seinen Armen, bis sie wieder zu sich kam, zu ihm aufsah und sagte: »Gott, hatte ich einen komischen Traum!«

»Das war kein Traum!« sagte er. »Aber du wirst schon lernen, damit umzugehen. Ich würde sagen, du hast genau einen Tag Zeit dafür. Morgen abend wird mein Vater versuchen, mich zu erschießen. Und wenn der sich einmal etwas in den Kopf gesetzt hat, dann zieht er das auch durch.« Er schaute in ihre blauen Augen und sagte: »Ich will dir alles erklären.« Und er erzählte ihr die Saga seines Wolfstums.

Als er damit fertig war, saßen sie am Küchentisch und tranken Kaffee. »Jetzt weiß ich also alles«, sagte sie. »Nach all dem, was könnte da noch kommen?«

Stanley dachte darüber nach. Alles? Alles? »Noch nicht ganz alles«, sagte er.

Sie sah ihn beunruhigt an. »Was hast du noch auf Lager?« fragte sie. »Hast du Godzilla in deinem Keller versteckt? Treibst du häßliche Dinge mit Damenunterwäsche?«

»Lieber Gott, nein«, sagte er schnell. »Ich will ... ich will es dir erklären. Hör zu, Sylvia, wenn ein Mann sich verliebt, dann tut er manchmal gewisse Dinge, die aber nicht bedeuten, daß er der Frau, die er liebt, untreu ist. Ich meine, man muß ja erst ein paar Frauen ausprobieren, ehe man weiß, welche man liebt.«

»Klar«, sagte sie. »Ich habe haufenweise Männer ausprobiert, bevor ich dir begegnet bin.«

Stanley sah sie beklommen an.

»Na, vielleicht nicht gerade *haufenweise*«, sagte sie. »Einige. Ein paar. Du weißt schon.«

»Alles, was vor heute nacht passiert ist, zählt nicht, ja?« sagte Stanley schließlich. »Nur was nach heute nacht passiert, ist wichtig, ja?« Er war überrascht, wie großzügig ihn der Gedanke an Miss Greene machte.

»Ja«, sagte sie. »Was letztes Jahr geschehen ist, spielt keine Rolle. Oder was letzten Monat passiert ist, oder letzte Woche. Oder gar letzte Nacht. Meinst du nicht auch?«

An genau diese Nacht wollte Stanley lieber nicht denken. »Natürlich«, sagte er. »Und deshalb will ich, daß du weißt, daß ich am Abend nach unserer ersten Nacht, in der ich dir gesagt habe, daß du für mich etwas ganz Besonderes bist, nun, uuhhhmm... du kennst doch Miss Greene aus dem Schreibbüro?«

Sie nickte. »Natürlich. Sie ist doch meine beste Freundin. Wir tun alles zusammen.«

»Also«, sagte Stanley. »An jenem Abend nach unserer ersten Nacht bin ich mit Miss Greene ins Bett gegangen.«

Stanley sah den Schlag nicht kommen, der ihn vom Stuhl fegen sollte. Es war, als würde Sylvias Arm aus dem Nichts kommen und wie von allein den Weg zu seinem Kopf finden.

Aber im nächsten Moment kniete sie neben ihm auf dem Boden. »Oh Stanley«, rief sie und hielt seinen Kopf in ihrem Schoß. »Es tut mir so leid. Ich war einen Augenblick lang nicht zurechnungsfähig. Ich habe noch nie jemanden geschlagen. Und jetzt tue ich dem Mann weh, den ich liebe.«

»Ist schon in Ordnung, macht nichts«, sagte er, froh, die Angelegenheit mit Miss Greene hinter sich gebracht zu haben.

»Aber bei der Vorstellung, wie du mit meiner Ex-Freundin schläfst, hab ich mich schrecklich aufgeregt.«

»Das macht doch gar nichts. Ich werde auch nie wieder mit irgendwelchen Freundinnen von dir schlafen. Und mit völlig fremden Frauen genausowenig.« Dann erzählte er ihr von Rachel; als er fertig war, sagte Sylvia. »Oh Stanley, du liebst mich wirklich«, und küßte ihn sanft auf den Mund.

»Jetzt muß ich nur noch eine Sache ins Reine bringen«, sagte er. »Und dann können wir heiraten.« Er dachte an seinen Vater.

KAPITEL 24

Am nächsten Tag saß Stanley in seinem Büro, sah zum Fenster hinaus und beobachtete, wie die Sonne am westlichen Horizont immer tiefer sank. Bald würde der Vollmond am Himmel stehen. Schon spürte Stanley den Hunger in seinem Bauch rumoren. Er dachte an seinen Vater. Der blutrünstige alte Sportsfreund hatte sich wahrscheinlich bis unter die Achseln mit Pistolen behängt, und seine Taschen waren vollgestopft mit Kugeln. Stanley lächelte grimmig vor sich hin. Jetzt weiß ich, wie Gary Cooper sich in *High Noon* gefühlt hat, dachte er.

Dieser Gedanke heiterte ihn ein wenig auf. Cooper hatte schließlich überlebt. Aber dann versank Stanley in tiefe Depression, weil ihm einfiel, daß Gary Cooper keinem Victor Merriwether gegenübertreten mußte.

Heute, murmelte Stanley, ist der letzte Tag meines bisherigen Lebens.

Stanley war bis zum Morgen bei Sylvia geblieben, dann nach Hause gefahren, um sich zu duschen und andere Sachen anzuziehen. Dabei hatte er über die gestrige Party nachgedacht.

Sam Ewell hatte recht gehabt. Auf der Party hatte er genau die Hilfe bekommen, die er brauchte. Wenn auch anders, als Sam Ewell sich das vorgestellt hatte. Es war zu keinem Beratungsgespräch mit einem Werwolfpsychologen gekommen. Nach der Begegnung mit Rachel wußte Stanley plötzlich, daß er nur Sylvia wollte. Sie war die Antwort auf all seine Fragen. Vor ihr hatte er für niemand anderen gelebt und gesorgt außer für sich selbst. Das war kein schlechter Grund zum Leben, sagte er sich, aber bestimmt kein Grund, jemanden umzubringen. Ich weiß, Dad tötet einfach aus Spaß, und Sam Ewell, um seinen Hunger zu stillen. Soldaten töten, um befördert und Generäle, um berühmt zu werden, und Politiker tun es, um Wählerstimmen zu gewinnen. Und nun, durch Sylvia, habe auch ich einen Grund, zu töten. Ich will mein Leben mit ihr verbringen können.

Er dachte noch eine Weile über seinen Entschluß nach. Ja, sagte er dann zu sich, während er den Sonnenuntergang betrachtete: Es führt kein Weg daran vorbei; ich muß Dad umbringen. Danach sperre ich mich bei Vollmond in meinem Käfig ein. Gott ist mein Zeuge, daß ich Dad lieber verschonen würde. Die Angelegenheit kommt mir so ödipal vor. Aber gegen Freud kommt man nur an, wenn man wirklich verrückt ist. Also muß ich Dad umbringen. Wie Mama gesagt hat, es ist höchste Zeit, daß ich erwachsen werde und meine Probleme selber löse. Wenn ich Dad nicht töte, dann tötet er mich, und das würde nicht halb so viel Spaß machen, wie das Zusammensein mit Sylvia.

In der Stadt gingen jetzt die Lichter an. Irgendwo dort draußen lud Victor Merriwether seine Pistolen. Ich brauche eine Strategie, sagte sich Stanley. Und schon fiel ihm George C. Scott ein. General

George C. Scott, Kommandant der amerikanischen Armee während des Zweiten Weltkriegs. Was war es noch, was General Scott über den Krieg gesagt hatte? Und hatte er es zu Karl Malden gesagt? Oder nach dem Krieg in einem Buch geschrieben?

George C. Scott hatte gesagt: »Laß nie zu, daß der Feind den Schauplatz des Kampfes bestimmt.«

Stanley fühlte, wie ihn sein plötzlich erwachtes Erwachsensein durchströmte. Jawohl! Recht hatte er, dieser General Scott. Ich werden den Schauplatz des Geschehens bestimmen. Auf diese Weise kann Dad nicht im voraus planen und ich weiß, wo er steht und was er vorhat. Wenn ich Glück habe, finde ich heraus, wo er vorher war. Und wenn ich dort hingehe, wo er vorher war, dann bin ich dort, wo er nicht ist, was sich als äußerst günstig erweisen könnte, weil Dad bewaffnet sein wird, egal, wo er hingeht. Und wenn ich dort bleibe, wo er gewesen ist, kann ich mich vielleicht verstecken und warten, bis er wiederkommt, und ihn dann von hinten anfallen.

Stanleys Brust schwoll vor neu erworbener Reife. Er griff zum Telefonhörer. Ich werde mich mit Dad bei mir zu Hause verabreden, dachte er. Aber ich muß mich beeilen und vor ihm dort sein.

Das Telefon klingelte.

Millard Springfield, der Butler, nahm den Hörer ab.

»Gib mir bitte Dad. Ich muß mit ihm sprechen.«

»Er hat gerade das Haus verlassen, Master Stanley.«

Stanleys Herz sank wie die *Titanic*, nur ein bißchen tiefer.

»Hat er gesagt, wann er zurückkommt?«

»Wenn ich richtig verstanden habe, wollte er den ganzen Abend fortbleiben, Sir.«

Stanleys Hoffnung gingen zu Bruch wie die *Andrea Doria*.

»Hat er gesagt, wo er hingeht?«

»Zu Ihnen nach Hause, Sir.«

Stanleys Pläne gingen in Flammen auf wie die *Hindenburg*.

Aber von all dem blieb sein Erwachsensein, seine neugewonnene Reife unberührt. Okay, dachte Stanley. Was tut ein echter, erwachsener Mann in einer solchen Situation? Stanley dachte an Spencer Tracy in *Der alte Mann und das Meer* und kam zu dem Schluß: ein wahrer Mann läßt nicht locker. Er kämpft bis zum letzten. Aber am Ende verliert er den Fisch.

Stanley seufzte und zweifelte nicht daran, daß die Sterblichkeitsrate bei reifen Männern sehr hoch war. Aber, sagte er sich, von einem kleinen Rückschlag lasse ich mich nicht niederschmettern, und von einem großen genausowenig. Ich bleibe bei meinem Plan, ich muß nur sehr vorsichtig vorgehen, mich an die Sache herantasten. Schließlich ist es das erste Mal, daß ich versuche, meinen Vater umzubringen, und ich will nichts überstürzen.

KAPITEL 25

Am frühen Abend kreuzte Stanley in einem gemieteten Kombi durch die Straßen seines Wohnviertels. Er betrachtete den Wagen als eine Art Verkleidung, in der ihn sein Vater nicht vermuten würde.

Nach dem Gespräch mit dem Butler war Stanley mit einem Satz aus seinem Büro geschossen und hinüber zu der Autovermietung gerannt. Hätte nie gedacht, daß ein Mensch so schnell sein kann, sagte er zu sich, als er kurz darauf die Schlüssel entgegennahm.

Schnell bewegte er sich auch, als er mit Vollgas die Stadt durchquerte. Dann, als er sein Viertel erreicht hatte, verlangsamte er das Tempo, umkreiste die Häuserblocks und wagte sich mit jedem Kreis etwas näher an sein Haus heran. Schließlich, immer noch vier oder fünf Blocks von seiner Wohnung entfernt, entdeckte er neben einem Feuerhydranten einen vertrauten Wagen. Es war der weiße Rolls seines Vaters.

Der Feind hat sich in beträchtlicher Entfernung vom Schauplatz des Kampfes postiert, dachte Stanley. Das heißt entweder, daß Dad sich vor meinem Haus versteckt hat, oder daß er hineingegangen ist, und dort auf mich wartet. Aber jetzt kenne ich seine Strategie.

Stanley versuchte, so grimmig zu lächeln wie Clint Eastwood, wenn er einen Saloon voller Mexikaner betritt, aber das Zittern seiner Hände wollte das nicht recht gelingen lassen. Ursula, dachte er. Sie hat mir das alles eingebrockt. Die Stadt sollte viel energischer durchgreifen gegen Prostitution.

Er parkte seinen Wagen, denn er war zu dem Schluß gekommen, daß es das Beste sei, sich seinem Haus zu Fuß zu nähern. Schließlich würde sein Vater erwarten, daß er im Auto vorgefahren käme. Ich sollte mir auch etwas anderes anziehen, dachte er, damit Dad mich nicht auf den ersten Blick erkennt. Ja, sehr gute Idee, ein Überraschungsangriff!!!

In der Theorie klang das alles perfekt. Das einzige, was ihm Sorgen machte, war die Tatsache, daß er nicht wußte, was er tun sollte, wenn er schließlich im Haus wäre. Eins nach dem andern, beruhigte er sich und warf einen Blick zum Himmel. Gleich geht der Mond auf, dachte er.

Er ging in eine an der geschäftigen Hauptstraße gelegenen Damenboutique. Dort kaufte er sich einen großen, üppig mit Federn geschmückten Hut, der ihn Ursula erinnerte, ein Paar hochhackige Schuhe, und ein Kleid in seiner Größe. Draußen verschwand er in einer dunklen Seitengasse, zog Jacke, Hemd und Schlips aus und krempelte sich die Hosenbeine hoch. Dann zog er das Kleid über, stieg in die hohen Stöckel, plazierte den Hut so auf seinem Kopf, daß sein Gesicht halb verdeckt war und stakste wieder hinaus auf die Hauptstraße. Seine Männerkleider trug er zusammengerollt unter dem Arm.

Er versuchte, so lässig wie möglich daherzuschlendern, aber schon nach wenigen Blocks machten die Schuhe jeden Schritt zur Qual. Unter seinem Hut hervorschielend, behielt Stanley die Gebäude und Dächer um sich herum und den Bürgersteig vor sich im Auge. Nachdem er etliche stille Seitenstraßen durchquert hatte, kam er endlich auf die ruhige Allee, in der er wohnte.

An der Straßenecke vor seinem Haus blieb er stehen und lugte vorsichtig die Allee hinunter. Nichts rührte sich. Nur die gelben Lichter aus den Fenstern der Wohnungen erhellten die Dunkelheit und natürlich die Straßenlaternen. Auf beiden Seiten der Straße parkten Autos, und alles lag so regungslos wie ein gemaltes Schiff auf einem gemalten Meer in einem Gedicht. Stanley holte tief Luft, gab sich einen Ruck und nahm die letzte Wegstrecke in Angriff. Er fühlte sich wie eine Kegelkugel, die die Bahn entlangrollt und nicht weiß, mit was sie zusammenstoßen wird.

Vor ihm wurde plötzlich eine Haustür geöffnet, und Stanley blieb so ruckartig stehen, daß er beinahe aus den Schuhen gekippt wäre. Ein neben ihm geparktes Auto bot ihm Halt.

Zwei Männer kamen aus dem Haus und gingen auf ein Auto zu. Sie riefen jemandem im Haus etwas zu, eine Menge Juchhes und Juchheis, Aufwiedersehens und so weiter. Kein Zweifel, die beiden waren betrunken. Sie stiegen ins Auto und ließen den Motor an. Stanley atmete auf; in seinen neuen Schuhen unsicher wankend, aber dennoch entschlossen, ging er weiter. Das Auto kam auf ihn zu und hielt neben ihm mitten auf der Straße.

Das Fenster auf der Fahrerseite wurde heruntergelassen. Stanley verlangsamte seinen Schritt. Er war sich sicher, daß sein Dad nicht in dem Auto war, aber was nützte Sichersein, wenn man sich geirrt hat? Er sah sich hastig nach einem Versteck um; bei dem Versuch, sich auf Zehenspitzen davonzumachen, geriet er bedenklich ins Schwanken.

»Hallo, du da, Schätzchen«, hörte er eine betrunkene Stimme. »Warum fährst du nicht ein Stückchen mit?«

Stanley schluckte und dachte, vielleicht gar keine schlechte Idee. Er schraubte seine Stimme einige Oktaven höher und rief: »Klar, mein großer, starker Junge. Ich wohn ein Stückchen die Straße hinunter, aber ...«

»... aber du hätt'st nix dagegen, ein Stückchen mit uns mitzufahren, was, Schätzchen?« sagte der Fahrer mit schwerer Zunge. Stanley hörte den anderen Mann was murmeln von gutem Riecher und sowas wär jetzt genau das Richtige.

»Ich fahre gern mit«, sagte Stanley. »Aber nur auf dem Rücksitz.«

»Hier vorn ist reichlich Platz für uns drei«, sagte der Fahrer, und der andere Mann kicherte.

»Vielleicht später, Jungs. Aber erst fahren wir zu mir nach Hause, ja?«

Der Fahrer lächelte. »Ganz wie die Dame wünscht.«

Stanley wankte zu dem Auto. Als er die Tür öffnete, hörte er den Beifahrer murmeln: »Die ist noch besoffener als wir«, und der Fahrer lallte: »Ummmsooobesser.«

Den Hut tief ins Gesicht gezogen, setzte sich

Stanley auf den Rücksitz. »Ich wohn da hinten«, sagte er, deutete mit dem Daumen über die Schulter und versteckte dann schnell seine Hände.

Der Fahrer wendete und lenkte dann in die gewiesene Richtung. »Laß uns doch mal dein Gesicht sehen, Schätzchen«, sagte der Beifahrer.

Stanley kicherte. »Vorfreude ist die Würze des Lebens«, sagte er.

»Was sollen das heißen?« fragte der Fahrer, und der andere Mann stieß ihm den Ellbogen in die Rippen, und beide konnten sich vor Lachen kaum halten. Stanley war froh, daß sie so leicht zu amüsieren waren, denn so kam er zu seinem Haus, ohne weiter Konversation machen zu müssen.

»Parkt dort drüben, Jungs« sagte Stanley. »Ihr laßt doch bestimmt eine Dame nicht ohne Begleitung in ihr dunkles altes Haus gehen, wie?«

Die beiden Männer sahen sich tief in die Augen und sagten: »Da kannst du Gift drauf nehmen, Schätzchen, daß wir sowas nicht zulassen würden.«

Wie der Blitz waren beide aus dem Auto gesprungen; der Fahrer öffnete die Tür und Stanley stieg so elegant wie möglich aus und versuchte dabei, seine Beine so gut wie möglich bedeckt zu halten. Ganz gelang es ihm nicht.

»N'anständiges Paar Beinchen hast du da, Schätzchen«, sagte der Fahrer. »Richtig muskulös.«

Stanley gab einen zwitschernden kleinen Lacher von sich. »Ach Jungs, wie süß ihr seid.«

Der andere Bursche sagte: »Zeig uns doch mal dein hübsches kleines Gesichtchen.«

Aber Stanley war schon auf dem Weg zu seiner Haustür. »Laßt uns erst reingehen«, rief er ihnen über die Schulter zu. Er dachte an seinen Vater. Wenn der sich hier irgendwo versteckt hat, wird er sich bestimmt wundern, was diese beiden Männer und diese Frau im Haus seines Sohnes zu suchen haben.

An der Tür zögerte Stanley. Erst jetzt fiel ihm ein, daß sein Schlüssel in der Hosentasche unter seinem Kleid steckte. Sowas mußte ja passieren, dachte er. Er blieb einen Moment vor der Tür stehen und hoffte auf verschiedene Dinge. Er hoffte auf einen Weg, an seinen Schlüssel zu kommen, ohne seine Tarnung zu verlieren. Er hoffte, sein Vater sei im Haus und würde nicht vor Zeugen auf ihn schießen. Und er hoffte, daß, falls sein Vater nicht im Haus war, die Zeugen ihn nicht erwürgen würden, wenn sie entdeckten, daß die Dame, die sie aufgelesen hatten, ein Mann war.

Von all seinen bangen Gedanken wurde er schnell erlöst, als die Tür plötzlich aufgerissen wurde und sein Vater mit zornrotem Gesicht vor ihm stand. Stanley wich einen Schritt zurück, holte tief Luft und meinte, sein Ende sei gekommen. Er sah zu den beiden Männern an seiner Seite. Offensichtlich waren auch sie von Victors wilder Haltung beeindruckt. Ihre Münder standen weit offen. Einer von ihnen stammelte: »Tut uns leid, Mister, hatten ja keine Ahnung, daß sie einen Mann hat.«

»Das ist mein Vater«, sagte Stanley mit vor Scheu und Schreck kaum hörbarer Stimme.

»Hatten ja keine Ahnung, daß sie einen Vater hat«, sagte der andere Mann. Dann sahen sich die beiden an, machten auf dem Absatz kehrt und rannten davon. Stanley sah ihnen nach, schluckte heftig und drehte sich zu seinem Vater um.

»Guck nur, wie die rennen«, sagte Victor. »Feiglinge! Elende Feiglinge! Ein Mann, der nicht um die Frau kämpft, die er haben will, ist kein Mann für mich.« Er sah Stanley prüfend an. »Übrigens werde ich dich nicht fragen, warum du ein Kleid anhast. Das erscheint mir im Augenblick von relativ geringer Bedeutung zu sein. Trotzdem möchte ich dir zu bedenken geben, daß du vielleicht zu lange allein gelebt hast, mein Sohn. Daß du ein Werwolf bist, das ist eine Sache, aber daß du in Frauenkleidern durch die Stadt scharwenzelst – geht das nicht ein bißchen zu weit?«

»Ich will versuchen mich zu bessern«, sagte Stanley.

Victor kicherte. »Das wird nicht mehr nötig sein, mein Junge«, sagte er, öffnete seinen Mantel und zeigte Stanley eine große Pistole im Schulterhalfter. Stanley schnappte nach Luft, wich zurück, verfing sich mit einem seiner hohen Absätze in der Fußmatte und verrenkte sich den Knöchel. »Vorsicht, mein Junge, sonst tust du dir noch weh«, sagte Victor, während er seine Pistole zog. Stanley riß die Augen auf. »Dad, nein« kreischte er, befreite sich von den Schuhen und wollte wegrennen.

»Sei kein Narr, Sohn«, rief Victor ihm nach. »Ich schieße nicht.«

Stanley bremste schlingernd am Fuße der Treppe ab, drehte sich um und sah mißtrauisch zu seinem Vater hoch. »Du willst mich nicht ...?«

»Nein. Natürlich nicht. Ich warte ab, bis du ein Wolf bist. Für was für einen Vater hältst du mich? Wir werden Mann gegen Mann kämpfen, wie sich das für Vater und Sohn gehört. Zahn um Zahn,

Reißzahn um Tatze. Kugel in den Kopf.« Er wedelte mit der Kanone in der Luft. »Erkennst du die gute alte Büchse? Sie gehörte deinem Großvater, Napoleon Merriwether. Es wird eine Ehre sein, mit ihr erschossen zu werden.«

Während sein Vater sprach, ging Stanley langsam, Schritt für Schritt, rückwärts in Richtung Straße. Jeden Moment würde der Vollmond am Himmel stehen, und Stanley wollte vorher auf der Straße sein, sich, wenn der Moment kam, hinter ein geparktes Auto ducken und dann wie der Teufel losrennen.

»Langsam, langsam, Sohn«, rief Victor. »Verdrück dich nicht auf der Straße, duck dich hinter kein Auto oder irgendwas in der Art. Was wir zwei zu erledigen haben, das wollen wir in aller Offenheit austragen.«

Stanley lächelte unschuldig. »Klar, Dad. Natürlich.« Er sah den Bürgersteig hinauf und hinunter. Dad ist ein todsicherer Schütze, dachte er, hier komm ich nie lebendig weg. Sogar ein Wolf kann es nicht mit Dads Reflexen aufnehmen, wenn der den Finger erst einmal am Abzug hat. Ich glaube, ich muß in die Offensive gehen.

Langsam stieg er die Stufen hinauf und ging auf seinen Vater zu. »Laß uns ein letztes Mal miteinander sprechen, Abschied nehmen voneinander. Jetzt, wo einer von uns ... gehen muß.«

Victor lächelte und ließ die Hand, in der er die Pistole hielt, sinken. »Du hast dich also damit abgefunden«, sagte er. »Ich bin froh, Sohn, sehr froh. Das zeigt den echten Merriwether-Geist. Kein Wenn und Aber mehr. Wenn die Zeit zum Handeln kommt, dann ist ein Merriwether bereit.«

Stanley nickte und setzte sich in Reichweite seines Vaters behutsam auf die oberste Treppenstufe. Seine Augen glitten zu der Pistole. Er sah seinen Vater an. »Wirst du mich vermissen, Dad, wenn du gewinnst?«

Ein Anflug von Ärger huschte über Victors Gesicht. »Willst du mich rührselig stimmen, Melancholie in die Angelegenheit bringen?«

»Nimm's mir nicht übel, Dad«, sagte Stanley und langte im selben Moment blitzartig nach der Pistole. Er hörte seinen Vater japsen und war stolz auf sich. Noch nicht einmal der Kampf mit Elefantenbullen hatte Victor Merriwether zum Japsen gebracht.

Stanley umklammerte Victors Handgelenk; Victor versuchte, ihn abzuschütteln und Stanley spürte überrascht, daß er den Boden unter den Füßen verlor. Aber er ließ nicht locker, noch immer hatte er Victors Arm fest im Griff. Im Licht der Straßenlaterne blitzte die Pistole auf. Aus irgendeinem Grund erinnerte das Stanley an den Kampf mit dem Zuhälter, damals in dem Gäßchen, besonders in dem Moment, als es Victor gelang, ihm mit dem schweren Pistolenlauf eins über den Kopf zu ziehen. Und während Stanleys Griff sich lockerte und er die Unnachgiebigkeit des Pflasters spürte, auf die er aufschlug, hörte er, wie sich das Rasseln der Silberkugeln in Victors Taschen und das Klappern seiner Zähne zu einer eigenartigen Melodie vermischten. Als ihm klar wurde, daß sein Vater die Pistole auf ihn richtete, blieb ihm fast das Herz stehen. Und dann hörte er Victor den Pistolenhahn spannen.

Von dem harten Aufprall auf dem Beton schmerzten Stanley alle Knochen. Trotzdem rollte er sich herum und wollte seinen Vater ansehen. Aber statt in Victors Gesicht blickte er in den Lauf von Napoleon Merriwethers Pistole. »Dad«, rief Stanley. »Laß uns doch noch einmal darüber reden.«

»Die Zeit, Reden zu schwingen, ist vorüber, Sohn«, rief Victor mit vor Kampfeslust tremolierender Stimme.

Just in diesem Augenblick kam etwas aus dem Nachthimmel geflattert und landete zwischen Victor und Stanley. Stanley blinzelte. Es war eine Fledermaus. Aber kaum hatte Stanley das Etwas als solche erkannt, als sie sich schon in Nebel auflöste, der im nächsten Moment die Umrisse einer menschlichen Gestalt annahm. Stanley konnte seinen Vater durch die Nebelgestalt hindurch erkennen, die von Sekunde zu Sekunde undurchsichtiger wurde. Victors Gesichtsausdruck zeigte Stanley, daß sein Vater völlig aus der Fassung war, weil hier etwas Stanley zu Hilfe zu kommen schien. O Gott, dachte Stanley. Ich weiß, was er jetzt tun wird.

Und Victor tat es. Er feuerte schnell zwei Schüsse auf Stanley ab und durchschoß die transparente Gestalt. Aber im selben Moment nahm das durchscheinende Wesen feste Gestalt an – Doreen Merriwether. Die Kugeln hatten ihre Brust durchschossen, sie wurde ein oder zwei Schritte zurückgeworfen, und Stanley machte sich kurz Sorgen, aber Doreen lächelte ihn an. »Keine Angst, Stanley, Silberkugeln können uns nichts tun«, sagte sie. Dann sah sie Victor an.

Victors Mund stand offen. Seine Augen waren Kaleidoskope der Verwirrung. Die Hand, die die Pistole hielt, hing schlaff herunter. »Doreen...«, stammelte er. »Du... er... die Fledermaus... wer... ich... wo? Ich... ich... ich hab dich erschossen, aber es hat nichts, gar nichts, überhaupt nichts gemacht. Ach Doreen, ich fühl mich so, so, so...«

Sie lächelte ein wenig herablassend. »Ich weiß, mein Lieber«, sagte sie. »Du fühlst dich so impotent. Du wirst schon darüber hinwegkommen. Und jetzt laß uns all diesen Unsinn vergessen und ins Haus gehen. Ich muß mit dir sprechen, Victor. Du warst ein sehr unartiger Junge.«

Victor stand noch immer unter Schock. Gehorsam folgte er Doreen ins Haus. Stanley sah ihnen nach, sah, wie die Tür zu seiner Wohnung sich hinter seinen Eltern schloß. Erst jetzt, nach überstandener Gefahr, überkam ihn die Angst, und er zitterte an allen Gliedern. Er fuhr sich mit der Hand über die Stirn und schleppte sich die Stufen hinauf. Unfähig einen Schritt weiterzugehen, sank er zu Boden, den Rücken gegen die Tür gelehnt.

Kapitel 26

Als Victor und Doreen Merriwether ein paar Minuten später wieder aus dem Haus traten, saß Stanley immer noch auf dem Boden, den Rücken gegen den Türpfosten gelehnt.

Seine Mutter beugte sich zu ihm herab, sah ihm in die Augen und lächelte. Stanley sah ihre Eckzähne blitzen. »Dein Vater und ich sind uns einig geworden«, sagte sie. »Er hat nicht mehr vor, dich zu erschießen.«

»Das stimmt, mein Sohn«, brummte Victor.

»Du wirst.. du wirst mich nicht...?« fragte Stanley.

»Nein. Schließlich bist du mein Sohn. Und seit du ein Werwolf bist, hast du dich zu einem tüchtigen, aggressiven Geschäftsmann entwickelt. Die Versicherungsabschlüsse sind um 400 Prozent gestiegen. Und was gut fürs Geschäft ist, ist auch gut für mich.« Victor lächelte seinen Sohn an. Auch Victor hatte lange Vampirzähne.

Stanley fiel der Kiefer herunter. »Du hast ihn also gebissen, Mama, stimmts?«

»Jetzt hör mal zu, Sohn«, sagte Victor. »Das hat rein gar nichts mit meiner Entscheidung zu tun. Es war meine eigene Idee, dich nicht zu erschießen.«

Stanley sah seine Mutter an. »Du hast ihn zum

Vampir gemacht, damit er einer von uns wird und mich nicht mehr töten kann. So ist es doch, oder?«

Doreen lächelte. »Irgend etwas mußte ich ja unternehmen, Stanley. Ich habe mir Sorgen gemacht wegen des Rats, den ich dir auf der Party gegeben habe – als ich dir sagte, du solltest endlich erwachsen werden und das tun, wozu es dich treibt. Später fiel mir ein, daß immer, wenn jemand losgeht und tun will, wozu es ihn treibt, jemand anders zu Schaden kommt. Und ich hatte Angst, du könntest deinem Vater etwas antun.«

Stanley wurde rot. »So etwas hätte ich doch nie getan, Mama.« Er wandte schuldbewußt den Blick ab. Victor sagte: »Doreen, wir müssen jetzt gehen.« Er sah auf seine Uhr. »Gleich geht der Vollmond auf, und wir wollen Stanley lieber allein lassen.«

»Mama, Dad, es ist so schön, euch wieder zusammen zu sehen«, sagte Stanley. »Besonders jetzt, wo ich eine wichtige Neuigkeit für euch beide habe. Ich werde heiraten.«

Victor warf ihm einen verstimmten Blick zu. »Mußt du mir unbedingt so etwas mitteilen, während du in Frauenkleidern vor mir stehst!« sagte er.

Stanley sah an sich herab. »Stimmt. Ich seh mir gar nicht ähnlich.» Dann blickte er wieder seine Eltern an. »Ich werde meine Sekretärin heiraten, Sylvia.«

Victor nickte nachdenklich. »Gut, sehr gut, Sohn. Sie hat alles, was eine Ehefrau haben muß – sie sieht gut aus.«

»Also wirklich, Victor«, rief Doreen. »Wenn du weiter so daherredest, dann werde ich dir von George erzählen, wie gut er ...«

Victor runzelte die Stirn. »Schon gut, Doreen. Ich hab doch nur Spaß gemacht. Also fang nicht wieder an, über deinen Vampirfreund zu reden. Ich werde eifersüchtig, ich versichere es dir. Jetzt, wo du endlich zurückgekommen bist, wird alles ganz anders sein, ich ...« Stanley unterbrach ihn. »Ach übrigens, Dad. Sylvia sagt, sie liebt mich. Aber ich glaube, auch mein Geld ist nicht ohne Reiz für sie. Um die Wahrheit zu sagen, ich schätze, gut fünfzig Prozent ihrer Zuneigung gelten meinem Vermögen.«

Victor sah seinen Sohn eine Weile nachdenklich an und sagte dann: »Es wird Zeit, daß ich dich über die Tatsachen des Lebens aufkläre, Stanley. Dein Aussehen wird im Alter vergehen und du wirst senil werden, aber dein Merriwether-Vermögen bleibt dir für ewig. Das ist eine gesunde Basis für eine Ehe, mein Sohn, und ich wünsche dir alles Gute.« »Danke, Dad«, sagte Stanley, dem bei Victors Worten ganz warm und wohl geworden war.

»Ich bin sicher, Stanley, mit Sylvia an deiner Seite kannst du deinem Hunger widerstehen«, sagte Doreen.

»Klar«, sagte Victor. »Du und sie und die Liebe zwischen euch werden dich davon abhalten, jemanden umzubringen.« Er lachte »Vorausgesetzt natürlich, du schließt dich in dem großen Eisenkäfig in deinem Keller ein.«

»Ach Victor«, rief Doreen ärgerlich. Aber Stanley nahm seinem Vater die typische Victor Merriwether-Logik nicht übel. Was kümmerten ihn andere Leute oder sein Hunger, solange Sylvia bei ihm war! »Dad, ich bringe euch zum Wagen«, sagte er.

»Im Augenblick werden wir ihn nicht brauchen, Sohn«, antwortete Victor. »Wir fliegen zum Essen an den Strand hinunter.«

»Natürlich«, sagte Stanley glücklich. »Fledermäuse! Wie konnte ich das nur vergessen.«

»Nun, deine Vergeßlichkeit ist einer der Gründe, warum der Konzern mir gehört und du nur mein Sohn bist.«

Mit diesen Worten faßte Victor Merriwether seine Frau am Arm und führte sie die Treppen vor Stanleys Haus hinunter. Stanley hörte, wie sie sich angeregt unterhielten. »Was? Nur bei Nacht kann ich aktiv sein?« sagte Victor gerade.

»Du wirst dich schon daran gewöhnen«, sagte Doreen.

»Aber ich bin Geschäftsmann«, sagte Victor. »Ich muß mich auch tagsüber sehen lassen.«

»Nun, mein Lieber, von jetzt an gehörst du eben zu den exzentrischen Milliardären, die jeder so bewundert. Du wickelst deine Geschäfte nachts ab. Außerdem hast du schon seit langem einen Urlaub nötig. Und den können wir uns leisten. Allein mit den Zinsen von deinem Geld werden wir ein paar Jahrtausende auskommen.«

Victor seufzte. »Wahrscheinlich hast du recht«, sagte er und sah zum Nachthimmel auf. »Ich kann es noch gar nicht fassen, wie gut ich in der Dunkelheit sehen kann. Stell dir nur vor, Doreen, wieviel Spaß wir haben werden, wenn wir nachts in Afrika auf Jagd gehen. Stell dir das nur vor, Doreen!«

»Ich will es versuchen, mein Lieber«, sagte sie.

Stanley stand auf dem Treppenabsatz und sah zu, wie sich die beiden auf dem Bürgersteig unterhielten; er hoffte, sie würden sich nicht ausgerechnet dort, im Schein der Laterne, in Fledermäuse verwandeln.

In diesem Moment kam ein Auto herangerast. Mit quietschenden Reifen und heftigem Ruck kam es direkt vor Stanleys Haus zum Stehen. Die Beifahrertür flog auf. Zum Vorschein kam Miss Johnson, die Stanley seit dem Abend, als er sie schreiend vor ihrer Haustür hatte stehen lassen, nicht mehr gesehen hatte. Ihr Gesicht war ein wenig abgemagert, aber sie war immer noch dick; Stanley erkannte sie auf den ersten Blick. Er erkannte auch den Mann mit Tweedjackett und englischem Wollschlips, der auf der Fahrerseite ausstieg. Es war Carlton Jarvis. Mit einer Geschwindigkeit, von der Stanley gemeint hatte, sie sei allein Werwölfen vorbehalten, zog Jarvis einen schlanken automatischen Revolver aus der Jackentasche, lehnte sich an sein Autodach und zielte auf Stanley.

»Verdammt, er gehört mir«, schrie Miss Johnson in solch gebieterischem Ton, daß sogar Jarvis gehorchte. Stanleys Augen glitten zu Miss Johnson – gerade noch rechtzeitig, um zu sehen, wie sie in ihre Handtasche griff, die Tasche wegwarf und mit einem weiteren schlanken Revolver aufwartete, den sie ebenfalls auf Stanley richtete.

»Lassen Sie mich raten«, rief Stanley, zu ausgelaugt von den wiederholten Attacken des Abends, um noch Widerstand zu leisten. »Silberkugeln.«

Die Antwort war ein ohrenbetäubender Knall. Stanley fühlte, wie der Schuß seine Brust durchschlug und ihn rückwärts gegen die Tür warf. Dann, wie der Blitz, folgten vier weitere Schüsse.

Stanley fiel auf die Knie. »Da! Das ist für dich, du Mistkerl von Werwolf«, hörte er Miss Johnsons Stimme. Stanley fiel zu Boden, lag auf der Seite; von Sekunde zu Sekunde wurde er schwächer, sein Atem ging immer schwerer, und wie aus weiter Entfernung hörte er Jarvis knurren. »Jetzt erledigen wir die anderen.« Einen Moment lang verschwamm Stanley alles vor Augen, aber dann konnte er wieder klar sehen. Er sah Jarvis auf Victor zielen und richtete dann seinen Blick auf seine Mutter. Sie ging auf Babs Johnson zu, ganz langsam, würdevoll und vornehm, fast wie eine Königin, die Schultern zurückgeworfen, den Kopf hoch erhoben. Die Augen unbeweglich auf Babs' Gesicht gerichtet, streckte Doreen ihre Hand aus, schenkte Babs ein breites Lächeln, so breit, daß selbst Stanley ihre langen Eckzähne aufblitzen sah, und griff nach dem Revolver. Babs öffnete langsam den Mund und ließ die Waffe ohne Widerstand los. Noch einmal schenkte ihr Doreen ein Lächeln und warf den Revolver in hohem Bogen über ihre Schulter zu Boden. »Menschen komme ich wahrscheinlich ziemlich allmächtig vor«, sagte Doreen, vielleicht eine Spur selbstgefällig, »aber als Vampir bin ich eigentlich Durchschnitt.« Mehr brauchte sie nicht zu sagen. Babs stolperte einen Schritt rückwärts und sackte in sich zusammen. »Ich hab es satt!« schrie sie mit verzerrtem Gesicht und verdrehten Augen. »ENDGÜLTIG SATT HAB ICH'S. Vampire! Werwölfe! Was für eine Welt ist das denn überhaupt?«

Genau in diesem Moment schloß Stanley die Augen; erdrückend schwer war die Last seiner

Lider. Als zwei weitere Schüsse durch die Nacht hallten, zwang er seine Augen wieder auf. Er sah, wie sich Jarvis den vom Rückstoß des Revolvers schmerzenden Arm massierte und dabei sehr zufrieden lächelte, als erwartete er, Victor am Boden liegen zu sehen. Aber trotz der beiden Einschußlöcher in seinem weißen Hemd stand Victor fest auf den Beinen und sah Jarvis ungerührt an. »Jetzt ist das Faß voll, Jarvis«, rief er. »Erstens bin ich ein Vampir, Ihre Silberkugeln können Sie also vergessen. Und zweitens hab ich Ihnen doch gesagt, wenn jemand meinen Sohn tötet, dann bin ich es. Sie haben sich einmal zu oft daneben benommen, Doktor.«

Während seine Augen wieder zu schwerlidrigen Schlitzen wurden, sah Stanley noch, wie Jarvis den Revolver fallen ließ. »Gegen Silberkugeln sind Sie vielleicht gefeit«, bellte er, »aber nicht gegen dies hier.« Er griff in seine Jackentasche und zog ein Kruzifix heraus. Armer Dad, dachte Stanley. Er selbst fühlte sich ganz friedvoll, so als habe das alles nichts mehr mit ihm zu tun. Und so ist es ja auch, dachte er, für mich ist das Spiel aus. Trotzdem war er überrascht, als Victor angesichts des Kruzifix nur mit den Achseln zuckte, den Blick abwandte und Napoleon Merriwethers Pistole zog. Ohne sein Ziel anzuvisieren, feuerte er los und schoß Jarvis das Kreuz aus der Hand. Jarvis riß die Augen so weit auf, daß sie aus den Höhlen zu kippen drohten. Wie blind stolperte er auf sein Auto zu, rannte in langen Sätzen, zerrte an der Wagentür, bekam sie schließlich auf, warf sich hinein, drückte die Türsicherung herunter und steckte den Schlüssel ins

Zündschloß. Aber ehe er das Auto in Gang gesetzt hatte, schoß Victor aus der Hüfte – die Augenbrauen in die Höhe gezogen und ein Lächeln auf den Lippen – auf die Reifen. Das Auto machte bei jedem Schuß einen Satz, die Reifen zischten laut und verwandelten sich in platte Gummireste. Jarvis wollte fahren, aber das Auto ruckte und zuckte nur und kam keinen Schritt vorwärts, was kein Wunder war, denn die Hälfte der zur Fortbewegung notwendigen Teile hatte Victor weggeblasen. Victor steckte nun seine Pistole ins Halfter, ging auf das Auto zu, bückte sich und riß mit einem Ruck die Stoßstange ab. Er lachte laut und rief seiner Frau zu: »Das Spiel gefällt mir, Dory.« Dann nahm er die Stoßstange und zertrümmerte die Windschutzscheibe. Jarvis krümmte sich hinter dem Steuer, seine Arme als Deckung benutzend. Victor warf einen erbarmungslosen Blick in den Wagen, ließ die Stoßstange langsam fallen und packte Jarvis am Kragen. Aber Doreen fuhr dazwischen. »Nein, nein«, schrie sie laut, ignorierte Babs' Gejammer, und deutete auf Stanley. »Vergiß Carlton, der läuft dir nicht weg. Sieh lieber nach unserem Sohn.«

Stanley lächelte schwach. Gute, alte Mama, dachte er. Wieder einmal haben sie und ich Dad den Spaß verdorben. Aber wie ich ihn kenne, wird er sie ignorieren und irgendeine typische Victor-Merriwether-Aktion starten, z.B. Jarvis an den Haaren zum Fenster herausziehen und ihm den Kopf abreißen. Stanley irrte. Victor kam zu ihm gerannt. Schon lag Stanley in den Armen seines Vaters. »Sohn, sag etwas. Ich bitte dich, rede. Ich bitte dich, sprich mit mir.«

Stanley hatte noch nie zuvor ein solches Drängen in der Stimme des alten Mannes gehört, und zum ersten Mal dämmerte ihm, daß Victor Merriwether seinen Sohn vielleicht doch liebte.

Und dann tat Stanley etwas, das er noch nie in Gegenwart seines Vaters getan hatte, geschweige denn in seinen Armen.

Er starb.

Kapitel 27

Stanley saß an einem kleinen runden Tisch auf der Terrasse eines Nachtclubs mit Blick auf die französische Riviera. Das Mondlicht glitzerte auf dem Meer unter ihm, eine leichte Brise streichelte sein Haar, und sanfte Freudenschauer rieselten durch seinen Körper, als er sich umwandte und Sylvia aus dem Innern des Nachtclubs auf sich zukommen sah. Sie blieb an einem der Tische stehen, um einige neue Freunde zu begrüßen.

Stanley lauschte auf die Klänge der Musik, die herüberwehten. Er nahm sein Rotweinglas in die Hand, führte es an die Lippen, trank einen kleinen Schluck und setzte das Glas dann langsam wieder auf dem weißen Tischtuch ab. Um ihn herum saßen an kleinen runden Tischen schlanke Männer im Smoking und zarte Frauen in Abendkleidern. Sie unterhielten sich mit gedämpften Stimmen. Das Innere des Lokals war hell erleuchtet, Musik spielte und Paare glitten über die Tanzfläche – unter ihnen Victor und Doreen Merriwether.

Stanley gefiel das Vampirleben. Er genoß das Zusammensein mit den anderen Vampiren, und besonders genoß er es, mit Sylvia, seiner Mutter und seinem Vater zu reisen. Zu guter Letzt waren sie doch noch eine richtige Familie geworden.

Aber Stanley war aus einem anderen Grund froh,

ein Vampir zu sein. Hätte ihn Rachel nicht in jener Nacht gebissen, dann wären Miss Johnsons Kugeln tödlich gewesen. Aber, Rachel sei Dank, wie Stanley immer wieder sagte, die Vampirspuren an seinem Hals hatten ihn gerettet. Und, was sogar noch mehr zählte: der Schuß und sein kurzer Tod hatten ihn von seinem Werwolfdasein erlöst. Stanley empfand das als große Erleichterung. Als Vampir konnte er sich immer noch jederzeit in einen Wolf verwandeln, aber er brauchte sich keine Sorgen mehr zu machen um den unberechenbaren und ungelegenen Effekt des Vollmonds.

Und die arme Miss Johnson! Der Aufenthalt in Carlton Jarvis' Klinik hatte sie wirklich fast verrückt werden lassen. Als sie dann als geheilt entlassen wurde, gab es in ihrem verwirrten Gemüt nur noch einen klaren Gedanken: Sie wollte sich an dem Werwolf rächen, der ihr alles eingebrockt hatte. Jarvis und sie bildeten ein Team zur Verfolgung von Werwölfen.

Es war Miss Johnsons Pech, daß die beiden Polizisten, die – herbeigerufen durch die Schüsse – am Schauplatz ihrer Auseinandersetzung mit Stanley erschienen, nichts über Werwölfe wußten. Miss Johnson versuchte mit all ihrer Kraft, die Beamten zu überzeugen. Sie raste und tobte und forderte die Männer sogar auf, Stanleys Kleid nach Einschußlöchern abzusuchen. Stanley war inzwischen wieder zum Leben erwacht und stand fest auf den Beinen. Die Polizisten warfen einen etwas mißbilligenden Blick auf sein Kleid, machten sich aber nicht die Mühe, es näher zu untersuchen. Sie waren mehr daran interessiert, die Waffen einzusammeln, die

Miss Johnson und Jarvis in der Gegend verstreut hatten.

Jarvis indessen tat so, als verstehe er gar nicht, was Miss Johnson von Werwölfen faselte. Es nützte ihm nichts; zusammen mit Miss Johnson wurde er festgenommen – wegen Ruhestörung, tätlicher Bedrohung mit tödlichen Waffen, illegalen Waffenbesitzes und einiger anderer Punkte. Im Gefängnis leugnete Jarvis jeglichen Glauben an Vampire oder andere übernatürliche Wesen. Aber als man entdeckte, daß sowohl er als auch Miss Johnson ihre Revolver mit Silberkugeln geladen hatten, schöpfte die Polizei Verdacht. Miss Johnsons unentwegte Raserei hatte zur Folge, daß Jarvis' Büro durchsucht wurde. Dort förderte die Polizei eine gut sortierte Waffenkammer zutage, ein ganzes Arsenal von Instrumenten, bestimmt für den Kampf gegen Vampire und Werwölfe. Obwohl Jarvis weiterhin hartnäckig leugnete, je an übernatürliche Wesen geglaubt zu haben, wurde er zur Überprüfung seines Geisteszustands hinter die Gitter seiner eigenen Anstalt verfrachtet. Es sah so aus, als würde sein Aufenthalt dort von längerer Dauer sein. Dr. Holland, der junge für ihn zuständige Psychiater, war überzeugt, daß Jarvis an Vampire glaubte. Alles deutete darauf hin. Solange Jarvis jedoch leugnete, weigerte sich Holland, ihn zu entlassen. »Sollte der Patient«, erklärte Holland vor dem Ärztegremium der Anstalt, »zugeben, daß er an Vampire und Werwölfe glaubt, werde ich ihn natürlich auch nicht entlassen, denn dann steht eindeutig fest, daß er unsere Hilfe braucht.« Als sich die Nachricht herumsprach, daß Jarvis den Rest seines Lebens wahrscheinlich hinter Anstaltsgittern verbringen würde, atmete die Familie der Vampire erleichtert auf.

Auch Miss Johnson, die verrückte Dame mit den abwegigen Behauptungen und den Silberkugeln, wanderte zurück in die Anstalt. Nachdem sie mitangesehen hatte, wie der tote Stanley wieder zum Leben erwachte und trotz Einschußlöchern in seinen Kleidern unversehrt vor ihr stand, war ihr psychischer Zustand bedenklicher denn je. Inzwischen aber war sie zu einem Fall geworden, der in die Annalen der städtischen psychiatrischen Anstalt eingehen sollte, denn kaum eine Woche nach ihrer Einlieferung war sie verschwunden, und niemand wußte, wo man nach ihr suchen sollte.

Abgesehen natürlich von Stanley, seiner Familie und den anderen Vampiren. Miss Johnson gehörte jetzt zu ihnen, dank Doreen Merriwethers Weichherzigkeit. »Wir können sie doch nicht einfach in diesem Sanatorium lassen«, hatte Doreen gesagt. »Für Carlton ist das nur die gerechte Strafe. Er hat mit seiner hemmungslosen Feindschaft und Gewalttätigkeit sein Schicksal herausgefordert. Er ist gefährlich. Aber die arme Miss Johnson! Wir wissen ja, daß sie nicht verrückt ist. Und es war schließlich nicht ihre Schuld, daß sie dich als Werwolf gesehen hat, Stanley.«

Stanley hatte sie also eines Abends in der Anstalt besucht. Sein Erscheinen regte sie im ersten Moment sehr auf, aber bald hatte sie sich gefangen, und inzwischen war sie ein produktives Mitglied der Nachtwelt, auch wenn ihre Neigung, zu viel zu essen, von den anderen Vampiren mit Besorgnis betrachtet wurde. »Verdammt! Bei ihrer Unersättlichkeit wird es bald von Vampiren nur so wimmeln«, hatte Victor geschimpft. Im Augenblick unterzog sich Miss Johnson jedoch dem Sam Ewell-Programm zur Appetitkontrolle und schnellen Gewichtsabnahme, so daß, wie Stanley hoffte, auch dieses Problem bald aus der Welt wäre.

Sylvia kam jetzt zu ihm an den Tisch und setzte sich. Sie und Stanley hatten in aller Stille geheiratet. Victor hatte den Brautvater gespielt und seiner Schwiegertochter nach der Trauungszeremonie in den Hals gebissen. Sie war das hübscheste Geschöpf der Nacht, das Stanley je gesehen hatte. Und während er zusah, wie sie das Weinglas hob und an die Lippen setzte, lächelte er glücklich. Immer noch war ihm, als sehe er sie zum ersten Mal, so frisch war das Gefühl von Wärme, das Geheimnis zwischen ihnen.

»Woran denkst du?« fragte sie und beugte sich zu ihm hinüber.

Stanley seufzte zufrieden. »Ich habe gerade an meine Mutter und meinen Vater gedacht, daran, wie sie dort drinnen miteinander tanzen. Wußtest du, daß sie, so lang ich zurückdenken kann, nie etwas gemeinsam getan haben? Aber jetzt sind sie dort, unzertrennlich, und zwei der glücklichsten Menschen, die ich kenne. Dad und ich sind uns jetzt so nahe, wie Vater und Sohn es nur sein können.«

Sylvia lächelte ihn über den Rand ihres Weinglases hinweg wissend an. »Ja, es ist wundervoll, Stanley«, sagte sie.

»Ja, das ist es«, antwortete er. Aber plötzlich verdunkelte sich sein Gesicht.

»Was hast du?« fragte sie.

»Ach, ich überlege gerade«, sagte Stanley, »warum es nicht schon früher so hat sein können.«

Sylvia lächelte, ihre vollen Lippen entblößten lange, schmale Eckzähne. Der Anblick versetzte Stanley in Entzücken. »Das ist doch ganz einfach«, sagte sie. »Als ihr noch Menschen ward, hattet ihr eben nicht dieselben Werte.«

Stanley lächelte und entblößte dabei seine eigenen langen Eckzähne. »Ja, natürlich, das ist es«, sagte er. »Warum bin ich nicht selbst darauf gekommen?«

»Nun«, sagte Sylvia mit einem nachsichtigen Lächeln, »aus demselben Grund eben, aus dem deinem Vater ...«

»... der Versicherungskonzern gehört, und ich sein Sohn bin. Ja, ich weiß.«

Sie schwiegen eine Weile, dann setzte Sylvia ihr Glas ab und legte den Kopf zur Seite. Ein verträumter Ausdruck stand auf ihrem Gesicht und machte ihre Züge unendlich weich. Sie ist noch reizender als früher, dachte Stanley und sagte: »Weißt du, was ich gerade gedacht habe? Wir sollten ein Stück am Strand spazieren gehen!«

Die beiden bahnten sich ihren Weg über die Terrasse und schlenderten langsam hinunter zum Strand. Es war schon nach Mitternacht; die menschenleere Bucht leuchtete im Sternenlicht. Eng aneinandergeschmiegt standen sie da und betrachteten die schäumenden Wellen. Atemlos schlug Sylvia etwas vor: Sie erinnerte Stanley daran, daß Vampire sich nicht nur in Fledermäuse verwandeln können, sondern auch in Wölfe. Das Leben ist einfach perfekt, dachte Stanley. Wir haben etwas, das wir mit niemandem sonst, keinem anderen Liebespaar auf der Welt teilen.

Die Verwandlung geschah augenblicklich. Im kalten, blassen Mondlicht sprangen sie über den Sand, und Stanley sah wohlgefällig zu Sylvia hinüber, der geschmeidigen weißen Wölfin mit den smaragdgrünen Augen.

Mit langen graziösen Sprüngen setzten sie über den Strand, am weißen kühlen Saume des Meeres entlang, wo sich die dunklen Wogen zu elfenbeinfarbenem Schaum brachen. Und begleitet vom Gesang der Wellen rannten sie weiter, mit nie ermüdender Kraft, und freuten sich an ihrer Liebe und Stärke.